Michel Rodzynek

Die
Kasse-
Macher

Roman

ISBN: 978-3-8192-6494-8
Verlag: BoD · Books on Demand GmbH, Überseering 33,
22297 Hamburg, bod@bod.de
Druck: Libri Plureos GmbH, Friedensallee 273,
22763 Hamburg
Dritte Auflage

Dieses Buch

Obgleich Personen und Handlungen frei erfunden sind, vermittelt dieser Roman einen durchaus realistischen Einblick in das Leben in einer Großstadtklinik. Seine Figuren sind typisch für die heutige Zeit, in der die menschliche Gesundheit zunehmend eine Frage des Geldes statt der Medizin geworden ist. Die wirtschaftlichen Vorgaben des Managements zwingen die Ärzte oftmals zu unnötigen Untersuchungen und Behandlungen, die primär »Kasse« machen sollen. Der Patient wird dabei mehr und mehr Mittel zum Zweck. Das ist aber nur die halbe Wahrheit!

Viele Ärzte und besonders auch Pflegekräfte setzen sich unermüdlich mit Leidenschaft und Engagement für die Heilung erkrankter Menschen ein. Sie sind die strahlenden Leuchttürme unseres Gesundheitswesens.

Die heutige Medizin bewirkt viele Wunder. Aber häufig scheitert sie auch in der klinischen Praxis. Innovativen Technologien, Methoden und Präparaten stehen banale Hindernisse aufgrund einer überfrachteten Bürokratie mit vielen egoistischen Eitelkeiten und einer fehlenden Kommunikation gegenüber. Das ist keine Fiktion, sondern tägliche Realität.

Michel Rodzynek ist mit Beginn der 1970er Jahre bei einer großen Hamburger Boulevardzeitung zum Journalisten ausgebildet worden. Er hat als Reporter im In- und Ausland über Politik und Wirtschaft, Gesellschaft und Sport sowie über das Gesundheitswesen berichtet. Zwischen 1973 und 2006 war er auch mehrfach in Israel als Kriegsreporter im Einsatz.

Bis vor einigen Jahren war Michel Rodzynek für die Öffentlichkeitsarbeit von namhaften Konzernen und Firmen, Vereinen sowie Institutionen und Personen verantwortlich. Er verfügt über nahezu 40 Jahre Berufserfahrung als vielseitiger Kommunikationsexperte in den Branchen Technologie und Medizin sowie bei Immobilienprojekt-Entwicklungen und in der Fußball-Bundesliga.

Inzwischen arbeitet er vornehmlich als Buchautor und verfasst über seine Webseiten oft kritische Statements zu aktuellen Themen. Sein zweiter Roman "Leben im Rausch" vermittelt einen realistischen Einblick in das Luxusleben der Schönen und Reichen.

Die wichtigsten Personen

Bernd von Essberg	Klinik-Eigentümer
Ali Abdoul Bebehani	Organhändler
Dr. Hans-Walter Bergmann	Neurologe
Gady Blaustein	Justiziar
Prof. Heinz-Wilhelm Carl	Kardiologe
Joachim Frankenberg	Verwaltungsdirektor
Dr. Sonia Frisch	Präventionsmedizin
Dr. Olaf Gellert	Oberarzt Internist
Prof. Jan Groenke	Chirurg
Prof. Günther Heitmann	Chef Transplantation
Dr. Irina Herzberg	Ärztin Innere Medizin
Marc Janzen	Patient
Dr. Christoph Kistenmeier	Chirurg
Marius Köhler	MFT-Verkaufsdirektor
Wojtek Kowalczyk	Organhändler
Prof. Udo Krüger	Chef-Onkologe
Rolf Leiseberg	Personalchef
Dr. Guido Morino	Chefarzt Anästhesie
Jassem Sabah	Partner von Bebehani
Heinrich Schneider	Hygiene-Beauftragter
Hubertus von Seelenthal	Patient
Anna von Seelenthal	Hubertus' Ehefrau
Prof. Walter Schultz	Chef-Radiologie
Heinz Wagner	Chefreporter Ex-Press
Prof. Andreas Winkmann	Ärztlicher Direktor

Es war ein typischer Herbsttag in einem Oktober, der mehr nass als goldig war. Der heftige Regen klatschte gegen die verschmutzten Fensterscheiben im ungemütlichen Konferenzzimmer der Hanse CityClinic im nördlichen Randgebiet von Hamburg. Draußen stürmte es; in dem stickigen Raum mit seinen nur spärlich bebilderten Wänden herrschte jene typische Ruhe, wenn Diskussionen an den toten Punkt einer gewissen Ratlosigkeit gelangt sind. Minutenlanges Schweigen, nur unterbrochen vom Klappern der vergilbten Tassen und von dem Lärm startender Maschinen vom benachbarten Flughafen. Der trübe und dünne Kaffee entsprach ganz der Stimmung. Sie war einfach schlecht. Während sich die Runde zur turnusgemäßen Wochenbesprechung pünktlich um 10:00 Uhr eingefunden hatte, herrschte seit 07:00 Uhr früh auf allen Stationen des Klinikums der typische Hochbetrieb zum Wochenanfang.

Die Hanse CityClinic gehörte einem privaten Träger und war ein Krankenhaus mit Maximalversorgung. Mit insgesamt 750 Betten wurden jährlich rund 50.000 Patienten stationär behandelt. Fast genauso viele Menschen ließen sich ambulant versorgen. Nahezu 2.500 Mitarbeiter gewährleisteten rund um die Uhr einen Klinikbetrieb, der auch für alle erforderlichen Sofortmaßnahmen in akuten Notfällen ausgelegt war. Der in den 1970er-Jahren errichtete Komplex bestand aus einem imposanten 24-stöckigen Haupthaus mit einer rötlichen Backsteinfassade und zwei länglichen Seitenflügeln, die nachträglich angesetzt worden waren. In diesen flachen Anbauten waren die zentrale Notaufnahme und gegenüber die Geburtshilfe mit der Gynäkologie untergebracht. Dazwischen lag die Zufahrt für die Rettungsfahrzeuge. Der Landeplatz für den Rettungshubschrauber befand sich auf dem Dach.

Die 20 Fachabteilungen der Hanse CityClinic deckten das komplette Leistungszentrum der modernen Medizin ab. Dazu gehörten auch ein überregionales Traumazentrum für Schwerverletzte, eine Stroke Unit speziell für eine optimale Schlaganfallversorgung und eine hochmoderne Einheit für Organtransplantationen. Die jüngste Investition war eine hotelartige Privatstation für wohlhabende Patienten mit allem Komfort und anspruchsvoller Gastronomie à la carte.

Verwaltungsdirektor Joachim Frankenberg hatte an diesem Montagvormittag den Ärztlichen Direktor, Prof. Andreas Winkmann, Prof. Walter Schultz, Chefarzt der Radiologie und Pflegeleiterin Susanne Schubert zu einem seiner berüchtigten Budgetgespräche gebeten. Wie so oft ging es mal wieder vor allem ums liebe Geld. An den medizinischen Themen und täglichen Herausforderungen auf den einzelnen Stationen hatte der rigorose Finanzmann kein Interesse und so gut wie nie ein offenes Ohr.

Er hatte das typische Machtgehabe klein gewachsener Männer, trug vorzugsweise mausgraue Anzüge mit gestreiften Krawatten. Seine schwarzmatten Schuhe hatten schief abgelaufene Absätze und mussten Schwerstarbeit verrichten, da der Träger sie selten wechselte. Frankenberg war so modisch wie herzlich. Für beides hatte er nicht viel übrig. Als kühler Zahlenmensch verdankte der Verwaltungschef seine langjährige Position vor allem seiner Fähigkeit, menschliche Regungen ganz den ehrgeizigen Vorgaben seines autoritären Arbeitgebers unterzuordnen. Dabei war die Gesundheit der Patienten lediglich ein Mittel zum Zweck. Und dieser Zweck hieß EBITA, der finanzielle Gewinn vor Zinsen, Steuern und Abschreibungen auf die immateriellen Vermögensgegenstände. Auf einen Nenner gebracht war das EBITA für Klinikeigentümer Bernd von Assberg das einzig wahre Mittel, um seinen Reichtum mit maximalen Steigerungsraten zu vermehren. Nur darum ging es; die oftmals verzweifelten Hoffnungen schwerkranker Menschen oder die zunehmenden Probleme des überforderten Krankenhauspersonals waren für ihn und sein Führungsteam nur zweitrangig. Die Zahlen waren das A und O, tiefschwarz mussten sie sein und ja nicht auch nur ansatzweise rot. Rückläufige Ergebnisse oder gar Verluste waren für den 66-jährigen Milliardär so schockierend wie die unerwartete Krebsdiagnose für Menschen, die sich bis dahin als gesund gewähnt hatten und sich auch ansatzweise nicht vorstellen konnten, nunmehr zu Umsatzbringern für einen gierigen Klinikbetreiber zu werden.

»Nein, wir müssen bis auf Weiteres alle Investitionen zurückstellen«, verkündete der Verwaltungsdirektor im Auftrag des abwesenden Eigentümers, als wolle dieser das Haus aufgrund verfehlter Umsatzziele nunmehr bestrafen. Der erwartete Protest ließ nicht lange auf sich warten.

»Der Personalmangel bei den Pflegekräften hat ein Ausmaß erreicht, das einen reibungslosen Ablauf in der Patientenversorgung erheblich gefährdet«, hielt Susanne Schubert entgegen. »Wir brauchen dringend und ganz schnell mehr Personal im Pflegebereich.«

Für den ärztlichen Direktor Winkmann das richtige Stichwort. »Schon jetzt sind fast 30 Prozent der Betten nicht belegt, weil wir nicht genügend Personal haben. Wichtige Eingriffe müssen abgesagt werden, weil wir nicht genügend Mitarbeiter haben, um die Patienten aufnehmen oder sie richtig versorgen zu können. Wie soll das gehen, wenn beispielsweise nur eine einzige Pflegekraft für jeweils 30 Betten auf zwei Stationen in mehreren Etagen zuständig ist? Es ist verantwortungslos und völlig absurd.« Warnend hob er seine rechte Hand, streckte den Zeigefinger nach oben und legte mit fester Stimme nach. »Die rückläufige Auslastung wirkt sich zwangsläufig auch auf die Einnahmen aus. Wie sollen wir denn unter diesen unzumutbaren Bedingungen die ohnehin utopischen Ziele erreichen? Nein, Herr Frankenberg, so geht das nicht. Wir sparen hier am falschen Ende.«

Für den kaufmännischen Leiter waren das bekannte Einwendungen, die er mit anteillosem Ausdruck zur Kenntnis nahm. Sein aschfahles Gesicht zeigte keinerlei Regung. Mit den Jahren hatte er gelernt, seine Gedanken hinter einem nichtssagenden Ausdruck zu verstecken. Empathie hatte hier nichts verloren. Dabei konnte er seinem Ärztlichen Direktor nicht widersprechen. Das Haus steckte wahrhaftig in einer höchst gefährlichen Abwärtsspirale. Aber wer würde es denn schon wagen, sich den Vorgaben des mächtigen Klinikinhabers zu widersetzen? Er mit Sicherheit nicht. Wenn von Assberg behauptete, die blaue Wand sei gelb, dann war es so. Jeder Widerspruch konnte das Ende der Karriere mit sich bringen. Eine Schreckensvision für den 54-Jährigen. In dem Alter und mit seinem branchenweit umstrittenen Ruf würde das für Frankenberg den zwangsläufigen Vorruhestand bedeuten. Nein, es musste einen anderen Ausweg aus diesem Dilemma geben.

Prof. Walter Schultz hob die Hand und beendete das unerträgliche Schweigen der ratlosen Runde. Fast mitleidsvoll lächelte der weißhaarige Radiologe die Pflegeleiterin an. »Sie haben natürlich grundsätzlich recht, Frau Pflegedirektorin. Aber der Mangel an Pflegekräften ist ein branchenweites Problem, das wir nicht allein in unserem Haus lösen können. Die Akquisition von Pflegekräften ist sehr zeit- und kostenaufwendig. Und würden sich denn die Ausgaben für neue Mitarbeiter auch bei voller Bettenauslastung rechnen? Hierzu bestehen wohl unterschiedliche Ansichten. Ich persönlich kann die Frage jedenfalls nicht beantworten.«

Wütend schlug Prof. Winkmann mit der flachen Hand auf den Tisch. »Wir sind eine Klinik und somit verantwortlich für die Gesundheit der Menschen in unserer Region. Ich bin nicht Arzt geworden, um einem Klinikbesitzer die bereits vollen Taschen noch weiter vollzustopfen. Ich bestehe auf eine adäquate Patientenversorgung anstatt einer Gewinnmaximierung. Verdammt, das ist unsere Aufgabe.«

Mit sanfter Stimme protestierte Frankenberg. »Wir suchen ja nach Pflegekräften und geben seit Monaten teure Anzeigen in mehreren osteuropäischen Fachzeitschriften aus. Der deutsche Markt ist ja wie leergefegt.«

»Warum wohl?«, wendete die Pflegeleiterin kopfschüttelnd ein, »wir haben es seit Jahren versäumt, diesen Beruf attraktiver zu machen. Wer möchte denn heute noch Krankenschwester werden? Diese so verantwortungsvolle Tätigkeit hat doch mittlerweile überhaupt keinen Stellenwert mehr. Was bieten wir denn dem Nachwuchs außer Stress, Überstunden, Schichtdienst und mangelnde Wertschätzung bei schlechter Bezahlung? Ich bin zu 100 Prozent sicher, mit Pflegekräften aus Osteuropa oder Asien werden wir niemals die wachsenden Löcher stopfen können. Mal ganz abgesehen von den Risiken für die zu betreuenden Patienten durch mangelnde Sprachkenntnisse.«

Der massive Pflegenotstand bereitete Susanne Schubert schon seit längerer Zeit schlaflose Nächte. Die alleinstehende Frau war seit jeher mit ihrem Beruf verheiratet und litt unter der allgemein mangelnden Anerkennung für diese so wichtige Arbeit. Ihr vorbildliches Engagement und ihre unermüdliche Leidenschaft hatten das Management davon überzeugt, dass die 45-jährige Berlinerin genau die richtige Fachkraft für die anspruchsvolle Position der Pflegeleitung war. Auch wenn sie sich mit ihrer etwas forschen Berliner Schnauze manchmal in Ton und Wortwahl etwas vergriff, genoss sie aufgrund ihrer Kompetenz und vorbildlichen Arbeitsauffassung den Respekt des Managements. Außerdem wirkte sich ihre hohe Beliebtheit auf allen Stationen immer wieder vorteilhaft für den Hausfrieden aus.

»Glauben Sie mir, wir suchen nach Lösungen«, versuchte Frankenberg mit monotoner Stimme zu beschwichtigen. Es klang wie bei allen vorherigen Diskussionen zu diesem Thema wenig überzeugend.

Niemand an diesem Tisch nahm ihm das ab; er selbst glaubte ebenso wenig daran. Es waren die hohlen Worte leerer Versprechungen. Der dramatische

Mangel an Pflegepersonal war ein weit bekanntes und rapide wachsendes Problem in der gesamten Gesundheitsbranche. Es kam regelmäßig auf den Tisch, um dann letztendlich doch ungelöst beiseite geschoben zu werden. Ein ungeliebtes Thema für alle Beteiligten, da es augenscheinlich keine Lösung gab. Es war wie eine tickende Bombe, die niemand entschärfen wollte, obwohl ihre folgenschwere Explosion nur eine Frage überschaubarer Zeit war.

Zur selben Zeit hatte das frühsommerliche Wetter in Kapstadt die 20-Grad-Marke längst überschritten. Es war 11:00 Uhr und Irina Herzberg genoss den zweiten Cappuccino in ihrem zerwühlten Hotelbett in dem 5-Sterne-Haus am Strand von Camps Bay. Ein hochsommerlicher Tag stand bevor, aber an ein Bad im Meer war angesichts der eisigen Wassertemperatur auf dieser Seite des Ozeans nicht zu denken. Dafür freute sich die junge Ärztin auf ein paar sonnige Stunden am Hotelpool, der überwiegend von britischen Touristen frequentiert wurde.

Ihr Freund war schon um 09:00 Uhr zu einem Ausflug mit den anderen Teilnehmern der sogenannten Studienreise aufgebrochen. Das umfangreiche Tagesprogramm sah eine mehrstündige Tour in der Region mit einem Lunch im bekannten Harbour House in Kalk Bay vor. Irina konnte also den restlichen Tag ganz nach eigener Lust und Laune gestalten. Sie schüttelte innerlich den Kopf über das, was sich hinter solchen Studienreisen in Wirklichkeit verbarg. Auf diesem Trip jedenfalls war mehr Trinkfestigkeit als fachliches Interesse für den eigentlichen Anlass gefordert.

Während ihres Praktikums an der Hanse CityClinic hatte sie eine heimliche Affäre mit Prof. Udo Krüger begonnen. Deshalb hatte sie sich überreden lassen, den überregional renommierten Chefarzt der onkologischen Abteilung auf dieser viertägigen Reise zu begleiten. Und Südafrika stand ganz oben auf ihrer Liste der noch unerfüllten Traumreisen.

Gastgeber war der mächtige Pharmakonzern Chemtec, der eine neu entwickelte Chemotherapie nach nunmehr erfolgter Zulassung rasch am Markt platzieren wollte. Zur klinischen Einführung hatte das Unternehmen führende Onkologen aus Deutschland, Österreich und der Schweiz eingeladen.

Kapstadt bot mit seinen erlebenswerten Weinbergen und Feinschmecker-Restaurants genau das richtige Szenario für diesen Zweck. Das Programm setzte dabei mehr auf die persönlichen Annehmlichkeiten der hochkarätigen Teilnehmer als auf lange wissenschaftliche Vorträge und fachliche Diskussionen. Die wichtigsten Informationen über das neue Präparat waren bereits in den entsprechenden Fachmedien vor dieser Reise publiziert worden, die somit inhaltlich keine wirklich neuen Erkenntnisse versprachen.

Der gemeinsame Flug in der bequemen Business Class an den südlichen Zipfel des afrikanischen Kontinents sollte vor allem die sozialen Kontakte zwischen der Firma und den Ärzten vertiefen. Bekanntlich zählen diese für die gewinnorientierte Pharmaindustrie mehr als ein wissenschaftlich fundierter Produktvergleich. Gerade bei einer Neueinführung geht es primär um die besseren Kontakte zu den einflussreichen Entscheidungsträgern und nicht darum, wer die wirksameren Medikamente anbietet. Im sogenannten Networking war Chemtec führend und leistete sich ein hohes Budget speziell für das persönliche Wohl seiner verwöhnten Kundschaft. Die Investitionen in den Goodwill der Onkologen machten sich unterm Strich bestens bezahlt.

Geschäftsführer Jan Siebert und Prof. Krüger kannten sich persönlich, infolge ihrer langjährigen Tätigkeit in der Onkologie, sehr gut. Auf verschiedenen Reisen hatten sie viele gemeinsame Stunden an den Hotelbars verbracht. Sie waren zwar keine kumpelhaften Freunde, aber sie schätzten sich gegenseitig aufgrund ihrer fachlichen Qualifikation und beruflichen Position. Auf diesem Trip indes hatte sich der grauschläfige Chef-Onkologe aus Hamburg zunächst etwas rar gemacht und sich die ersten beiden Tage mit seiner attraktiven Reisebegleiterin zurückgezogen. Für den erfahrenen Chemtec-Manager war dies kein Problem. Hauptsache, der Doktor genoss den Trip und gab dem Gastgeber zugleich den Freiraum, sich intensiver um die anderen Teilnehmer bemühen zu können.

Für die 31-jährige Irina könnte diese gemeinsame Reise auch berufliche Vorteile haben, denn die Assistenzärztin versprach sich die persönliche Unterstützung ihres einflussreichen Lovers bei ihrer weiteren Karriere in der Klinik. Medizin faszinierte sie und für sie kam kein anderer Beruf infrage.

Während ihrer Studienzeit hatte sie ihren Vater verloren, der nach einem mehrjährigen Leiden bereits mit Anfang 60 an Prostatakrebs gestorben war. Nach einer erfolgreichen Operation mit anschließender Bestrahlung schien die Krankheit zunächst verdrängt. Doch der langsam wachsende Tumor war aktiv geblieben. Drei Jahre später hatten die Ärzte Metastasen in der Leber diagnostiziert und eine Chemotherapie verordnet. Die Nebenwirkungen waren wie in so vielen Fällen sehr heftig gewesen. David Herzberg hatte mit seinen Haaren auch die Freude und den Willen am weiteren Leben verloren. Es hatte nicht einmal mehr ein weiteres Jahr gedauert, bis die ursprünglich aus St. Petersburg stammende Familie ihren geliebten

Vater auf dem Jüdischen Friedhof in Hamburg beerdigen musste.

Irinas Beziehung zu ihrem Vater war sehr eng gewesen. Von klein auf hatte er sie liebevoll gefordert und gefördert. Es war für sie schwer erträglich gewesen, den Zerfall dieses bis dahin kerngesunden und kräftigen Mannes so nah mitzuerleben. Auch deshalb zweifelte sie immer wieder an der Widersprüchlichkeit der heutigen Medizin. Einerseits verfügten die Ärzte über unvorstellbare Möglichkeiten, andererseits scheiterten Forschung und Entwicklung immer noch in der Prävention und Heilung vieler Krebserkrankungen. Zwar ermöglichten neue Operationsmethoden und Medikamente beachtenswerte Fortschritte, aber der entscheidende Durchbruch war noch längst nicht in Sicht.

Aufgrund der schmerzvollen Erinnerungen an die eigene Familientragödie hatte Irina vom ersten Moment an nur wenige Sympathien für den Geschäftsmann Jan Siebert. Sie mochte ihn nicht, weder sein dominantes Auftreten und noch weniger die eigennützige Rolle, die er in ihrer Medizinwelt einnahm. Die Art und Weise, wie dieser joviale Pharmaboss ein Mittel anpries, das den behandelten Menschen ihre Lebensqualität nahm und meistens auch sehr leiden ließ, empfand sie als zynisch und pietätlos. Dass sie nun selbst vom Erfolg dieser Firma auf einer solchen Luxusreise profitierte, gab ihr ein beschämendes Gefühl. Sie kam sich wie eine Verräterin am eigenen Vater vor, der an dieser brutalen Chemie vor ihren Augen zugrunde gegangen war. Und sie begriff immer mehr, dass die Realität im Gesundheitswesen in vielerlei Hinsicht anders war als ihre ursprünglichen Vorstellungen von einem Beruf, den sie mit großer Überzeugung und Leidenschaft gewählt hatte.

Auf dem Hinflug hatte sie mit Udo lange über ihre Schuldgefühle gesprochen. Dem sensiblen Onkologen, selbst Vater von zwei erwachsenen Töchtern, war es jedoch gelungen, die kritischen Bedenken der attraktiven Frau zu zerstreuen. Sie hatte ihn aus ihren großen Augen angeschaut, während er in seiner typischen Art argumentiert hatte. Seine Stimme hatte leise und wohlwollend geklungen, aber zugleich auch eindringlich und überzeugend. »Ich könnte dir etliche Patienten von mir nennen, die durch Chemotherapie viel Zeit gewonnen und auch eine wieder positive Lebenseinstellung gewonnen haben. Wie du weißt, gibt es viele Tumore, die wir heute erfolgreich operieren und mit potenten Medikamenten therapieren können. Wir dürfen daher auf keinen Fall schwarz-weiß malen und die bedeutenden Fortschritte in der Onkologie ignorieren.« Sanft hatte er ihr seine linke Hand auf den Unterarm gelegt und liebevoll die junge Frau gestreichelt, die sich wieder dem ovalen Fenster in der riesigen Boeing zugewandt und in über 12.000 Meter Flughöhe in die finstere Nacht gestarrt hatte. Ihr rotbraunes Haar hatte in der abgedunkelten Kabine fast ebenso schwarz gewirkt. Es glänzte und hatte einen blumigen Duft, den Udo ebenso mochte wie ihren sehr gepflegten Körper. Irina war 1,65 Meter groß, schlank und hatte dennoch frauliche Rundungen an den richtigen Stellen. Ihre Hautfarbe hatte einen leicht goldigen Schimmer; im Sonnenlicht konnte man ein paar dezente Sommersprossen rings um ihre schmale Nase herum wahrnehmen. Sie hatte ein hübsches mädchenhaftes Gesicht mit leicht hochstehenden Wangenknochen. Ihr wohlgeformter Mund war von weichen Lippen umschlossen und ihre braungrünen Augen konnten von jetzt auf gleich von extrem fröhlich auf tiefsinnig traurig wechseln. Am liebsten lief sie in Jeans mit Sneakers herum. Sie hatte eine Schwäche für hochwertige Pullis aus feinem Kaschmir, die sie vorzugsweise auf der nackten Haut trug. Im Herbst und Winter mit einer Bluse, die sie nicht in die Jeans stopfte, sondern unter dem Pulli herausragen ließ.

So hatte Udo Krüger sie an der Kasse der Klinikkantine kennengelernt. Sie hatte ihr Portemonnaie vergessen und der charmante Prof. hatte diese Gelegenheit wahrgenommen, die junge Frau gleich zu einem Essen einzuladen. Fortan trafen sie sich immer häufiger zu einem gemeinsamen Lunch im Haus.

Nach drei Wochen fragte er die junge Frau mit der Höflichkeit eines wohlerzogenen Kavaliers, ob er sie denn zu einem Dinner einladen dürfe. Irina sagte zu, weil sie diesen unterhaltsamen Mann interessant und angenehm fand. Außerdem könnte er ihr auf dem weiteren Weg ihrer jungen Karriere sicher auch nützlich sein. Persönliche Beziehungen schadeten bekanntlich nur denen, die sie nicht hatten.

Es kam, wie es kommen musste; nach dem fünften Rendezvous landete das Paar in einem Hotelbett. Ihr Verehrer musste sich schon einige Wochen in Geduld üben, bevor er sie in seine Arme nehmen durfte.

Irina fühlte sich wohl an der Seite dieses lebenserfahrenen Mannes, der mit seinen 62 Jahren allerdings auch ihr Vater hätte sein können. Sie hatte ohnehin eine Schwäche für jung gebliebene Männer im reifen

Alter und empfand meistens schnell Langeweile im Kreise von gleichaltrigen Verehrern.

Udo war ein sehr attraktiver Mann, sensibel und charmant. Trotz seines Alters hatte er einen sportlich durchtrainierten Körper, den sie insbesondere in intimen Momenten zu genießen wusste. Und sie liebte seine verführerische Zärtlichkeit, die sie immer wieder auf einer Wolke der Erfüllung schweben ließ.

Dass Udo verheiratet war und mit seiner Frau Marianne und ihren beiden gemeinsamen Töchtern ein bürgerliches Leben mit vielen gesellschaftlichen Verpflichtungen führte, störte sie wenig. Im Gegenteil. Die begrenzte Zeit ihres Liebhabers beanspruchte sie zeitlich nicht zu sehr und ließ ihr den Freiraum, der ihr schon immer wichtig war. Anders als die meisten Frauen in ihrem Alter hatte sie noch nie den Wunsch nach einem räumlichen Zusammenleben mit einem Lebenspartner verspürt.

Sie mochte zwar Kinder, konnte sich aber selbst als Mutter in dieser Lebensphase noch nicht so recht vorstellen. Für Irina standen ihr beruflicher Erfolg und ihre persönliche Eigenständigkeit ohne einschränkende Verpflichtungen an erster Stelle. In welcher Reihenfolge auch immer.

Prof. Andreas Winkmann verfluchte diesen typischen Montag. Entsprechend schlecht war seine Stimmung. Die täglichen Probleme in seiner Klinik und der unersättliche Geldhunger des Eigentümers vermiesten ihm seine geliebte Arbeit. Er war Arzt aus Leidenschaft, schwere Krankheiten seiner Patienten berührten ihn und erzeugten sein persönliches Mitgefühl. Für ihn war das Wohl der Patienten oberstes Gebot. Er hatte überhaupt kein Verständnis für die größtenteils kleinlichen Querelen seiner Kollegen und empfand sie als kindisch. Meistens steckten doch lächerliche Eitelkeiten oder profilneurotische Machtkämpfe dahinter. Er machte sich angesichts der erheblichen Veränderungen im Gesundheitswesen immer wieder Vorhaltungen, seine Tochter und die beiden Söhne zu einem Medizinstudium gedrängt zu haben.

Der 60-jährige Internist und feinsinnige Musikliebhaber stammte aus einer süddeutschen Arztfamilie, die in seiner Kindheit nach Hamburg umgezogen war. Jetzt wohnte Andreas Winkmann mit seiner Frau Sylvia, eine gebürtige Hamburgerin, und der Jack-Russel-Hündin Püppie in einem gemütlich eingerichteten Reihenhaus am östlichen Randgebiet der Hansestadt. Seine drei Kinder hatten sich in verschiedene Wohngemeinschaften unweit der Hamburger Universität eingemietet.

Vor fünf Jahren wurde der sympathische Internist und Chefarzt für Innere Medizin zum Ärztlichen Direktor ernannt. Seine Kollegen, aber auch die meisten Pflegekräfte und ganz besonders die Patienten, schätzten das insgesamt freundliche Wesen des Arztes mit dem grauen Dreitagebart. Er trug am liebsten braune oder blaue Cordhosen und graue Rollkragenpullover aus hautfreundlicher Merinowolle. Für Prof. Winkmann standen die ethischen Grundsätze seines Berufes mit der großen Verantwortung für die Patienten an erster Stelle. Ebenso wichtig war ihm aber auch die Verpflichtung für die Mitarbeiter. Hierfür war er zu jeder berechtigten Auseinandersetzung mit der klinischen Verwaltung und dem Management bereit. Seine offene Wesensart war so aufrecht wie seine unaufdringliche Gestalt. Meistens zeigte er sein wohlwollendes und optimistisches Lächeln, wenn er zur Visite in einem Patientenzimmer erschien.

An diesem Vormittag hatte er jedoch extrem schlechte Laune. Andreas Winkmann wirkte sehr ernst und nachdenklich. Ihm stand eine weitere unerfreuliche Begegnung bevor. Nach dem ergebnislosen Meeting beim Verwaltungsdirektor erwartete der Ärztliche Direktor in den nächsten Minuten den aufgebrachten Chefarzt der Allgemein- und Viszeralchirurgie. Er ahnte Ungutes, denn ein quasi offizieller Besuch des Kollegen in seinem Büro kam während der täglichen OP-Zeit sehr selten vor. Gewöhnlich begegneten sich die beiden Männer in den Fluren oder beim kurzen Lunch in der Kantine und besprachen in wenigen Minuten alle aktuellen Probleme.

Diesmal musste es schon etwas Ernsteres sein und seine Vorahnung war absolut gerechtfertigt. Dr. Christoph Kistenmeier schäumte vor Wut über die junge Anästhesistin Monika Möller. Die selbstbewusste Frau, die schon als Assistenzärztin von der Autorität der sogenannten Götter in Weiß wenig beeindruckt war, wollte doch tatsächlich von sich aus einen größeren Eingriff bei einem 76-jährigen Patienten mit

Dickdarm-Karzinom ablehnen. Als Begründung für ihre starrsinnige Position nannte sie erhebliche Risikofaktoren von Herz und Kreislauf. Was bildete sie sich bloß ein, diese Frau Möller? Sie, die neue Mitarbeiterin, wollte ihm als alteingesessenen Chefarzt erzählen, wo es langging. Eine Unverschämtheit. Nur weil ihr die meisten Männer fasziniert auf ihre aufreizende Figur und ihr so unschuldig anmutendes Gesicht starrten? Natürlich war sie sich dessen voll bewusst und kokettierte immer wieder gern mit ihren femininen Reizen. Dass auch seine Augen gern über ihren fraulichen Blickfang-Körper spazierten, wollte er sich in diesem Moment nicht eingestehen. Jetzt war er richtig sauer auf sie.

»Nicht mit mir«, fluchte der verärgerte Operateur, der sich von so einer nun wirklich nicht vor versammelter OP-Mannschaft das bereitliegende Skalpell aus der Hand nehmen lassen wollte.

Obgleich diese OP laut ärztlicher Tumorkonferenz die einzig sinnvolle Behandlungsmethode des früh erkannten Darmgeschwürs war, waren vor allem die kardiologischen Ergebnisse der Voruntersuchung wirklich zu schlecht, um die Verantwortung für eine Vollnarkose in diesem Umfang zu übernehmen. Der Einwand der gewissenhaften Fachärztin war daher medizinisch absolut nachvollziehbar. Dennoch verlor Dr. Kistenmeier fast die Fassung, als er die junge Kollegin weder mit guten Worten noch mit seiner gefürchteten Autorität zu der bereits terminierten Operation bewegen konnte.

»Verehrte Frau Doktor, es handelt sich um einen sehr wohlhabenden Privatpatienten, den ich in einem umfassenden Aufklärungsgespräch über alle Aspekte des Eingriffs informiert habe. Er hat sich unmissverständlich dafür entschieden und mich persönlich darum gebeten, ihn so schnell wie möglich zu operieren. Und nun kommen Sie mit Ihrem quasi unifrischen Wissen und wollen mich belehren und sich gegen den Wunsch des Patienten stellen. Sind Sie sich über die Konsequenzen Ihres Verhaltens im Klaren?« Die unbeirrte Anästhesistin hatte die Botschaft schnell verstanden und konterte mit provokantem Unterton. »Ich soll also die Verantwortung dafür tragen, dass mir ein Hochrisikopatient durch Herzversagen auf dem Tisch bleibt und Sie trotz dieses Misserfolges den Hinterbliebenen eine saftige Rechnung schreiben können? Und wenn ich die Anästhesie bei dieser riskanten OP aus ärztlicher Verantwortung weiterhin verweigere, muss ich wohl mit Ihrer Beschwerde in der Direktion und vielleicht sogar mit einem Rauswurf rechnen. Gehören solche Nötigungen zur neuzeitlichen Ethik des medizinischen Berufes?«

So einen frechen Auftritt hatte sich bislang noch niemand gegen den autoritären Chirurgen erlaubt. Ein absoluter Tiefschlag, auf den er in einer demonstrativen Art und Weise zu reagieren gedachte, damit sich solche Respektlosigkeiten niemals mehr in seinem OP wiederholten. Hier galt es nun, ein klares Zeichen gegenüber dem Personal zu setzen. Derartige Respektlosigkeiten gegen ihn dürfte es nie wieder geben.

Dr. Kistenmeier beauftragte seine Sekretärin, einen schnellen Termin beim Ärztlichen Direktor zu organisieren. Und sollte dieser keine erwarteten Konsequenzen ziehen, würde sich der Chirurg notfalls direkt an von Assberg mit dem Hinweis wenden, dass sich der junge und forsche Medizinnachwuchs leider auch mehr und mehr zu kurzsichtigen Umsatzverhinderern entwickelte. In der Hanse CityClinic stach die Trumpfkarte Geld immer, da konnte die Möller noch so viel von ihrer medizinischen Verantwortung erzählen. Sie sollte mal lieber an ihren Arbeitsplatz denken, den sie heute vielleicht sogar schon verspielt hatte. Zumindest dürfte es einen entsprechenden Eintrag in ihrer Personalakte geben.

Für Andreas Winkmann eine schwierige Situation. Fachlich gab er der Kollegin grundsätzlich recht. Allerdings hätte er sich eine einfühlsamere Vorgehensweise der jungen Frau gewünscht. Sie wusste doch um das primadonnenhafte Gebaren des chirurgischen Großmeisters, von dem sie als fachlich noch relativ junge Fachärztin für Anästhesie eine Menge lernen konnte. Die gewissenhafte und engagierte Narkoseärztin hätte ihre Bedenken doch in einer Weise dem Chirurgen nahebringen können, ohne ihn zu brüskieren. Warum musste sie ihn denn auf diese Art provozieren? Allerdings hatte der Ärztliche Direktor persönlich auch Sympathien für die junge Kollegin, die in ihrer medizinischen Verantwortung weder vor Titeln noch vor Positionen zurückschreckte. Zunächst wollte er aber seinen aufgebrachten Kollegen beschwichtigen.

»Natürlich muss Ihr Patient zeitnah operiert werden. Aber vielleicht sollten wir seinen Kreislauf noch weiter stabilisieren, bevor er zu Ihnen auf den Tisch kommt. Und natürlich zweifelsfrei sicherstellen, dass sein Herz den Eingriff übersteht. Selbstverständlich werde ich unabhängig davon mit Monika Möller ein ernstes Wort reden. So geht das natürlich nicht, die Dame muss sich schon an unseren Umgangsstil halten. Nehmen Sie es bitte nicht persönlich, lieber Kollege.«

Prof. Christoph Kistenmeier nahm das Statement des Ärztlichen Direktors mit gemischten Gefühlen zur Kenntnis. Er hätte sich schon eine andere Konsequenz gewünscht, wusste aber um die Mentalität des Ärztlichen Direktors, der bekanntermaßen immer nach ausgleichenden Lösungen suchte.

»Ja, vielen Dank, lieber Kollege. Bitte schauen Sie sich dann auch die weiteren Untersuchungen meines Patienten an, damit wir ihn wirklich in den kommenden Tagen operieren können. Damit Frau Möller sieht, dass hier alles mit rechten Dingen zugeht. Aber wir sollten jetzt keine weitere Zeit verlieren.«

Marc Janzen war ein Mann, der das Leben liebte. Gut aussehend, beruflich erfolgreich und wohlhabend. Mit seiner stattlichen Körpergröße von gut 1,90 Metern, seinen breiten Schultern und einer athletischen Figur, trotz kleinem Bauchansatz, strahlte er das Selbstbewusstsein einer Persönlichkeit aus, die man sofort wahrnahm. Äußerlich attraktiv, höchst redegewandt und charmant.

Der 56-jährige Blondschopf mit modischem Kurzhaarschnitt leitete in dritter Generation das von seinem Großvater gegründete Autohaus in Lübeck, das zahlreiche Filialen in ganz Schleswig-Holstein betrieb. Die unternehmerische Expansion war besonders sein persönlicher Verdienst. Nachdem er das Handwerk von Grund auf hatte erlernen müssen und schonungslos alle Firmenbereiche durchlaufen hatte, übernahm er vor acht Jahren die Geschäftsführung von seinem Vater Peter, der sich mit 72 ins Privatleben zurückgezogen hatte. Sohn Marc setzte den dynamischen Erfolgskurs des Hauses fort. Janzen-Automobile war im nördlichen Bundesland ein weit bekannter Begriff für teure Sportwagen und Luxuslimousinen.

Mit Ausnahme von kleinen alterstypischen Wehwehchen erfreute sich der agile Unternehmer guter Gesundheit. Seit über 20 Jahren war er mit seiner Jugendfreundin Ursula verheiratet. Sie hatte seinerzeit als kaufmännische Auszubildende in dem Autohaus gelernt und sich in dieser Zeit mit Marc angefreundet. Beide unternahmen in ihrer Freizeit viel und es dauerte einige Monate, bis sie dann auch ein Liebespaar wurden. Die zierliche Ursula hatte noch heute als 50-Jährige die Figur eines knabenhaften Mädchens mit einem allerdings überproportional großen Busen. Um ihre rehbraunen Augen hatten sich im Vergleich zu ihren gleichaltrigen Freundinnen noch keinerlei Falten gebildet; die dunkelblonde Haarpracht war noch nicht einmal ansatzweise grau. Wer das Alter dieser attraktiven Frau schätzen sollte, lag meist erheblich unter der wahren Jahreszahl.

Der ursprüngliche Wunsch nach Kindern blieb dem unkonventionellen Paar so versagt wie die heutzutage typischen Ehekrisen, die viele ihrer Freunde und Verwandte mit den Jahren erlebten. Ihre Beziehung war mehr freundschaftlich denn leidenschaftlich; sowohl Ursula als auch Marc hatten nebenbei immer wieder wechselnde Liebschaften, von denen sie beide zwar ahnten, aber nie darüber sprachen. Eifersucht war kein Thema im modern eingerichteten Haus der Janzens, in dem jeder seinen eigenen Bereich hatte. Sie hatten getrennte Schlafzimmer und Bäder. Meistens trafen sie sich in ihrer großen Küche, wobei Ursula im Gegensatz zu ihrem Ehemann weder gern kochte noch großen Wert auf anspruchsvolles Essen legte.

Im Prinzip lebten sie wie zwei Singles, die sich auf ihrer riesigen Wohnfläche gelegentlich begegneten und in immer größer werdenden Abständen miteinander schliefen. Mehr aus guter Gewohnheit und langjähriger Vertrautheit.

Mit den Jahren wuchs bei beiden der Wunsch nach neuen Abenteuern. Auf der letzten Jubiläumsfeier funkte es gewaltig zwischen Frau Janzen und Steuerberater Günter Schmitt, dem ihr unübersehbares Interesse vor den Augen seines Auftraggebers höchst unangenehm war. Marc Janzen musste indes innerlich schmunzeln; kannte er doch diese einnehmenden Blicke seiner ebenso lustvollen wie zielstrebigen Gattin. Um den etwas schüchternen Günter war es geschehen. Nach drei Gläschen war Ursula für gewöhnlich nicht mehr zu bändigen. Und die hatte sie zur fortgeschrittenen Abendstunde bereits genussvoll getrunken.

Trotz der großen Freiräume und gegenseitigen Toleranz traten Ursula und Marc gesellschaftlich immer als gutbürgerliches Ehepaar auf, das respektvoll miteinander umging. Zusammen nahmen sie die zahlreichen Einladungen im großen Freundeskreis und geschäftlich wichtige Events wahr. Ein weiteres Ritual waren zwei gemeinsame Fernreisen pro Jahr. Beide liebten die Atmosphäre auf großen Luxusschiffen und genossen die Landausflüge in aller Welt.

Als sie kürzlich von einer 14-tägigen Karibikreise zurückkamen, erfuhren sie vom plötzlichen Tod von Marcs Freund Thomas. Er war erst 54 und bei seinem Jogging bewusstlos umgefallen. Die sofort durch einen Notarzt eingeleiteten Reanimationsmaßnahmen mussten nach 30 Minuten erfolglos abgebrochen werden. Er hatte plötzlich und völlig unerwartet einen tödlichen Herzinfarkt erlitten. Über die Ursachen, die dazu führten, herrschte im gemeinsamen Bekanntenkreis großes Rätselraten. Thomas war sportlich, hatte Normalgewicht, rauchte nicht und trank Alkohol in nur moderaten Mengen. Außerdem ging er jede Woche zweimal ins Fitnessstudio und joggte jeden dritten Tag.

Ursula nahm die Gelegenheit wahr, ihren Mann erneut zu ermahnen: »Marc, wann gehst du endlich zum Check-up? Du hast es schon vor Monaten versprochen!«

Für Marc Janzen waren Kliniken und auch Arztpraxen wie Autowerkstätten, die man nur notgedrungen zur Reparatur aufsuchen sollte. Er war davon überzeugt, dass wenn mit der Gesundheit etwas nicht stimmte, es der Körper schon irgendwie signalisieren würde. Das Gerede um regelmäßige Vorsorgeuntersuchungen hielt er insbesondere für Geldmacherei. Seit der grundlegenden Umstrukturierung des gesamten Gesundheitswesens durch das Bundesministerium mussten ja die niedergelassenen Ärzte und noch mehr die Krankenhäuser zusehen, auf ihre Kosten zu kommen. Die Heilung kranker Menschen schien mehr und mehr eine Frage des Geldes und nicht der Medizin zu sein.

Marc Janzen hielt diesen zunehmenden Trend für eine höchst besorgniserregende Entwicklung, die er als wirtschaftlich denkender Kaufmann überhaupt nicht nachvollziehen konnte. Was der passionierte Liebhaber kulinarischer Köstlichkeiten und guter Weine allerdings gedanklich verdrängte, war sein nächtlich erheblich zunehmender Harndrang, den er seit Monaten verzeichnete. Manchmal musste er fast stündlich hoch, um die drückende Blase zu leeren. Ein Bekannter hatte ihm von der im Alter üblichen Vergrößerung der Prostata erzählt, die besonders über Nacht häufigeres Wasserlassen bewirken konnte. Außerdem hatte Marc ständig Durst und trank seit einiger Zeit tagsüber mindestens dreimal so viel Wasser wie früher. Aber auch darüber machte er sich keine weiteren Gedanken. Schließlich gab er dem massiven Druck seiner Frau nach und meldete sich auf Empfehlung eines

Bekannten zur Vorsorgeuntersuchung in der Hamburger Hanse CityClinic an. Ein guter Kunde von ihm war Orthopäde in diesem Haus und würde ihn seinem zuständigen Kollegen ans Herz legen. Die höhere Anonymität einer entfernten Großstadt, in der er nicht so bekannt wie zu Hause in Lübeck war, kam ihm hierfür nur gelegen. Man konnte ja nie wissen. Wenn denn was sein sollte, wäre das Risiko möglicher Spekulationen über eine Krankheit in einer Kleinstadt trotz ärztlicher Schweigepflicht wohl erheblich größer.

»Nehmen Sie bitte Platz, Herr Janzen. Es war gut und auch höchste Zeit, dass Sie zu uns gekommen sind.« Dr. Olaf Gellert, Oberarzt für Innere Medizin und zuständig für die Präventionsmedizin an der Hanse CityClinic, kam gleich zur Sache. Er hatte eine hagere Gestalt; sein weißer Kittel war gut eine Nummer zu groß. Darunter trug er sein kariertes Sporthemd, das mehrere Farben zu einem recht unruhigen Muster kombinierte. Er schob immer wieder seine Lesebrille mit den kleinen runden Gläsern nach oben. Das Gestell hatte auf seiner schmalen Nase nicht genügend Halt.

»Wussten Sie, dass Sie Diabetiker sind? Ihre Zuckerwerte sind alarmierend hoch. Eigentlich müssten Sie bereits Beschwerden haben. Zum Beispiel massive Müdigkeit oder auch Sehstörungen? Haben Sie bislang nichts gemerkt?«

Marc Janzen wurde jetzt fast schwarz vor Augen, er spürte einen erhöhten Pulsschlag und in seinem Magen zog es sich unangenehm zusammen.

»Nein, nennenswerte Beschwerden habe ich nicht. Mir ist nur aufgefallen, dass ich sehr viel mehr als sonst trinke und nachts manchmal stündlich auf den Topf muss.«

»Kein Wunder«, erklärte Dr. Gellert, »Ihr Körper versucht, den vermehrt im Blut vorhandenen Zucker über den Urin auszuscheiden. Deshalb trinken Sie auch viel mehr als sonst, um den hohen Flüssigkeitsverlust auszugleichen.«

Das hörte sich überhaupt nicht gut an. Fast kleinlaut fragte Marc: »Und was kann ich dagegen tun beziehungsweise wie können Sie mir helfen, Herr Doktor?«

»Sie müssen unbedingt Ihre Lebensgewohnheiten ändern, Herr Janzen, vernünftiger essen und sich vor allem viel mehr bewegen. Diabetes mellitus, also Typ II, ist oftmals die Folge von Übergewicht und Bewegungsmangel. Natürlich kann er auch genetische Gründe haben. Allein in Deutschland leiden über sechs Millionen Menschen unter dieser typischen Wohlstandskrankheit. Keine Sorge, wir bekommen Ihren Zucker gewiss rasch in den Griff. Mit Tabletten und am Anfang wohl auch mit Insulin. Wahrscheinlich nur übergangsweise für eine gewisse Zeit. Das spritzen Sie sich täglich mit einem speziellen Pen. Ist ganz einfach und auch schmerzfrei.«

Marc war zugleich besorgt und doch erleichtert. Was bedeutete wohl Lebensumstände ändern? Worauf müsste er künftig verzichten? Dr. Gellert unterbrach seine Überlegungen. »Manche Krankheiten verursachen spürbare Beschwerden, andere wie Diabetes und hoher Blutdruck werden von den Menschen nicht wahrgenommen. Und wenn, dann ist es oft zu spät. Seien Sie also froh, dass Sie rechtzeitig die Initiative ergriffen haben und nicht über die Notaufnahme bei uns gelandet sind.«

Marc hörte den Erklärungen des Arztes aufmerksam zu und musste dabei an seinen kürzlich verstorbenen Freund denken. Ob Ursula wohl geahnt hatte, dass mit ihm etwas nicht stimmen konnte? Auf jeden Fall empfand er für sie in diesem Moment ein starkes Gefühl der Dankbarkeit.

Der Arzt schaute abwesend auf seinen Computermonitor und – sanft lächelnd – auf seinen beunruhigten Patienten. Zwischendurch flogen seine Finger über die Tastatur. Allzu gut kannte Dr. Gellert diese Situation. Herr Janzen gehörte zu den Typen von Patienten, die sich kaum Sorgen um mögliche Krankheiten machten. Wahre Verdrängungskünstler. Und eines Tages kamen sie dann völlig unbeschwert und ahnungslos zu den Untersuchungen und fielen quasi aus allen Wolken, wenn es dann doch einen ernsten Befund gab. Die andere Gruppe machte sich so viele Gedanken, dass sie sich schon im Wartezimmer ausmalten, wie schlimm die Diagnostik ausfallen würde. Dr. Gellert fragte sich, ob seinem Gegenüber bereits klar war, was ihn nunmehr erwartete.

»Wann können Sie sich denn gut eine Woche freimachen, damit wir Sie stationär aufnehmen und mal komplett durchchecken können? Ich möchte bei Ihnen gern auf Nummer sicher gehen und weitere Risikofaktoren ausschließen. Sie haben ja Ihren Diabetes selbst nicht wahrgenommen, also sollten wir doch in Ihrem Alter mal die Funktionsweise aller lebenswichtigen Organe untersuchen und vor allem eine umfassende Krebsvorsorge vornehmen. Es ist in Ihrem Interesse, Herr Janzen.«

Marc überlegte und ging gedanklich seinen Kalender durch. Eine Woche Krankenhaus? Das passte ihm überhaupt nicht in die Planung. »Muss ich denn dafür in einem Krankenhaus bleiben?« Dr. Gellert lächelte sanftmütig. »Auf meiner Station fühlen Sie sich eher wie in einem Hotel mit Zimmerservice rund um die Uhr. Wir haben für Patienten wie Sie eine ganze Etage entsprechend umgebaut und sehr viel für Ihre Bequemlichkeit und Ihr Wohlbefinden investiert. Vertrauen Sie mir, in der Hanse CityClinic sind Sie bestens aufgehoben. Wir sind ein sehr modernes Krankenhaus ohne das typische Krankenhausambiente.«

Der Internist kam sich in diesem Moment vor wie ein Verkäufer, der seine Produkte mit viel Überzeugungskraft an den Mann bringen wollte. Die Klinikleitung wäre jetzt stolz auf ihn, denn genau das erwartete der Eigentümer von seinen Angestellten. Immer schön am Ball bleiben. Wirtschaftsfaktor Medizin.

»Aber diese Untersuchungen, Herr Doktor, erfordern doch keine stationäre Aufnahme. Muss ich denn ständig anwesend sein? Ich könnte doch auch jeden Morgen zu Ihnen kommen und anschließend wieder nach Hause fahren. Natürlich werde ich künftig viel mehr auf mein Gewicht achten und regelmäßig zum Sport gehen.« Wieder musste er an Thomas denken, dessen durchtrainierter Körper ihn auch nicht vor dem unerwarteten Herztod bewahrt hatte.

»Doch, Herr Janzen. Wir möchten zum Beispiel in kurzen Abständen Ihre Zuckerwerte messen. Vor und nach dem Essen, wie hoch geht der Wert, wie schnell bauen sie ihn wieder ab. Das alles sind wichtige Informationen für die langfristige Behandlung. Bei einer ambulanten Untersuchungskette ist das schwer möglich.«

Marc Janzen hatte keine wesentlichen Medizinkenntnisse und wusste demnach wenig über Blutzucker. Während er über die Worte von Dr. Gellert nachdachte, fuhr dieser fort: »Außerdem haben Sie hier auch die Zeit für wichtige Gespräche mit unseren versierten Ernährungsberatern. Die können Ihnen sehr viel über gesundes und dennoch geschmackvolles Essen erzählen. Wir haben einiges mit Ihnen vor, möchten Ihr Herz in der Ruhe und Belastung sowie Ihren Körper komplett mit Ultraschall unter die Lupe nehmen. Also auch Nieren, Leber, Bauchspeicheldrüse, Schilddrüse und so weiter. Nicht zu vergessen die Halsschlagader auf beiden Seiten. Wenn hier keine ausreichende Durchblutung mehr gewährleistet ist, droht ein Schlaganfall. Der Urologe möchte sich bestimmt Ihre Prostata näher ansehen. Sie wissen ja, das ist eine typische Schwachstelle älterer Herren. Darüber hinaus empfehle ich Patienten in Ihrem Alter auch eine vorsorgliche Gastro- und Koloskopie. Wie sehen bei Ihnen Speiseröhre und Magen sowie vor allem der Dickdarm aus. Die frühzeitige Erkenntnis möglicher Tumorquellen hat schon viele Menschen vor dem oft tödlichen Darmkrebs gerettet.«

Marc Janzen bemerkte nachdenklich: »Mir kommt es gleich vor, als sei ich schwerkrank.«

»Aber nein, Sie sind nur in einem Alter, in dem wir Ihre Lebenszeit und vor allem -qualität durch eine sinnvolle Vorbeuge absichern möchten. Wären Sie jetzt nicht gekommen, hätten wir Ihren Blutzucker nicht entdeckt. Mit der Zeit hätten Sie aber massive

Probleme bekommen und dann wäre es vielleicht zu spät gewesen.«

»Kommt denn die Krankenversicherung komplett für die Kosten auf? So eine Woche Klinikaufenthalt kostet ja richtig Geld.«

Dr. Gellert hörte häufig diese Bedenken. »Als Privatpatient haben Sie ja auch über die Jahre hohe Beiträge eingezahlt. Dieser stationäre Check-up steht Ihnen ohne Frage zu. Sie haben Diabetes mit Werten, die eine umgehende Therapie erforderlich machen. Wir müssen Sie medikamentös richtig einstellen, dafür brauchen wir ein paar Tage Zeit, die wir auch für weitere angezeigte Untersuchungen nutzen möchten.«

Als Geschäftsmann begriff Marc schnell den wirtschaftlichen Vorteil für die Krankenversicherer. Denn die Behandlung von späteren Krankheiten ist für die Kassen erheblich teurer als die Vorsorge.

»Machen Sie sich also deswegen keine Sorgen und kommen Sie am besten gleich morgen zu uns. Ich lasse Ihnen ein schönes Zimmer reservieren, natürlich mit Multimedia, einschließlich High-Speed-Internet. Sie bleiben also mit Ihrer Welt im ständigen Kontakt. Es wird Ihnen an nichts fehlen. Und wenn Sie in ein paar Tagen wieder nach Hause fahren, werden Sie erleichtert und mir dankbar sein.« Der Arzt lächelte seinem Patienten ermutigend zu. »Ich erkläre Ihnen dann auch noch, wie Sie Ihren Diabetes in eigener Regie weiter behandeln. Das ist relativ einfach. In den kommenden Monaten werden wir selbstverständlich Ihre Blutwerte in kurzen Abständen kontrollieren und die Medikation jeweils an die Zuckerwerte anpassen. Wir bekommen das schon hin. Also bis morgen früh, versuchen Sie bitte, bis spätestens 09:00 Uhr auf der Station zu sein.«

Marc Janzen fühlte sich etwas überrumpelt, wagte aber nicht, dem Arzt zu widersprechen. Wie konnte er jetzt eine ganze Woche aus Lübeck verschwinden? Was sollte er seinen Freunden erzählen und seiner aktuellen Geliebten Bianca? Sie war ohnehin sehr misstrauisch und eifersüchtig. Sollte er ihr von seinem Diabetes berichten? Er, der in seinem weißen 911 Turbo mit fast Tempo 300 über die Autobahn donnerte, litt unter dieser Alt-Herren-Krankheit. Mein Gott, das durfte niemand erfahren. Als könne er Gedanken lesen, beruhigte ihn jedoch der Arzt. »Diabetes ist eine typische Wohlstandskrankheit, die mehr und mehr auch jüngere Menschen bekommen. Wenn Sie unsere Empfehlungen beherzigen, können Sie damit auch weiterhin Ihr Leben in vernünftigem Maß genießen und so alt wie Menschen werden, die nie Blutzucker hatten.« Bei diesem Schlusswort war ihm die Brille wieder von der Nase gerutscht.

Der Anruf schlug wie eine Bombe in der Pressestelle der Klinik ein. Heinz Wagner, Chefreporter des Nachrichtenmagazins Ex-Press konfrontierte Pressesprecher Gerd Sommer mit einer aktuellen Recherche seiner Redaktion über angebliche Vorteilsnahmen mehrerer Herzchirurgen und Kardiologen im gesamten Bundesgebiet. Auch Prof. Heinz-Wilhelm Carl von der Hanse CityClinic soll von einem bekannten kardiologischen Medizingerätehersteller geschmiert worden sein. Die Firma wollte mit finanziellen und sachlichen Zuwendungen den Einsatz ihrer Herzklappen und Schrittmacher bevorzugt wissen.

»Das kann ich mir beim besten Willen nicht vorstellen«, wandte Gerd Sommer ein. »In unserem Haus herrscht ein sehr strenger code of conduct. Gibts denn für diese schlimmen Vorwürfe überhaupt handfeste Beweise?«

»Uns liegen zwei eindeutige Zeugenaussagen vor, die sogar ganz genau die Höhe und den Zeitpunkt der geleisteten Aufwendungen benennen. Die beiden Informanten werden morgen die vorbereiteten Protokolle in der Redaktion unterschreiben. Natürlich ist es ein Gebot der Fairness, Ihrem Prof. Gelegenheit zu einer Stellungnahme zu geben. Wollen Sie ihn hierfür ansprechen oder kann ich ihn direkt kontaktieren? Ich wollte Sie natürlich nicht übergehen.«

Auf der Stirn von Gerd Sommer bildeten sich große Schweißperlen, die ihm allmählich übers Gesicht liefen. Der 43-jährige Ex-Journalist, der erst vor einem Jahr seinen Redakteursposten im Ressort Gesundheit und Wellness bei einem ostwestfälischen Blatt zugunsten dieser anspruchsvollen Herausforderung in einer regional führenden Großstadtklinik getauscht hatte, ahnte die Reaktionen in der Chefetage. Er hatte sowohl bei Eigentümer Bernd von Assberg als auch bei Verwaltungsdirektor Joachim Frankenberg ein schweres Standing. Seine Vorgesetzten hielten ihm mangelnde Kontakte zu den entscheidenden Journalisten vor. Er konnte es bislang nicht verhindern, dass es wiederholt kritische Berichte in den lokalen Medien gab, die allerdings größtenteils der Wahrheit entsprachen. Auch im Haus gab es hierüber viel Diskussion.

»Ich brauche einen Pressesprecher mit Standing und Cleverness. Einen echten Medienprofi, der in den Redaktionen auch Respekt genießt.« Eine Erwartung, die Gerd Sommer von Inhaber Bernd von Assberg immer wieder zu hören bekam. Und nun diese unerwartete Anfrage, die ihn völlig überforderte. Ausgerechnet jetzt, wo es doch für ihn so schön ruhig war. Keine nervigen Anfragen von Journalisten und keinerlei Vorkommnisse, die seine Intervention erfordert hätten. Gerd Sommer war ratlos. Er ahnte schon die zu erwartenden Schlagzeilen in der Lokalpresse und wahrscheinlich auch in einigen überregionalen Magazinen. Sein Boss würde mit hochrotem Kopf toben und ihn für das Desaster verantwortlich machen. Bei diesem Gedanken lief es ihm heiß und kalt über den Rücken. Er musste jetzt zunächst unbedingt Zeit gewinnen.

»Ich kümmere mich sofort darum und werde gleich die wichtigen Personen im Haus kontaktieren. Bis spätestens morgen früh hören Sie von mir.«

Heinz Wagner schüttelte den Kopf und erwiderte: »Aber wo denken Sie hin, Herr Kollege? Morgen ist viel zu spät. Wir fangen schon heute Nachmittag an, die Story zu Papier zu bringen. Es ist jetzt gleich 14:00 Uhr. Ich gebe Ihnen maximal zwei Stunden. Wenn wir bis dahin kein Statement von Ihrem Herzchirurgen oder Klinikboss haben, erscheint die Geschichte allerdings dann ohne Kommentar aus Ihrer Klinik. Sie haben die Wahl.« Heinz Wagner kannte das abgedroschene Zeitspiel von diesen Pressesprechern nur allzu gut. Er wusste aus langjähriger Erfahrung auch, dass Gerd Sommer seine Story gern verzögern oder am liebsten noch ganz verhindern würde. Aber da ist er beim Ex-Press an der falschen Adresse. Die Öffentlichkeit hatte ein Anrecht auf enthüllende Informationen über korrupte Ärzte, die unter der branchenweit herrschenden Krankheit einer unersättlichen Gier litten. Diese schwarzen Schafe waren mitschuldig am zunehmend leidenden Ruf der Ärzteschaft in Deutschland. Natürlich lag die Initiative von Vorteilsnahmen auf der industriellen Seite. Aber die sozusagen empfänglichen Ärzte verdienten doch nun wirklich genug Geld, um solche verlockenden Angebote abzulehnen. Als er den Anruf auf seinem Smartphone beenden wollte, meldete sich Gerd Sommer noch einmal mit holpriger Stimme. »Eine Frage habe ich noch. Was sagt denn der beschuldigte Hersteller zu diesen Vorwürfen? Hat er diese Zuwendungen zugegeben? Und wenn ja, auch an unseren Prof.?«

Für wie blöd hält der mich?, fragte sich der Journalist und antwortete leicht genervt: »Das möchten Sie wohl gern wissen. Eine ziemlich dumme Frage, Herr Pressesprecher. Oder kennen Sie Übeltäter, die nicht zuerst einmal alles abstreiten? Wie gesagt, wir haben zwei Zeugen mit eindeutigen Aussagen. Da wir davon ausgehen, dass dieser Skandal vor Gericht landet, werden sich die Dinge ja spätestens bei der Verhandlung aufklären. Also, melden Sie sich oder besser noch Ihr Prof. bitte in den nächsten zwei Stunden bei mir. Time is running. Meine Mobilnummer haben Sie oder notieren Sie sie bitte. Vielen Dank für Ihre Kooperation.«

Fast panikartig eilte der durch seine Leibesfülle behäbige Gerd Sommer aus seinem kleinen Büro. Bevor er Prof. Heinz-Wilhelm Carl kontaktierte, wollte er zunächst das weitere Vorgehen mit dem Verwaltungsdirektor abstimmen. Vielleicht hatte ja Joachim Frankenberg die rettende Idee, einen Ausweg aus der ausweglos anmutenden Zwickmühle. Am meisten Sorgen bereiteten ihm aber die gezielt oft theatralisch eingesetzten Wutausbrüche von Bernd von Assberg. Da konnte er sich schon jetzt auf etwas gefasst machen. Es kam, wie es kommen musste. Das erhoffte Vorgespräch mit dem Verwaltungsdirektor war nicht möglich, da Joachim Frankenberg in einer anderen Besprechung war. Es blieb ihm nichts anderes übrig, als den Eigentümer jetzt gleich persönlich zu informieren. Bernd von Assberg hatte daraufhin umgehend seinen Führungsstab zusammengerufen. Verwaltungsdirektor Frankenberg, seinen Ärztlichen Direktor Prof. Andreas Winkmann, den Justiziar Gady Blaustein sowie den beschuldigten Herzchirurgen Prof. Heinz-Wilhelm Carl und seinen bedrückten Pressemann, der schon nervös auf seinem Platz herumrutschte. Er hatte am anderen Tischende Platz genommen, als würde ihn das etwas aus der Schusslinie nehmen. Sie alle saßen mit leicht gesenkten Köpfen am großen Konferenztisch im Chefbüro. Insgesamt hatten zwölf Personen bequem Platz, die erlesenen Konferenzstühle einer bekannten Marke aus der Schweiz verfügten über eine verstellbare Neigung. Sie waren erheblich bequemer als die meisten Themen, die an diesem Tisch aus massivem Eichenholz besprochen wurden.

Der Eigentümer liebte solche Runden, in denen er gern den Teilnehmern demonstrierte, wer Chef im Ring war. Fast immer eröffnete der Firmenpatriarch die Gespräche, ließ die befragten Personen meistens nicht ausreden und hatte eine allgemeine Not, anderen zuhören zu können. Wer zu solchen Unterredungen eingeladen oder besser gesagt zur Teilnahme verpflichtet war, musste sich am besten kurzfassen. Auch jetzt war der aufgebrachte Bernd von Assberg höchst ungeduldig und warf dem Pressesprecher einen bösen Blick zu.

»Was genau wollte dieser Schmierfink von der Journaille wissen?« Kleinlaut erwiderte Gerd Sommer: »Heinz Wagner ist seit Jahren Chefreporter beim Ex-Press. Er hat unter Kollegen ein angesehenes Standing und aufgrund seiner Kompetenz ist sein Einfluss bis in die Politik nicht zu unterschätzen.« Der Eigentümer fiel ihm ungeduldig ins Wort. »Mich interessiert nicht seine Lebensgeschichte. Was weiß er? Womit bedroht er uns? Haben Sie seine Vorwürfe eruiert? Was wirft er welchen Personen vor? Nun kommen Sie mal endlich zur Sache.«

»Entschuldigung, Herr von Assberg, ich wollte ja nur darauf hinweisen, dass man diesen Mann unbedingt ernst nehmen soll.« Wieder unterbrach ihn der Klinikchef: »Mich bitte auch, Herr Sommer. Können wir denn endlich mal zur Sache kommen? Es geht ja wohl um angebliches Fehlverhalten in unserer Kardiologie. Oder wollen Sie uns jetzt gleich etwas dazu sagen, Prof. Carl? Sie wissen ja wohl mehr als wir alle hier in diesem Raum.«

Bevor der angesprochene Arzt reagieren konnte, ergriff der Pressesprecher das Wort und schilderte kurz das Telefonat mit dem Ex-Press. Seine Stimme klang jetzt wesentlich fester. Gerd Sommer hatte den ersten Schock verdaut und war jetzt nicht mehr bereit, sich vom Oberboss weiter zum Kasper machen zu lassen. Schließlich hatte er nichts verbrochen. Als er mit seiner Zusammenfassung fertig war, legte von Assberg los: »Ach du liebe Scheiße«, schimpfte er und sprang aus seinem Sessel. Er malte sich schon die bevorstehenden Schlagzeilen in dem Nachrichtenmagazin aus, das Getuschel auf den Klinikgängen und das Risiko eines wahrscheinlich langwierigen Gerichtsverfahrens mit fortlaufender Berichterstattung in den Medien. Ganz abgesehen von den höchst unangenehmen Diskussionen mit den politischen Entscheidungsträgern der Stadt und dem wahrscheinlichen Rechtsstreit mit den Krankenkassen. Mit den Gesellschaften bestand ja zurzeit ohnehin mehr Konfrontation als Kooperation. Seine schlechte Laune erreichte einen absoluten Höhepunkt. Er klopfte mit der Faust heftig auf die Tischplatte. Vorwurfsvoll blickte er auf seinen Kardiologen. »Also mein lieber, hochgeschätzter Prof. Carl, nun erzählen Sie doch mal, was da wirklich gelaufen ist. Von nichts kommt nichts, da muss ja schon was Wahres dran sein an dieser für Sie wie für uns üblen Geschichte. Und bitte, reden Sie die Dinge nicht schön. Ich erwarte eine schonungslose Wahrheit oder soll ich lieber gleich Geständnis sagen?«

Prof. Heinz-Wilhelm Carl spürte, wie ihm das Blut in den tomatenroten Kopf schoss und sein Herzschlag auf eine Frequenz anstieg, die er sonst nach 20 Minuten Laufband im Fitnessstudio erreichte. Der Kardiologe zwang sich zur Ruhe, rückte sich die teure Seidenkrawatte mit den kleinen Elefanten zurecht und sprach auffallend betont und langsam. »Ich habe mit mehreren Kollegen aus ganz Deutschland und auch aus der Schweiz und Österreich an einigen Studienreisen der Firma teilgenommen.«

»Sie meinen Lustreisen, auf denen man mehr die Flaschenetiketten edler Weine als wissenschaftliche Dokumentationen studiert«, fiel ihm von Assberg ins Wort.

Prof. Heinz-Wilhelm Carl kannte diese Einwände und die größtenteils berechtigte Kritik an der Industrie, die unter dem Vorwand von Studienreisen mehr Goodwill bei den Teilnehmern erzeugen als fachliches Wissen vermitteln wollte. Dieses Marketingtool war mittlerweile allerdings in die Jahre gekommen; die Firmen müssten sich allmählich eine neue Strategie einfallen lassen.

»So ist das nun auch nicht«, beschwichtigte der Kardiologe, »auf diesen Reisen wird auch sehr viel über neue Produktentwicklungen und -anwendungen diskutiert. Und der Erfahrungsaustausch kommt letztendlich den Patienten zugute.«

»Amen, das hört sich an wie das Wort zum Sonntag«, lästerte von Assberg. Er wandte sich seinem Justiziar zu, der bislang schwieg und schon seit Minuten seinen Kopf schüttelte. Nun endlich kam Gady Blaustein zu Wort und nutzte die Gelegenheit, noch einen draufzulegen. »Juristisch machen mir die Studienreisen weniger Sorgen als die finanziellen Zuwendungen, die man sich wohl auch in diesem Haus in die Tasche gesteckt hat. Selbst wenn dieses Geld auf einem sogenannten Forschungskonto gelandet ist und tatsächlich für die Fortbildung in unserer Kardiologie verwendet wurde, riecht es doch stark nach Vorteilsnahme. Seit langer Zeit warne ich vor solchen Handhabungen dieser Firmen, die uns – wie man jetzt sieht – in eine sehr schlechte Situation bringen.«

Das wollte Prof. Heinz-Wilhelm Carl nicht wortlos auf sich sitzen lassen. Lautstark protestierte er mit bösen Blicken auf den Justiziar. »Dieses Geld ermöglicht uns die dringende Forschungsarbeit. Ich habe diese legitimen Spenden nur im Interesse unserer Patienten entgegengenommen. Für die von Ihnen, Herr von Assberg, so gewünschte Wissenschaft, für die von Ihnen leider nur bedingt Mittel zur Verfügung gestellt werden. Diese Unterstützung dient ausschließlich wichtigen Projekten in der Kardiologie.« Er musterte den Eigentümer, der ihm mit steinerner Miene zuhörte. Dann fuhr er fort: »Wie auch Sie wissen, fehlen uns Mittel an allen Ecken und Kanten. Mal abgesehen von viel zu wenig Personal und den fehlenden Ausstattungen können wir weder Gastwissenschaftler noch Fortbildungsveranstaltungen bezahlen. Beides wäre aber bei unseren medizinischen Ansprüchen außerordentlich wichtig. Ihre Ansprüche, Herr von Assberg. Nur deshalb habe ich mich auf das Angebot eingelassen. Das hat jetzt bedauerlicherweise die Presse erfahren und Sie wollen mir daraus einen Strick drehen.«

»Bullshit«, schimpfte von Assberg. »Sie sind ein hochbezahlter Chefarzt.«

Prof. Carl protestierte. »Ich beschwere mich nicht über mein Gehalt, sondern über fehlende Finanzmittel für die medizinische Leistungsoptimierung der Kardiologie in diesem Haus. Das eine hat mit dem anderen nichts zu tun. Diese Fördermittel sind weder in meiner Tasche noch auf einem Konto meiner Mitarbeiter gelandet. Von Vorteilsnahmen kann also absolut nicht die Rede sein. Wir wären wohl kaum in dieser Situation, wenn Sie als Eigentümer die medizinische Wissenschaft nicht mit Füßen treten würden. Sie sollten lieber Ihren Verpflichtungen nachkommen und nicht Ihren angesehenen Wissenschaftlern und Ärzten in den Rücken fallen.«

»Das haben Sie aber schön gesagt, Herr Prof.«, spottete von Assberg, »aber die Presse hat Sie und nicht mich im Visier. Hier gehts um Vorteilsnahmen oder deutlicher gesagt um Korruption.« Bernd von Assberg wandte sich an den Verwaltungsdirektor. Dieser runzelte die Stirn und schaute ungeduldig auf seine Uhr. »Wir dürfen keine weitere Zeit für Diskussionen verschwenden, sondern müssen jetzt schnell aktiv werden. Prof. Carl und Mediensprecher Sommer sollten sich jetzt zurückziehen und ein überzeugendes Statement formulieren, das die Vorwürfe relativiert, ohne diese wirklich zu bestreiten. Wir reden ja hier über ein branchenweites Übel und nicht um eine spezielle Verfehlung der Hanse CityClinic.«

»Das sehe ich genauso«, bekräftige von Assberg mit schnellem Kopfnicken. »Worauf warten Sie noch, meine Herren?«, und er rief seinem Pressesprecher zu: »Nun können Sie mal beweisen, was Sie wirklich draufhaben, Herr Sommer. Wir erwarten Ihren Entwurf in der nächsten halben Stunde und sehen dann weiter.«

In Kapstadt war es mittlerweile 17:00 Uhr und die Sonne brannte nicht mehr ganz so heiß. Irina hatte die drei Stunden am Hotelpool genossen und spürte eine leichte Hautreizung an Armen und Beinen. Sie dachte kurz an das herbstliche Wetter zu Hause und konnte auf die trüben Tage mit viel Regen und stürmischen Winden in Hamburg gut verzichten. Die angenehme Wärme und das wunderbare Licht in Südafrika waren herrlich. Ebenso die tollen Restaurants mit vielen kreativen Gerichten. Kapstadt war ein kulinarisches Paradies für Feinschmecker und Weingenießer.

Wann würde Udo wohl von seiner ganztägigen Weinbergtour zurückkommen und was stand abends auf dem Programm? Hoffentlich konnte sich Udo freimachen, denn sie hatte keine Lust auf die ganze Gruppe und noch weniger auf diesen lauten Jan Siebert. Sie mochte ihn einfach nicht und in seiner Gegenwart kam auch Udo ihr fremd vor. Sie benahmen sich wie Komplizen, die etwas zu verheimlichen hatten.

Als sie leicht dösend in der Sonne lag, hatte sie mehrfach darüber nachgedacht, ob sie wirklich eine längerfristige Beziehung mit ihrem Liebhaber wollte. Natürlich konnte er ihr die begehrte Stellung beschaffen. Sie würde gern Fachärztin in der Onkologie werden. Allerdings waren ihr gerade auf dieser Werbereise der Pharmafirma Chemtec erhebliche Zweifel gekommen, ob sie diesen ganzen Schmu in der Medizin mitmachen wollte. Sie hatte erhebliche moralische Bedenken. War Onkologie wirklich der richtige Fachbereich für sie?

Irina Herzberg hatte den zunehmenden Eindruck, dass es der Pharmaindustrie sowie vielen Kliniken und Ärzten in der Realität mehr ums Geldverdienen als um das Schicksal krebskranker Patienten ging. Gehörte auch ihr Liebhaber dazu, steckte er womöglich mit diesen Profitgeiern unter einer Decke? Eine schreckliche Vorstellung.

Recht bedenklich empfand sie auch das auffallend freundschaftliche Verhältnis zwischen Udo und Chemtec-Chef Siebert. Was steckte dahinter? Gab es vielleicht sogar geschäftliche Verbindungen zwischen dem Chef-Onkologen der Hanse CityClinic und dieser Firma? Und möglicherweise auch mit anderen Unternehmen? Beunruhigende Gedanken, die Irina zu verdrängen versuchte. Aber sie kamen immer wieder; inzwischen mehr denn je.

Sobald sie wieder in Hamburg zurück war, würde sie über ihre private und berufliche Situation neu nachdenken und auch entsprechende Entscheidungen treffen müssen. Vielleicht könnte ihr der Ärztliche Direktor helfen. Sie hatte Vertrauen zu Prof. Andreas Winkmann, der von ihrer Liaison mit seinem Kollegen wusste und ihr auf dem letzten Sommerfest angeboten hatte, sie bei ihren beruflichen Überlegungen gern beraten zu wollen.

Ja, sie würde mit diesem sympathischen Gentleman über ihre berufliche Zukunft sprechen. Sie hatte den größten Respekt vor der Art, wie er seine berufliche Kompetenz als Ärztlicher Direktor mit privater Integrität verband. Für Irina gehörte Prof. Andreas Winkmann zu den zunehmend seltenen Persönlichkeiten, die unermüdlich gegen den Strom agierten und die es verstanden, zwischen persönlichen und beruflichen Interessen zu unterscheiden. Morgen Abend würde sie mit Udo in der bequemen Business Class zurückfliegen und sich gleich nach ihrer Ankunft um einen Termin beim Ärztlichen Direktor bemühen.

Irina verspürte allmählich Hunger. Sie hatte zu ihrem morgendlichen Cappuccino nur ein Croissant gegessen. Die junge Frau mied volle Frühstücksräume mit diesen vielen Menschen, die sich an den Buffets drängten. Und der Appetit meldete sich bei ihr meistens erst ab nachmittags. Am liebsten würde sie sich jetzt einfach eine Jeans mit T-Shirt überziehen und sich eine große Portion köstlichen Sashimi im Codfather gönnen. Danach, sofern sie noch Hunger hätte, ein paar wilde Tiger-Langusten mit knackigem Gemüse vom Grill. Sie hatte immer weniger Lust, auf die Rückkehr der Gruppe zu warten. Wahrscheinlich war Udo von der anstrengenden Tour müde, gut gesättigt und hatte bestimmt keinen Appetit mehr.

Irina beschloss, ins Codfather zu gehen. Das ebenso renommierte wie freundliche Restaurant, nur in Steinwurfnähe von ihrem Hotel entfernt, gehörte Benzi Malka. Ein 60-jähriger Israeli, dessen ursprünglich aus Marokko stammende Familie unmittelbar nach Staatsgründung mit einem Schiff in Haifa gelandet war. Benzi war viele Jahre Berufsoffizier in der israelischen Armee und danach Sky-Marshall bei der nationalen Fluggesellschaft ELAL gewesen. Als Sicherheitsbegleiter flog er rund um die Welt und entwickelte mit den Jahren eine große Zuneigung für Kapstadt. Mit Mitte 40 entschloss er sich, seine schöne Wohnung auf dem Carmel-Berg in Haifa aufzugeben und mit seiner Frau Marlis, einer gebürtigen

Deutschen, nach Südafrika zu ziehen. Seine beiden Töchter und sein Sohn waren bereits aus dem Haus. Sie hatten längst ihr eigenes Leben in Israel.

Die Eröffnung eines Restaurants mit Spezialitäten aus dem Meer war ein langjähriger Traum des passionierten Hobbykochs. Auf einer Urlaubsreise vor 20 Jahren erfüllte sich dann der große Wunsch durch das interessante Angebot einer Gastronomiefläche auf der Etage eines alten Hauses in Camps Bay. Mit seinem Schwerpunkt auf fangfrischem Fisch vom Grill, der vor den Augen seiner Gäste zubereitet wurde, traf er genau den Geschmack seines internationalen Publikums, das die unkomplizierte Gastlichkeit im Codfather schätzte. Und der charmante Gastronom erfreute sich ebenso bei einheimischen Gästen wie den vielen Touristen größter Beliebtheit.

Benzi hatte Irina bei ihrem Besuch mit einem vertrauten Lächeln angesprochen; die feingliedrige Halskette mit dem kleinen goldenen Davidstern am Hals war ihm nicht verborgen geblieben. Ein Geschenk ihres geliebten Vaters, das sie immer trug und nur bei Untersuchungen oder Massagen abnahm.

Sie genoss die offenkundige Freude des gut aussehenden Seniors, der den erfolgreichen Chefarzt an ihrer Seite völlig ignorierte und seine ganze Aufmerksamkeit dieser jungen Frau schenkte.

»Israel ist vor allem auch bekannt für seine hübschen Frauen. Ihr Anblick ist der beste Beweis. Herzlich willkommen im Codfather. Verraten Sie mir Ihren Namen?«

»Irina. Und ich komme nicht aus Israel. Leider, weil ich das Land sehr liebe. Mein Vater war Jude und wir sind vor über zehn Jahren von St. Petersburg nach

Deutschland umgezogen. Ich lebe seither in Hamburg, war aber schon öfter in Israel.«

Udo Krüger stand sprach- und regungslos an der Seite. Er fragte sich, wie lange dieser Smalltalk noch dauern würde. Nur weil zwei Menschen jüdischen Glaubens sich zufällig in der weiten Welt begegneten. Ist schon ein merkwürdiges Volk, das so tut, als seien sie alle miteinander verwandt. Allmählich verlor Udo die Geduld und empfand leichte Verärgerung. Bislang war es immer umgekehrt. Er, der bekannte Arzt, stand im Mittelpunkt, seine Begleitung, egal, wer es war, immer im zweiten Glied daneben. Und jetzt behandelten die beiden ihn, als sei er Luft. Hier wurden die Rollen vertauscht. Er machte einen Schritt zur Seite. »Ich gehe schon mal zu unserem Tisch; du kannst ja gern mit dem Herrn weiter plaudern.«

Benzi musste schmunzeln und kannte solche Szenen zur Genüge aus seiner langen Zeit als Gastronom. »Irina, was macht eine Frau wie Sie in Deutschland? Die Eltern meiner Frau stammen übrigens aus Lübeck. Wir haben uns aber in Israel kennengelernt. Marlis ist zum jüdischen Glauben übergetreten und spricht perfekt Hebräisch.«

Irina hätte sich sehr gern weiter mit Benzi unterhalten, ahnte aber die zunehmend schlechte Laune von Udo, der sehr eifersüchtig sein konnte. »Ich muss jetzt schnell zu unserem Tisch; mein Begleiter wird bereits sehr ungeduldig. Vielleicht ergibt sich ja in den nächsten Tagen die Gelegenheit, das Gespräch fortzusetzen. Ich würde mich sehr freuen und fühle mich hier sehr gut. Danke für Ihre Herzlichkeit.«

Warum sollte sie nicht am letzten Abend vor dem Rückflug die Gelegenheit wahrnehmen, noch einmal ins Codfather zu gehen? Diesmal allein. Ehrlich, wie sie war, gestand sie sich auch ein, dass es nicht nur die Lust auf köstlichen Fisch war, die sie dazu bewegte. Irina hoffte, Benzi anzutreffen und mit ihm ein wenig über das Leben und ihre Gemeinsamkeiten zu plaudern.

Rasch schlüpfte sie in ihre Jeans und streifte sich ein weißes T-Shirt über. Ihr dezentes Kettchen mit dem Davidstern trug sie darüber. Ohne dieses ihr so bedeutende Symbol hätte Benzi sie wahrscheinlich nicht angesprochen. Sie musste an ihren Vater denken, den sie sehr vermisste. In diesem Moment ganz besonders. Gegen 21:30 Uhr war Irina nach ihrem Besuch im Codfather wieder zurück in ihrem Hotelzimmer. Sie hatte sich an der Sushi-Bar vier kleine Sashimi-Teller mit Thunfisch, Lachs, Garnele und Makrele vom Band genommen. Danach bestellte sie sich eine kleine Portion Langusten mit Salat. Sie hatte zwar mehr als sonst gegessen, spürte jedoch keine Übersättigung. Sie fühlte sich einfach wohl.

Benzi war zu dieser Zeit nicht im Restaurant gewesen. Schade, dachte sie. Irina hätte ihn gern wiedergesehen. Nachdem sie bezahlt hatte, machte sie sich auf den Weg zurück ins Hotel. Auf halber Treppe ging sie jedoch wieder zurück und gab dem Restaurantleiter ihre Visitenkarte mit der Bitte, diese mit herzlichen Grüßen an Benzi weiterzugeben. Warum denn nicht?, sagte sie sich. Oder war das vielleicht etwas aufdringlich?

Von Udo gab es weder eine Spur noch eine Nachricht. Einerseits war sie verärgert, andererseits aber auch erleichtert, den Abend nicht mit der Chemtec-Truppe verbringen zu müssen. Die ersten beiden Tage war ihr Udo nicht von der Seite gewichen; gestern und auch heute schien er spürbar das Interesse an ihr verloren zu haben. Oder hatte er Verpflichtungen gegenüber Jan Siebert, die er vor der Rückreise wahrnehmen musste? Morgen würde es über London zurück nach Deutschland gehen. Sie wollte jetzt auch zurück nach Hause. Irina war fest entschlossen, bei der nächsten Gelegenheit wieder nach Südafrika zu fliegen. Besonders gefielen ihr die freundlichen Menschen und sie war beeindruckt von der hohen Lebensqualität in dieser Region. Natürlich musste man hierfür zur gesellschaftlichen Schicht gehören, die sich diesen Standard auch leisten konnte. In der Metropole am südlichen Zipfel herrschten zugleich extremer Reichtum und elende Armut. Auch in und um Kapstadt lebten mehrere hunderttausend Menschen in den berüchtigten Townships. Diese größtenteils sehr primitiven Wohnsiedlungen sind während der Rassentrennungspolitik in Südafrika für die schwarze, farbige und auch indische Bevölkerung entstanden. Allein in Khayelitsha am Stadtrand lebten aktuell rund 400.000 Menschen.

Im Hinblick auf den zwölfstündigen Flug am kommenden Nachmittag entschloss sich Irina, früh ins Bett zu gehen. Weshalb sollte sie Rücksicht auf ihren Freund nehmen, der sie die letzten zwei Tage kaum beachtet hatte? Sie würde nun ohnehin darüber nachdenken, ob sie diese Beziehung wirklich fortsetzen wollte.

Sie war schon eingeschlafen, als Prof. Udo Krüger ins Zimmer kam. Er war leicht angetrunken und unangenehm laut. »Hey, schöne Frau, schläfst du etwa schon? Hast du nicht Lust auf einen Drink an der

Hotelbar? Einen kleinen Absacker können wir doch beide gut gebrauchen. Du nimmst ja an nichts teil und machst dein eigenes Programm. Das war aber nicht Sinn und Zweck dieser Reise. Na ja, reden können wir morgen. Wir sitzen ja stundenlang im Flieger. Ich gehe jetzt noch einen trinken und mit den Leuten quatschen. Gute Nacht, Baby.«

Gegen 08:00 Uhr am nächsten Morgen schlüpfte Irina aus dem Bett. Udo lag schnarchend im Tiefschlaf auf seiner Seite. Er roch heftig nach Alkohol und sah ziemlich zerknittert aus. Bei diesem Anblick schien die Attraktivität des älteren Liebhabers verflogen. Sie konnte sich in diesem Moment überhaupt nicht mehr vorstellen, die Geliebte dieses Mannes zu sein. Nein, sie musste die Beziehung unbedingt beenden.

Als das Paar am späteren Nachmittag Richtung London abhob, suchte Udo das Gespräch mit ihr. »Schau Irina, das war ja eine geschäftliche Reise mit etlichen Verpflichtungen für mich. Ich konnte nicht die ganze Zeit für dich da sein. Das musst du verstehen.«

»Na klar, Udo«, antwortete sie mit unüberhörbarer Ironie, »die Verkostung südafrikanischer Weine aus der Region ist ein wichtiger Bestandteil von wissenschaftlichen Konferenzen über neue Chemotherapien. Entschuldige bitte, dass ich den eigentlichen Sinn und Zweck dieser Dienstreise verdrängt habe. Ich bin wohl eine undankbare Spielverderberin. Aber in einigen Stunden sind wir ja wieder zu Hause. Du bei dir und ich bei mir. Und dabei sollten wir es dann auch belassen.«

»Das hört sich wie eine Trennung an!« Irina lächelte ihren irritierten Nachbarn fast mitleidsvoll an. »Aber nein. Was nie so richtig zusammen war, kann sich ja auch nicht wirklich trennen. Ich fand deinen Altherrencharme anfangs recht attraktiv und hab mich ohne weitere Verbindlichkeiten auf eine Beziehung eingelassen. Wir hatten unseren Spaß und du die Bestätigung, auch bei jüngeren Frauen noch landen zu können. Gleichwohl habe ich in den letzten beiden Tagen viel nachgedacht; ich hatte ja auch viel Zeit und Gelegenheit dazu. Wir passen eben doch nicht so richtig zusammen.«

»Und was ist mit deiner beruflichen Karriere?«

Wütend und mit hochrotem Kopf antwortete sie: »In Hollywood müssen vor allem junge Schauspielerinnen mit Regisseuren und Produzenten ins Bett gehen, um die begehrte Filmrolle zu bekommen. Gilt dieses Prinzip auch in der Hanse CityClinic? Müssen junge attraktive Doktorinnen mit alten einflussreichen Chefärzten schlafen, um weiterzukommen?«

Das saß. Darauf wollte Prof. Udo Krüger nicht mehr antworten. Er war stinksauer auf Irina. Ist das der Dank für die Einladung zu dieser wunderbaren Reise nach Kapstadt? Die hätte sie sich doch selbst nie leisten können. Er schloss die Augen und versuchte, sich zu entspannen. Nach dem Abendessen mit drei Gläsern südafrikanischem Merlot brachte er seinen bequemen Sitz in die Schlafposition und drehte sich zur Seite. Bis zur Landung in London Heathrow sprachen sie kein Wort mehr.

Auf der Autobahn zwischen Lübeck und Hamburg herrschte wie an jedem Wochentag dichter Berufsverkehr. Marc Janzen blickte auf seine Uhr und fragte sich, ob er es wohl noch pünktlich bis zur Hanse CityClinic schaffen könnte. Dr. Gellert hatte ihn gebeten, sich bis 09:00 Uhr bei der Aufnahme zu melden. Der Gedanke an einen Krankenhausaufenthalt bereitete ihm Unbehagen.

Als könne sie seine Gedanken lesen, legte ihm Ursula beruhigend ihre Hand auf den Arm, während sie den schweren Geländewagen souverän auf der linken Überholspur lenkte. Marcs Ehefrau war eine passionierte Autofahrerin, die wie ihr Mann hohe Geschwindigkeiten liebte. Eine von den wenigen Interessen, die das Ehepaar gemeinsam hatten.

»Schau, lieber Marc, das ist alles halb so wild. Die checken dich komplett durch und dann bist du in wenigen Tagen wieder entspannt zu Hause. Ich habe mich noch einmal informiert. Deinen Diabetes kann man sehr gut in den Griff bekommen. Zucker haben wohl viele Männer im Alter. Du eben auch.«

Der 56-Jährige war nervös, weil er schlichtweg davor Angst hatte, dass die Untersuchungen vielleicht noch andere Krankheiten entdecken könnten. Zwar fühlte er sich rundherum gut und gesund, aber das war letztendlich keine Garantie. Schließlich ergab sich auch sein hoher Blutzucker erst zufällig bei der kürzlich erfolgten Vorsorge. Er hatte ihn bislang weder gemerkt noch geahnt. Bei hohem Blutdruck ist das wohl ebenso. Er hätte keine spürbaren Symptome. Besonders heimtückisch waren verschiedene Tumorerkrankungen, die erst bei Untersuchungen festgestellt werden. Die betroffenen Patienten erlitten dann im ersten Moment oft einen Schock. Marc wollte darüber gar nicht weiter nachdenken. Er war einfach insgesamt verängstigt und hoffte auf eine befundfreie Diagnose bei seiner Entlassung. Den Zucker würde er schon durch gesunde Ernährung und regelmäßigen Sport auf die Normwerte absenken. Obgleich er ein Genießer war und eine große Schwäche für Süßigkeiten hatte. Auch mochte er so einige Nahrungsmittel, die für Diabetiker völlig ungeeignet waren. Beim Alkohol würde er sich künftig etwas mehr zurückhalten müssen.

»Ich denke über etwas anderes nach, Ursula. Wie du weißt, hat das Gesundheitssystem seit der Umstrukturierung vor einigen Jahren finanziell erhebliche Probleme. Ärzte und auch Kliniken müssen auf ihre Kosten kommen. Das wird immer schwieriger. Und da frage ich mich natürlich, ob denn bei mir wirklich alle Untersuchungen und Behandlungen medizinisch notwendig sind. Kannst du dir nicht vorstellen, dass hier auch ein gewisser Aufwand aus wirtschaftlichen Interessen betrieben wird? Gerade bei uns Privatpatienten.«

Ursula überlegte und konnte die Bedenken ihres Ehemannes gut nachvollziehen. »Darüber habe ich noch gar nicht nachgedacht, aber deine Zweifel kann ich gut verstehen. Was wissen wir normale Bürger schon über die Medizin? Genau genommen können wir doch gar nicht mitreden, wenn uns ein Arzt das eine oder andere vorgibt. Da ist schon viel Vertrauen erforderlich.«

Marc nickte. »Siehst du, genau das ist mein Problem. Diesen Dr. Gellert habe ich erst vor wenigen

Tagen kennengelernt. Er ist zwar sehr freundlich, aber ich hatte schon den Eindruck, dass er eben auch sehr die Interessen der Klinik vertritt. Was der alles mit mir machen will, bringt doch auch richtig Kohle. Plus der Tagessatz für das teure Zimmer auf dieser Luxusetage. Hier muss doch der Arzt in erster Linie an die Gesundheit und das Wohl seiner Patienten denken. Oder ist das eine altmodische Vorstellung?«

Ursula musste lachen. »Du bist doch alles andere als naiv. Und als romantischer Träumer wärst du nun wirklich nicht der erfolgreiche Unternehmer geworden. Ich glaube eher, dass du dich deshalb nie mit dieser Thematik beschäftigt hast, weil du bislang das Glück der Gesundheit hattest und so gut wie nie einen Arzt aufgesucht hast.« Dann fügte sie mit ernstem Ton hinzu: »Man muss wohl erst selbst krank werden, um die Verhältnisse und Probleme in unserem Gesundheitswesen zu erkennen. Es wird zwar viel darüber geschrieben und trotzdem ist die Öffentlichkeit nicht wirklich informiert.«

Marc nickte zustimmend. »Na ja, ich werde jedenfalls bei meinem bevorstehenden Programm in der Klinik alles im Detail hinterfragen. Leichtes Spiel werden die mit mir bestimmt nicht haben. Und die geplante Magen- und Darmspiegelung verschiebe ich erst einmal. Mir ist dafür übrigens ein hervorragender Spezialist in Lübeck empfohlen worden. Das steht bei mir im nächsten Jahr auf dem Zettel. Die machen das ambulant; ich muss dafür nicht ins Krankenhaus. Ich verstehe übrigens noch immer nicht ganz, weshalb ich für die jetzt anberaumten Untersuchungen in der Klinik bleiben muss.«

Kurz nach 09:00 Uhr saß Marc Janzen in der Aufnahme einer etwas schroffen Sachbearbeiterin gegenüber, die seine Geduld erheblich strapazierte und vor allem sein Unbehagen bekräftigte.

Die passt eher in eine Abteilung für Kundenabwehr, befand er mit leichtem Kopfschütteln. Am liebsten würde er den Termin absagen und Ursula bitten, ihn schnell wieder abzuholen. Andererseits gestand er sich aber ein, nur nach Vorwänden zu suchen, den bevorstehenden Klinikaufenthalt zu umgehen. Der lag ihm seit dem letzten Gespräch mit dem Internisten im Magen. Er riss sich zusammen und beantwortete dann doch recht freundlich alle Fragen. Wobei er mehr und mehr den Eindruck gewann, bei einer Behörde und nicht als Privatpatient auf der Komfortstation einer Klinik gelandet zu sein. Nach einer halben Stunde nervender Formalitäten wurde Marc von einer netten Schwester abgeholt.

»Ich zeige Ihnen zunächst Ihr schickes Zimmer. Richten Sie sich ein. Danach nehmen wir ein bisschen Blut ab, messen Ihren aktuellen Zuckerstatus und natürlich auch Ihren Blutdruck. Der ist bei Diabetes-Patienten oft zu hoch. Um 12:00 Uhr sind sie zum Ultraschall bei Dr. Moritz. Dann schaut er sich Ihre Halsschlagadern, die Schilddrüse und die Bauchorgane an. Sie werden noch von ihm genau informiert. Im Anschluss bekommen Sie auf dem Zimmer Ihr Mittagessen. Gleich danach müssen wir Sie leider wieder piksen, um den Blutzucker während der Verdauungsphase zu messen. Wir wollen auch sehen, wie schnell Ihr Körper ihn wieder abbaut. Ihnen wird bei uns nicht langweilig werden, lieber Herr Janzen. Auf Ihrem Programm stehen zudem Gespräche mit unserer

Diätassistentin. Da bekommen Sie eine sehr professionelle Ernährungsberatung, damit Sie wissen, was Sie künftig essen sollten und was nicht. Das dürfte Ihnen bei der erforderlichen Umstellung beziehungsweise Anpassung Ihrer künftigen Essgewohnheiten sehr helfen. Mit Diabetes ist nicht zu spaßen, Herr Janzen. Aber wir kriegen das schon hin.«

Die Komfortstation der Hanse CityClinic entsprach tatsächlich eher einem ordentlichen 4-Sterne-Hotel als einem typischen Krankenhaus. Eine clevere Idee, dachte Marc, wobei ihm natürlich klar war, dass er sich das nur als erfolgreicher Geschäftsmann leisten konnte. So ließ es sich schon einige Tage aushalten, wenngleich er während dieser Zeit in einem typischen Klinikbett schlafen musste. Sah nicht gerade bequem aus dieses verkabelte Gestell, in dem man das Rückenteil um fast 90 Grad hochstellen konnte. Kein Vergleich mit seinem geliebten Haute-Couture-Bett zu Hause, in dem er wie ein Baby schlummerte. Nun ja, auch das würde er überstehen. Er packte seine wenigen Sachen in den Schrank. Zahnbürste, Shampoo und Duschgel sowie Rasierapparat deponierte er im Bad. Über dem kleinen Schreibtisch entdeckte er die dringend benötigten Steckdosen für die Ladegeräte seines Laptops und Smartphones. Darüber blieb er mit der Welt verbunden. Und vor allem auch mit seiner Firma, die ihn auf einer plötzlich erforderlichen Geschäftsreise wähnte. Wenn die wüssten, wo ich gelandet bin, dachte er. Dann tauschte er Jeans und Pulli gegen einen gemütlichen Jogginganzug. Nun konnte es losgehen.

Bereits wenige Minuten später klopfte es an der Tür. »Herr Janzen, wir wären dann so weit. Ich bringe Sie jetzt zum Ultraschall. Dr. Moritz freut sich schon auf Sie. Er ist übrigens ein passionierter Freund klassischer Automobile. Da haben Sie ja einiges zu bequatschen. Sie werden sehen, er ist sehr nett und vor allem ein richtig guter Spezialist für diese bildgebenden Untersuchungen. Keine Sorge, ist ganz harmlos und Sie liegen dabei ganz entspannt.«

Ali Abdoul Bebehani war zutiefst genervt und trommelte mit seinen kleinen fleischigen Fingern hektisch auf die Glasplatte seines Bürotisches. Der füllige Kuwaiter stammte aus der großen Familie des Emirs. Seine vermögenden Eltern hatten ihn mit 14 auf ein Schweizer Internat in Lausanne geschickt. Nach dem Schulabschluss mieteten sie ihm eine sündhaft teure 3-Zimmer-Wohnung in Manhattan direkt an der Madison Avenue.

Ali sollte Medizin studieren und als Arzt seiner angesehenen Familie große Ehre erweisen. Doch daraus wurde nichts. Er verließ die Uni zum Leidwesen seines Vaters schon nach wenigen Wochen und genoss stattdessen das abwechslungsreiche Partyleben in New York. Ein Jahr später zog er nach London und heiratete mit 22 eine gleichaltrige Frau aus Beirut, die er nur wenige Wochen zuvor im libanesischen Restaurant Noura kennengelernt hatte.

Mit ihr zeugte er drei Söhne, die mittlerweile 12, 15 und 17 waren. Die Jungs lebten seit der Trennung des Paares auf einem renommierten Internat in der Nähe von Oxford. Nach ihrer Scheidung ging Alis Frau in den Libanon zurück und verliebte sich in den Sohn eines bekannten Juweliers, der fünf Jahre jünger als sie war und aus einer christlichen Familie stammte. Mit ihm erlebte sie das Glück, das ihr mit Ali versagt geblieben war. Sie fragte sich manchmal, ob die schwer erduldete Frauenfeindlichkeit des wohlhabenden Abkömmlings der angesehenen Scheichdynastie in Kuwait typisch für reiche Männer in den Ölstaaten am Golf sei. Die Erinnerungen an ihren Ehemann waren auch Jahre danach noch schwer erträglich.

Nachdem er das Partyleben der englischen Metropole bis zum Überdruss genossen hatte und zu der Erkenntnis kam, dass dies nicht alles im Leben sein konnte, verließ Ali mit 40 die britische Metropole. Gemeinsam mit einem Jugendfreund eröffnete er ein Büro in Hamburg, das offiziell medizinische Produkte in den Nahen und Mittleren Osten exportierte. Das wirkliche Geschäft der kleinen Firma war jedoch der illegale Handel mit menschlichen Organen. Sie suchten vor allem nach lebenden Spendern, die gegen eine Entlohnung bereit waren, eine Niere oder einen Teil ihrer Leber zu verkaufen. Ein äußerst schwieriges Geschäft, das internationale Beziehungen in dubiose Kreise erforderte. Solche Organspender gab es vor allem in armen Bevölkerungsschichten in der Dritten Welt und teilweise auch in Osteuropa. Abnehmer waren in der Regel sehr reiche Patienten in den Emiraten und Saudi-Arabien. Sie zahlten bis zu siebenstellige Beträge, von denen gleichwohl nur ein kleiner Anteil bei den Organspendern landete. Das größte Stück dieser Torte steckten sich die Vermittler und Organisatoren dieses ungesetzlichen Geschäfts mit menschlichen Organen in die Tasche. So auch Ali Abdoul Bebehani.

Auf die Idee hatte ihn sein Partner und langjähriger Freund Jassem Sabah vor zwei Jahren bei einem Abendessen im Palace Hotel von Montana Vermala gebracht. Er kannte dieses Skiparadies in der französischen Schweiz aus jungen Jahren, denn hier unterhielt sein früheres College eine Dependance über die Wintermonate. Ein Ort mit vielen Erinnerungen für den Mann aus den Emiraten. Deshalb zog es ihn immer wieder dorthin. Er dachte gern an diese Zeit zurück.

Auch an das Gespräch mit seinem saudischen Freund aus Riad konnte er sich gut erinnern und er hatte Jassems Erklärungen noch sehr genau im Ohr.

»Bei uns in der arabischen Welt ist der Bedarf an Ersatzorganen riesig. Saudische Patienten zahlen Millionen, um eine neue Niere oder Leber zu bekommen.« Ali runzelte die Stirn und hörte weiter gespannt zu. »Bekanntlich ist die Nachfrage erheblich größer als das Angebot. Und in Europa wird die Verteilung gespendeter Organe zentral von einer übergreifenden Organisation in den Niederlanden gesteuert. Wenn es uns gelingt, dieses System zu umgehen und möglicherweise mit den Kliniken oder den zuständigen Ärzten direkt ins Geschäft zu kommen, schwimmen wir sehr schnell im großen Geld.« Hochinteressant, dachte sich Ali. »Wie stellst du dir das vor, lieber Jassem? Woher bekommen wir diese Organe und wie soll das organisatorisch funktionieren? Oder willst du sie mit einem Paketdienst verschicken?«

Diese Frage hatte Jassem natürlich erwartet. »Zunächst müssen wir in den Kliniken Ärzte oder Manager finden, die zu einer Kooperation mit uns bereit sind. Dann gibt es zwei Möglichkeiten. Entweder werden unsere Patienten hier in Hamburg operiert oder bei uns zu Hause. Am besten durch die Chirurgen von hier. Ali, mit Geld ist alles möglich.«

Der Kuwaiter überlegte und rechnete. Sofern die Empfänger der beschafften Organe wirklich tief in die Tasche greifen würden, könnte sich dieses Geschäft außerordentlich gut bezahlt machen. Selbst wenn die Partner auf der Klinikseite einen relativ hohen Anteil bekommen würden. Fast zu schön, um wahr zu sein.

Allerdings fragte er sich, ob Jassem wirklich Zugang zu dieser besonderen Klientel hatte.

»Und du kommst an Patienten ran, die ein neues Organ benötigen?«

»Hier kommt Aziz ins Spiel, der als Generalmanager für die größte Privatklinik in Riad verantwortlich ist. Er sitzt direkt an der Quelle und hat eine ziemlich lange Warteliste mit Patienten, die dringend auf eine Transplantation warten. Die meisten sind steinreich und bereit, hohe Summen dafür zu bezahlen, um weiter normal leben zu dürfen. Und Freund Aziz braucht eine weitere Einnahmequelle, um seinen extravaganten Lebensstil finanzieren zu können.«

Ali konnte sich das Ganze noch nicht so richtig vorstellen und hakte nach. »Jassem, über welche Organe reden wir eigentlich? Und wer soll sie spenden?«

»Nieren und Leber werden sehr oft von lebenden Patienten gespendet. Der Mensch kann auch mit einer Niere weiterleben. Bei der Leber ist das anders. Die Chirurgen teilen das Organ, machen also zwei aus einer. Die Fachleute nennen das Splitleber. Alle anderen Organe wie vor allem Herz und Lunge werden natürlich erst nach dem Tod des Spenders entnommen.« Er machte eine kurze Pause, nahm einen kräftigen Schluck Mineralwasser und fuhr fort: »In Deutschland beispielsweise geht das nur, wenn der betreffende Patient einen Spenderausweis hat. In anderen Ländern wie Spanien und Österreich gilt die Widerspruchslösung. Dann ist quasi jeder ein Spender, wenn das nicht ausdrücklich verweigert wird. Wenn du Interesse hast, dieses einträgliche Geschäft mit mir aufzuziehen, treffen wir uns in vier Wochen am besten in Hamburg. Ich lege dir dann ein detailliertes Konzept auf den Tisch. Du müsstest in der Zwischenzeit ein kleines Büro finden, das wir nach außen als Pharma-Exportfirma für den Nahen und Mittleren Osten deklarieren. Als Personal brauchen wir nur eine Sekretärin. Sie muss in Englisch kommunizieren können und sollte nicht zu viele Fragen stellen.«

Ali nickte und versprach, die erforderlichen Voraussetzungen bis zum nächsten Treffen mit seinem Freund zu schaffen. Was riskierte er schon, außer möglicherweise ein paar Monate Miete? Der Versuch war es absolut wert.

Als Prof. Günther Heitmann einige Wochen später an einem Freitag gegen 19:00 Uhr an der Tür von Verwaltungsdirektor Joachim Frankenberg klopfte, war es bereits verhältnismäßig ruhig auf den Fluren der Hanse CityClinic. Ein hektischer Tag mit etlichen Notfällen und unvorhergesehen Problemen im klinischen Alltag ging zu Ende. Das Wochenende stand bevor und der Chefarzt für Transplantations-Chirurgie freute sich auf seine zwei freien Tage.

Am Samstag hatte er sich allerdings von einem arabischen Geschäftsmann zum Lunch einladen lassen, der ein wichtiges Thema mit ihm besprechen wollte. Er hatte sich über diesen Herrn Bebehani bei Kollegen im Haus und anderen Kliniken erkundigt, konnte aber nur sehr wenig über diesen merkwürdigen Anrufer erfahren, der recht geheimnisvoll tat und immer wieder von »very interesting for you« sprach. Es klang wie ein nicht koscheres Angebot, wobei er schon vor dem Treffen ein merkwürdiges Gefühl hatte.

Prof. Heitmann war natürlich nicht naiv und täglich mit den Problemen in der Transplantationsmedizin konfrontiert. Der laufende Bedarf an Organen war unverhältnismäßig höher als die verfügbaren Spenden. Über 10.000 Menschen warteten in Deutschland auf ein Ersatzorgan und jeden Tag starben drei Patienten, weil ihnen nicht rechtzeitig geholfen werden konnte. Die größte Nachfrage bestand nach Nieren. Die Warteliste umfasste mehr als 8.000 Personen. An den deutschen Transplantationszentren erhielten jährlich rund 2.000 Menschen eine Ersatzniere. Über ein Viertel dieser Organe stammte von lebenden Spendern. Dahinter folgte die Leber mit jährlich knapp 1.000 Transplantationen. Etwa fünf Prozent waren Teilorgane lebender Spender. In den Gedanken dieser Thematik versunken betrat der 48-jährige Chirurg das Büro des Klinikmanagers.

»Schön, Sie zu sehen, Prof.«, begrüßte ihn Frankenberg mit einem leicht verzogenen Lächeln, »was haben Sie auf dem Herzen? Bitte keine Probleme, davon hatte ich heute schon mehr als genug.«

Prof. Günther Heitmann winkte ab. »Nein, nein, ich möchte Sie nur kurz über einen etwas mysteriösen Anrufer informieren, der mich unbedingt treffen möchte. Er habe einen hochinteressanten Vorschlag für uns, den ich mir unbedingt anhören sollte. Der Mann heißt Ali Abdoul Bebehani und kommt demnach aus dem arabischen Raum. Spricht nur gebrochen Deutsch, aber ein sehr gutes Englisch. Ich habe zwar die Einladung zu einem Mittagessen morgen im Hotel Vier Jahreszeiten angenommen, bin mir aber nicht sicher, ob ich wirklich zu diesem Treffen gehen sollte. Irgendwie habe ich kein gutes Gefühl.« Fran-

kenberg runzelte die Stirn und meinte: »Ist zwar etwas sonderbar, aber anhören kann doch nicht schaden. Ich vermute, dass er Sie für Organtransplantationen wahrscheinlich in den Emiraten oder in Saudi-
Arabien gewinnen möchte. Vielleicht will er sich auch
nach den Möglichkeiten einer Kooperation mit unserer Klinik erkundigen.«

Angebote für sogenannte Gastoperationen waren
für den Chirurgen nicht neu. Was Frankenberg allerdings
unter Kooperationen mit der Klinik verstand,
war ihm nicht klar. »Was meinen Sie damit, Herr
Frankenberg?«

»Na, nun tun Sie mal nicht so naiv.« Der Verwaltungsdirektor
schüttelte den Kopf und fuhr fort:
»Wir wissen doch beide um den grauen Markt für
Ersatzorgane. Auf der einen Seite gibt es kranke Menschen, die dringend ein neues Organ benötigen und
dafür sehr viel Geld zu zahlen bereit sind. Zum anderen gibt es aber auch arme Menschen, die für eine entsprechende Summe eine Niere oder ihre halbe Leber
zu spenden bereit sind. Und dazwischen agieren clevere Geschäftsleute, die das eine Ende mit dem anderen
verbinden. Natürlich gehts hierbei um Geld. Sehr viel
Geld.«

»Sie meinen den illegalen Handel mit menschlichen Organen. Und da sollen wir mitmachen? Das ist
doch nicht Ihr Ernst, Herr Frankenberg.«

»Moment mal«, protestierte dieser, »davon ist
überhaupt nicht die Rede. Wir handeln und vermitteln nicht, sondern stehen helfend dazwischen. Würden Sie eine Operation verweigern, wenn beispielsweise ein lebensbedrohter Patient dringend eine Niere

benötigt und sich quasi ein Ersatzorgan hat organisieren lassen?«

»Ich weiß es nicht«, konterte der Mediziner, »und gottlob war ich noch nicht in dieser Situation. Unsere Transplantationen erfüllen ausnahmslos alle geltenden Vorgaben und Gesetze. Wir kooperieren eng und offen mit Eurotransplant in den Niederlanden, das alle Organe für Deutschland, Österreich, die Benelux-Länder sowie Slowenien, Kroatien und Ungarn vermittelt.«

Das war natürlich auch dem Verwaltungsdirektor bekannt. «Aber Sie sollten schon bedenken, dass auch wir mehr und mehr solche Anfragen erhalten. Einschließlich der Organangebote von armen Spendern, die eine Niere oder Teilleber verkaufen möchten. Das ist heute durchaus üblich. Leider.«

»Und wie reagieren Sie auf solche Offerten?«, wollte Prof. Heitmann nun wissen. »Sie wollen doch nicht etwa mit diesen Leuten zusammenarbeiten? Ich stehe dafür jedenfalls nicht zur Verfügung. Auch nicht die anderen Ärzte und Pflegekräfte in meiner Abteilung.«

Joachim Frankenberg wollte das Gespräch an dieser Stelle nicht vertiefen. Er hatte mit dieser Haltung bei Prof. Heitmann gerechnet. »Berichten Sie mir doch am Montag, was dieser Bebehani genau von Ihnen wollte. Und dann reden wir noch einmal darüber. Ich bin ganz froh, dass Sie jetzt mit dieser Information zu mir gekommen sind. Irgendwann hätte ich Sie übrigens auf dieses Thema von mir aus angesprochen. Es ist ziemlich aktuell und überaus wichtig.«

Der Transplantations-Chirurg wusste nicht so recht, was er von dieser Aussage halten sollte und verließ nachdenklich das Büro des Verwaltungsdirektors. Irgendwie hatte er den Eindruck, als würde sich Joachim Frankenberg gern mit diesen skrupellosen Organhändlern einlassen wollen. Ja, er würde morgen zu diesem Lunch-Termin fahren, aber alles kategorisch ablehnen, was in irgendeiner Form nicht seinen moralischen Prinzipien entsprach und zu einem persönlichen Risiko für ihn werden könnte. Allzu gern würde er mehr Menschen mit dringend benötigten Ersatzorganen ein »neues« Leben schenken, aber um keinen Preis wollte er sich am Handel von Organen beteiligen. Das widersprach in jeder Hinsicht seiner Überzeugung als Arzt und als Mensch.

Gerd Sommer war heiß; sein Hemd hatte unter seinen Achseln Schweißflecken in der Größe von Untertassen. Er fühlte sich miserabel. Der Pressesprecher war schlichtweg mit der Aufgabe überfordert, in wenigen Minuten ein Statement zu formulieren, das einen so schweren Vorwurf weder abstritt noch zugab. Wie sollte er bloß die Ansprüche der Klinikleitung mit den Erwartungen des Magazins Ex-Press vereinen? Beides zusammen konnte doch gar nicht gehen.

Ihm gegenüber saß Prof. Heinz-Wilhelm Carl, der in Minutenabständen immer wieder bohrte. »Wie weit sind Sie denn? Nun lesen Sie endlich mal vor.«

»Ich bin hoch konzentriert dabei«, seufzte Gerd Sommer, »aber das ist ein wahnsinnig schwieriges Statement, das ich hier schreiben soll. Vor allem muss es uns die Redaktion abnehmen. Und Heinz Wagner, der zuständige Redakteur, glaubt uns bestimmt kein Wort. Der ist uns auch nicht wohlgesonnen und wartet nur darauf, uns einen reinzuwürgen.«

Prof. Carl protestierte mit hochrotem Kopf. »Mensch, Sommer, hier geht es um meinen guten Ruf. Sehen Sie zu, dass Sie das hinkriegen.«

»Wenn wir jetzt noch lange diskutieren, werden wir nicht fertig«, protestierte der Pressemann und löschte zum wiederholten Mal den letzten Satz seiner Meldung. Er hatte noch maximal zehn Minuten. Während er nach einer besseren Formulierung suchte, sprang seine Bürotür auf und Klinikinhaber von Assberg stand Sekunden später in bedrohlicher Haltung vor seinem Schreibtisch.

»Und, was macht das Kunstwerk? Lassen Sie mal sehen.« Er überflog den Text und schimpfte: »Das kann nicht Ihr Ernst sein. Ihre Stellungnahme liest sich wie ein Schuldeingeständnis. Nein, meine Herren, wir müssen den Spieß umdrehen und uns bei der Industrie bedanken. Zum Beispiel sollten wir Folgendes schreiben: ›Die finanziellen Zuwendungen haben anspruchsvolle Fortbildungen unserer medizinisch angesehenen Kardiologie ermöglicht, von denen in erster Linie die Patienten profitieren.‹« Er schaute kurz seinen Kardiologen an, dem diese Erklärung gefiel. Dann redete er weiter: »›Wir würden uns über eine langfristige Fortsetzung dieser partnerschaftlichen Zusammenarbeit mit unseren Lieferanten freuen, die selbstverständlich völlig unabhängig von Liefervereinbarungen erfolgt. Bei der Auswahl von medizinischen Geräten sind ausschließlich qualitative Aspekte maßgebend. Wir können diverse Beispiele für Kaufentscheidungen zugunsten von Herstellern aufzeigen, deren Erzeugnisse sich gegen Produkte von Kooperationspartnern durchgesetzt haben.‹ Haben Sie das Sommer? Und dann bringen Sie noch ein nettes Zitat von Prof. Carl, der den internationalen Informations- und Meinungsaustausch mit angesehenen Kollegen aus aller Welt auf den Studienreisen für ausgesprochen wichtig hält. Auch hiervon hat vor allem der Patient den größten Nutzen. Im Übrigen haben diese wissenschaftlichen Teilnahmen unseres Chefarztes finanzielle Nachteile für die Hanse CityClinic, da an diesen Tagen auf erhebliche Einnahmen verzichtet wird.«

Prof. Heinz-Wilhelm Carl musste schmunzeln. Egal, was über Bernd von Assberg gesagt wurde, der Mann hatte Selbstbewusstsein und Überzeugungskraft. Er war mit diesem Statement sehr zufrieden und warf abschließend einen mitleidvollen Blick auf den ratlos wirkenden Pressesprecher. Es würde ihn nicht wundern, wenn es hier bald zu einem Personalwechsel kommen würde. Der gute Mann war seiner Aufgabe einfach nicht gewachsen.

Nicht schlecht, dachte Heinz Wagner, als er das Statement der Hanse CityClinic sorgfältig studierte. Die Flucht nach vorn war in solchen Situationen immer die beste Strategie. Trotzdem würde das Haus sein Fett wegbekommen, denn inhaltlich war die Argumentation nicht sehr glaubhaft. Aber der geschickte Hinweis auf die nicht von der Hand zu weisenden Vorteile für die Patienten war ein gutes Argument, um die Vorwürfe wenigstens abzumildern.

Trotzdem wird dieser arrogante von Assberg wenig Freude an dem knackigen Bericht haben, versprach sich der Chefreporter und war zugleich recht sicher, dass die Tage von Pressesprecher Gerd Sommer damit quasi gezählt waren.Eine Vermutung, die sich zeitgleich mit der Veröffentlichung der für die Klinikbranche peinlichen Story bestätigen sollte. Denn schon einen Tag später bat Bernd von Assberg seinen Personalchef, mit Gerd Sommer eine vorzeitige Auflösung des Arbeitsvertrages auszuhandeln und sich nach einem neuen Kandidaten umzusehen, der über kommunikative Professionalität auch in Krisenmomenten verfügte.

Hubertus von Seelenthal war ein Mann, der von Geburt an auf der Sonnenseite des Lebens stand. Als Einzelkind eines schwerreichen Fabrikanten, der hochwertige Komponenten für die Rüstungsindustrie herstellte und Millionen mit weltweiten Exporten verdiente, verfügte er bereits mit 20 über ein monatliches Einkommen, das ihm jeden auch nur denkbaren Wunsch ermöglichte. Sein Vater hatte ihn zum Leiter seiner Werbeabteilung gemacht. Ein typischer Etikettenjob ohne besondere Funktion, da der Senior sehr auf unternehmerische Diskretion bedacht war und die öffentliche Wahrnehmung seiner Geschäfte grundsätzlich scheute.

»Unsere Kundschaft«, so hatte er es seinem Jüngling erklärt, »legt großen Wert auf Diskretion. Die internationale Rüstungsindustrie arbeitet sozusagen hinter einem geschlossenen Bühnenvorhang. Du sollst also in keiner Weise die Werbetrommel für uns rühren, sondern dich hauptsächlich um die Belegschaft kümmern. Motivierte Mitarbeiter sind die Grundlage unseres Erfolges und somit auch der Garant für dein schönes Leben.«

So wurde Hubertus von Seelenthal bereits in jungen Jahren das, was man unter einem typischen Playboy verstand. Er tummelte sich dort, wo sich die Jet-Set-Gesellschaft traf. Im Winter vorzugsweise in St. Moritz und im Sommer traf man sich an der Côte d'Azur in St. Tropez, auf Ibiza und auf Sardinien. Zwischendurch verbrachte er die Wochenenden auch gern im Familiendomizil auf Sylt.

Wenn er nicht gerade verreist war, wohnte er auf zwei Ebenen in einem großen Penthouse direkt an der Alster mit einer rundum angelegten Riesenterrasse, die ihm einen herrlichen Blick auf Hamburg aus einer 360-Grad-Perspektive vermittelte.

Wie schön das Leben doch ist, sagte sich der körperlich eher schmächtige Mann, der seine schwarzen Haare gern lang trug und sich vorzugsweise sportlich im schwarzen Outfit kleidete. Hanseatisch schwarz waren auch sein Porsche 911 Turbo und der Range Rover. In seiner Wohnung bevorzugte der junge Millionär weiße Designermöbel.

Er war genau das Gegenteil seines Vaters, der täglich mindestens zehn Stunden hart arbeitete und in relativ bescheidenen Verhältnissen lebte. Aber die beiden Männer standen sich trotz ihrer Gegensätze sehr nahe und pflegten eine intensive Vater-Sohn-Beziehung. Hubertus konnte mit seinem Vater über alles reden; er hatte immer ein offenes Wort und unendliches Verständnis für seinen Sohn. Der alte Seelenthal empfand es als persönliches Glück, seinem Sohn ein solches Leben zu ermöglichen, obgleich er sich selbst wenig aus Luxus und Partys machte. Er liebte vor allem seine Arbeit, die aus seinem persönlichen Lebenswerk bestand.

Als Hubertus von Seelenthal seinen 35. Geburtstag in einem Hamburger Szene-Restaurant groß feierte, änderte sich sein Leben schlagartig. Er lernte Anna kennen, die in Begleitung eines Bekannten an der Feier teilnahm. Hubertus war wie vom Blitz getroffen und suchte den ganzen Abend nur die Nähe dieser hübschen Frau. Sie war schlank und mit 1,65 Meter nur weniger Zentimeter kleiner als ihr neuer Verehrer, der von ihrem Anblick geradezu verzaubert war. Ihr leicht braun glänzendes Haar reichte bis zu ihren schmalen Schultern, sie trug eine enge Jeans mit flachen Schuhen. Ihr dunkelblaues Sakko hatte sie mit einem weißen T-Shirt kombiniert. Die gebürtige Serbin war 38 und hatte aus erster Ehe einen 12-jährigen Sohn.

Diese Frau musste er wiedersehen; so schnell wie möglich. Er sprach sie direkt darauf an und lud sie zu einem Lunch am Sonntag ein. »Ich mag Ihnen aufdringlich erscheinen, aber ich möchte Sie unbedingt kennenlernen und unser begonnenes Gespräch über das heutige Leben und diese Welt fortsetzen. Vielleicht finden wir ja auch eine Antwort auf die Frage, wo und wie man heutzutage am besten leben sollte. Machen Sie mir bitte die Freude; ich bin nun wirklich kein Aufreißertyp. Aber Sie gefallen mir einfach. Ihre Art, Ihr Charme und besonders auch Ihr großes Interesse für das Zeitgeschehen.«

Anna lächelte und freute sich über die Einladung ihres sympathischen Gastgebers. »Darf ich denn auch meinen Sohn Sascha mitbringen? Wir verbringen immer die Wochenenden zusammen.«

Alles Weitere ging blitzschnell. Nach nur wenigen Wochen zogen Anna und ihr Sohn zu Hubertus von Seelenthal in das Penthouse. Er hatte auch den Jungen mittlerweile in sein Herz geschlossen und richtete ihm ein tolles Zimmer mit allem ein, was sich ein Junge in diesem Alter nur wünschen konnte. Sie unternahmen viel zusammen; gingen zu den Bundesliga-Heimspielen des HSV, gelegentlich zu St. Pauli an den Millerntor und versuchten sich als Piloten in einem öffentlichen Flugsimulator in der Hafencity. Nur drei Monate später heirateten Anna und Hubertus. Im Laufe der Jahre vergrößerte sich die Familie um die gemeinsamen Kinder Sonia und Daniel. Das änderte nichts an dem engen Verhältnis zu Sascha, den Hubertus von Beginn an wie seinen eigenen Sohn betrachtete.

Völlig verändert hatte sich allerdings seine Lebensweise. Durch Anna wurde aus dem lebenslustigen Playboy ein fürsorglicher Familienvater und Ehemann, der seine Frau auf Händen trug. Er fühlte sich rundherum glücklich und es gab für ihn nichts, aber auch gar nichts, worüber er sich beklagen konnte. Sie genossen ein sorgenfreies Leben, besuchten die bekanntesten Kulturstätten in den europäischen Metropolen und reisten rund um die Welt. Im Winter flogen sie meistens nach Südafrika, genossen das schöne Leben von Kapstadt oder die faszinierende Tierwelt auf exklusiven Safaris im Krüger Nationalpark. Sie verfügten über die Mittel, um sich jeden Wunsch zu erfüllen. Hubertus' Vater hatte seinem geliebten Sohn ein milliardenschweres Erbe hinterlassen.

Jahre später, wenige Monate vor dem 60. Geburtstag, kam es zur tragischen Wende. Hubertus und Anna lebten mittlerweile mit Daniel und Sonia in einer wunderschönen Villa mit Blick auf die Alster. Sascha studierte in den USA und sollte in wenigen Tagen zu einem Besuch nach Hamburg kommen.

Der Schock kam für Hubertus von Seelenthal völlig unerwartet und schonungslos an einem Donnerstagnachmittag um genau 16:25 Uhr im Sprechzimmer von Prof. Andreas Winkmann, dem Ärztlichen Direktor der Hanse CityClinic. Der Satz traf ihn mit unvorstellbarer Brutalität. »Herr von Seelenthal, mir liegen alle Ergebnisse und Berichte der medizinischen Untersuchungen vor. Nachdem Sie mir ja bei unserem Vorgespräch meine Frage nach Beschwerden mit gelegentlichen Krämpfen im Bauchraum beantwortet hatten und mir Ihre Augen leicht gelblich verfärbt vorkamen, wollten wir natürlich die Ursache dieser Symptome herausfinden. Deshalb hatte ich nach Rücksprache mit Prof. Walter Schulz, dem Chefarzt unserer Radiologie, Ihren Check-up um eine MRT-Untersuchung erweitert. Jetzt muss ich Sie leider über die sehr unerfreuliche Diagnose informieren. Die Kernspintomografie hat meine schlimmsten Befürchtungen bestätigt. Sie haben ein Pankreasmalignom, also Krebs der Bauchspeicheldrüse. Die Bilder sind zweifelsfrei. Wir alle sind sehr betroffen.«

Einige Sekunden wähnte sich Hubertus von Seelenthal in einem Albtraum. Dann holte ihn die Realität wieder ein und er nahm die freundliche Stimme des Ärztlichen Direktors wieder wahr.

»Lassen Sie uns ganz offen sprechen. Die Medizin hat in den letzten Jahren große Fortschritte in der Therapie bösartiger Krebserkrankungen gemacht. Leider ist das Pankreaskarzinom sehr aggressiv. Trotzdem ist Ihre Lage nicht hoffnungslos. Wir können mit einer kombinierten Therapie von Operation und anschließender Chemotherapie durchaus nennenswerte Erfolge erzielen.«

Drei Stunden vor diesem Gespräch über den schockierenden Befund hatten sich die zuständigen Fachärzte zu einer akuten Tumorkonferenz getroffen, um über ihren prominenten Patienten zu sprechen. Zu diesem Zeitpunkt wusste Hubertus von Seelenthal noch nichts von seiner lebensbedrohenden Erkrankung.

Der Chefarzt für Allgemein- und Viszeralchirurgie eröffnete die Diskussion, nachdem der Radiologe den

Befund vorgestellt hatte. Die Diagnose war eindeutig; jetzt konnte nur noch eine schnelle Operation helfen. »Wir sollten rasch mit Herrn von Seelenthal abklären, ob und wann wir diesen Eingriff vornehmen können. Er scheint ja sonst recht gesund zu sein und bringt somit gute Voraussetzungen für die Operation mit. Wahrscheinlich ist das Malignom schon recht fortgeschritten. Wir müssen also schnell handeln und dürfen keine weitere Zeit verlieren.«

Dr. Christoph Kistenmeier würde dem Patienten alle therapeutischen Maßnahmen im Detail erklären. Bei Hubertus von Seelenthal wäre eine Operation nach der Whipple'schen Methode mit anschließender Strahlen- und Chemotherapie erforderlich. Der Chirurg würde dabei nicht nur das krebsbefallene Gewebe im Kopfbereich der Bauchspeicheldrüse entfernen, sondern auch Zwölffingerdarm, Gallenblase und Gallengang sowie ein Drittel des Magens und der lokalen Lymphknoten. Im nächsten Schritt würde er den Dünndarm mit dem verbliebenen Teil der Pankreas und dem Gallengang verbinden. Danach würde er den Restmagen über eine entsprechende Naht an das Verdauungssystem wieder anschließen.

»Langsam, langsam, Herr Kollege!« Für den Ärztlichen Direktor stand zunächst die vorrangige Frage im Raum, wer dem betroffenen Patienten diese tragische Diagnose beibringen sollte.

»Diese Aufgabe sollten Sie übernehmen, Prof. Winkmann«, befand der Chirurg, »und erklären Sie bitte dem Patienten, weshalb höchste Eile geboten ist. Die Familie von Seelenthal ist sehr bekannt in Hamburg. Wie Sie sicher wissen, auch sehr, sehr vermögend. Der Mann könnte sich also problemlos die weltweit besten Ärzte und Kliniken der Welt leisten. Aber vielleicht können Sie ihn ja davon überzeugen, dass er bei uns bestens für diese aufwendige Behandlung aufgehoben ist.« Dem ärztlichen Direktor war natürlich der wirtschaftliche Hintergrund dieses Hinweises absolut klar. Die höchst aufwendige Operation sowie die nachfolgend erforderliche Strahlen- und Chemotherapie hatten es preislich in sich. So schrecklich diese Diagnose für die betroffenen Patienten auch war; für die Klinik war sie ein beträchtlicher Umsatzbringer. Es war nur eine Zeitfrage, bis sich der Klinikeigentümer melden würde, um sich nach dem weiteren Verlauf zu erkundigen. Sofern sich Hubertus von Seelenthal für eine andere Klinik oder überhaupt gegen eine OP und Therapie entscheiden sollte, dürfte es vorwurfsvolle Fragen und unangenehme Diskussionen mit von Assberg geben. So tragisch die Diagnose für den Patienten und seine Familie auch war, für die Hanse CityClinic war sie von finanziell großer Bedeutung.

Prof. Udo Krüger hatte schweigend zugehört. Dem Chefarzt der Onkologie waren die statistisch äußerst negativen Prognosen dieser heimtückischen Krebsart bestens geläufig. Jährlich befiel jeweils über 8.000 Frauen und Männer ein Pankreaskarzinom. Die Überlebensraten in den ersten fünf Jahren nach der Diagnose lagen bei unter zehn Prozent. Bei Darmkrebs sind es vergleichsweise um die 60 Prozent, bei Brustkrebs rund 80 Prozent und bei Prostatakrebs sogar über 90 Prozent. Hubertus von Seelenthal tat ihm leid. Er mochte den sympathischen Kerl, den er kürzlich auf einer Hochzeitsfeier eines gemeinsamen Bekannten kennengelernt hatte und er würde natürlich alles tun, um ihm zu helfen und das Leid zu lindern. Aber es würden sehr schwere Zeiten auf den fast 60-jährigen Mann zukommen, der äußerlich viel jünger wirkte, als er war. Nach der schweren Operation stand ihm eine umfangreiche Chemotherapie bevor, bei der spezielle Substanzen die rasche Zellteilung verhindern und vorhandene Metastasen beseitigen sollen. Der aggressive Pankreastumor lässt die Körperzellen unkontrolliert wachsen und breitet sich dann rasch im Körper aus. Dabei wird gesundes Gewebe verdrängt und zerstört. Dagegen sollen die Zytostatika der Chemotherapie wirken, die für die meisten Patienten allerdings höchst belastend ist und sehr unangenehme Nebenwirkungen mit sich bringt. Nicht ohne Grund bezeichnet man diesen sehr bösartigen Tumor als Todesurteil.

Nach einem schlaflosen Nachtflug landete Irina am Vormittag in Hamburg. Sie musste immer wieder an ihren Streit mit Udo Krüger beim Abflug in Kapstadt denken. Danach hatten sie nicht mehr miteinander gesprochen. Jetzt konnte sie es kaum erwarten, wieder zu Hause zu sein und diese bedenkliche Reise schnell abzuhaken. Dass sich ihr Freund als Chefarzt der Onkologie an der Hanse CityClinic auf eine so plumpe Weise von der Pharmafirma instrumentalisieren ließ, nahm ihr den Respekt vor diesem Mann, der sie ursprünglich mit seinem Witz und Charme erobert hatte. Nein, sie hatte in Hamburg einen ganz anderen Udo kennengelernt. In Südafrika hatte er sich von einer Seite gezeigt, die sie weder als Ärztin noch als Frau akzeptieren wollte.

Sie standen schweigend am Gepäckband des Hamburger Flughafens und warteten auf ihre Koffer. Die rote Reisetasche von Irina kam zuerst.

»Ich nehme mir ein Taxi«, verabschiedete sie sich, gab ihrem ehemaligen Liebhaber einen flüchtigen Wangenkuss und ließ ihn einfach stehen, bevor er überhaupt reagieren konnte. Prof. Krüger schaute ihr nach und fragte sich, was er eigentlich falsch gemacht hatte. Kopfschüttelnd griff er nach seinem Koffer und ging ebenfalls zum Ausgang. Draußen erwartete ihn seine Frau Marianne.

»Schön, dass du wieder da bist, Liebster. Ich hoffe, du hattest eine tolle Reise.« Sie umarmte ihn und gab ihm einen Kuss auf seine Lippen, die durch die trockene Luft im Flugzeug spröde waren.

»Es war sehr anstrengend, Marianne, und ich bin todmüde. Dieser lange Flug; ich habe kein Auge zugemacht.« Dass er gleich nach dem Abendessen fast bis zur Landung in London wie ein kleines Baby durchgeschlafen hatte, verschwieg er ihr. Verständnisvoll schaute Marianne ihn an. »Das glaube ich wohl. Zu Hause wartet ein heißes Bad auf dich und danach fühlst du dich wie neugeboren.«

Auch Irina dachte an eine erfrischende Dusche und freute sich auf ihr gemütliches Bett. Sie war hundemüde und brauchte dringend ein paar Stunden Schlaf. Zuvor wollte sie aber versuchen, Prof. Andreas Winkmann zu erreichen und ihn um einen baldigen Gesprächstermin bitten. Der Ärztliche Direktor hatte ihr ja bei ihrer ersten Begegnung seine persönliche Unterstützung angeboten. Nach der jüngsten Erfahrung mit Prof. Krüger konnte sie dankend auf dessen weitere Hilfe verzichten.

So billig lasse ich mich nicht kaufen, sagte sie sich und bereute, die verlockende Einladung in dieses wunderschöne Land angenommen zu haben. Das sollte eine Studienreise zu einer neu entwickelten Chemotherapie sein? Irina konnte es nicht fassen und hatte schon am zweiten Tag dieser vergnüglichen Werbeveranstaltung des Herstellers beschlossen, sich doch nicht auf die Onkologie mit all ihren psychologisch-menschlichen Problemen zu spezialisieren. Stattdessen wollte sie nunmehr versuchen, eine Stelle in der Inneren Medizin zu bekommen. Hier war der nette Prof. Winkmann Chef und vielleicht konnte sie ihn überzeugen. Sie war zuversichtlich.

Ihr gutes Gefühl bestätigte sich. Prof. Andreas Winkmann konnte sich sehr gut an die junge Ärztin erinnern. Er hatte bei ihr den Eindruck, dass sie ihren

Arztberuf mit viel Engagement und Leidenschaft aus-
zuüben bereit war. Das gefiel ihm. Sie trafen sich am
späten Nachmittag in einem Café in der Nähe der
Klinik. Beide bestellten Tee mit frischer Minze und
lächelten sich freundlich zu.

»Nett, dass Sie mich angerufen haben, liebe Frau
Herzberg. Gibt es irgendetwas, das ich für Sie tun
kann? Ich hatte Ihnen ja bei unserem ersten Treffen
mit Prof. Krüger angeboten, mich bei Bedarf jederzeit
zu kontaktieren.«

Irina überlegte kurz und entschied, ganz offen mit
Ihrem freundlichen Gesprächspartner zu sein.

»Ich habe auf Einladung von Prof. Krüger an seiner Studienreise nach Südafrika teilgenommen und
seither große Zweifel, ob ich mich wirklich auf Onkologie spezialisieren sollte. Es hat nichts mit unserem
privaten Verhältnis zu tun. Sie wussten doch davon,
oder?«

Natürlich war ihm die Beziehung zwischen der
attraktiven Frau und seinem Kollegen bekannt. »Was
zwischen Ihnen beiden ist oder war, interessiert mich
nicht. Aber was hat Sie bewogen, das Fachgebiet
wechseln zu wollen?« Irina nippte an ihrem Teeglas
und fuhr fort: »Ich bin mitgeflogen, weil mich vor
allem die neue Chemotherapie der Firma
interessiert.«

Der Ärztliche Direktor nickte. »So habe ich Sie
auch eingeschätzt.« Irina empfand diese Bemerkung
als Kompliment und berichtete weiter. »Leider stand
dieses Thema völlig im Hintergrund. Es war ein gesell-
schaftlicher Event, eine typische Vergnügungsfahrt
durch die Weinberge der Region mit kulinarischen
Genüssen in wunderbaren Restaurants. Die Teilneh-

mer, darunter viele prominente Onkologen bekannter Kliniken, haben es richtig genossen. Offenbar ohne jegliches Interesse für den eigentlichen Anlass ihrer Einladung. Vier Tage lang wurde hauptsächlich gegessen, getrunken und viel gelacht. Und das in einem erlesenen Kreis hochqualifizierter Fachärzte, die tagtäglich krebskranke Menschen leiden und sterben sehen. Nein, Prof. Winkmann, für mich war das unerträglich.«

Der Internist lächelte und empfand aufrichtige Sympathie für diese junge Frau. »Oh ja, ich kann Sie sehr gut verstehen und ahne, wie diese Studienreise abgelaufen ist. Ich weiß sehr wohl um diese Problematik und lehne schon seit längerer Zeit solche Einladungen ab. Dabei werden immer wieder wissenschaftliche Themen zum Vorwand von Veranstaltungen missbraucht, bei denen persönliche Gefälligkeiten statt medizinischer Inhalte im Mittelpunkt stehen. Leider werden Sie oder ich diese negativen Begleiterscheinungen in der heutigen Medizinwelt nicht ändern können. Wir müssen Sie hinnehmen und unbeirrt an unseren ärztlichen Grundprinzipien festhalten.« Irina war erleichtert und hörte dem Ärztlichen Direktor weiter zu. »Es war gut, mich um dieses Treffen gebeten zu haben und ich werde gleich morgen schauen, wie und wann ich Sie in meinem Bereich unterbringen kann. Machen Sie sich keine Sorgen, Sie bekommen einen passenden Job bei mir. Wir brauchen Ärzte mit Ihrer Einstellung und ich freue mich über jede Kollegin und jeden Kollegen, die beziehungsweise der so denkt wie Sie. Bitte bleiben Sie so und seien Sie versichert, dass ich Sie in dieser

Grundhaltung soweit wie möglich unterstützen werde.«

Irina hatte Tränen in den Augen. Der feinsinnige
Chefarzt erinnerte sie ein wenig an ihren Vater. »Ich
danke Ihnen von Herzen, lieber Prof.« Und nach einer kurzen Pause fügte sie hinzu: »Und bitte erklären
Sie Prof. Krüger, dass mein gewünschter Wechsel in
die Innere Medizin nichts mit ihm persönlich zu tun
hat. Es sind nur fachliche Gründe, die er gewiss verstehen wird. Er ist ja ein gescheiter Mann.«

Es war kurz vor 13:00 Uhr. Der Grill-Room im international renommierten 5-Sterne-Hotel an der Hamburger Binnenalster war so gut wie leer. Ali Abdoul Bebehani erwartete Prof. Günther Heitmann an einem ruhigen Tisch, der für das beabsichtigt vertrauliche Gespräch bestens geeignet war. Er kannte seinen Gast noch nicht persönlich und konnte ihn daher schwer einschätzen. Seine Recherchen besagten lediglich, dass der Chefarzt für Transplantations-Chirurgie an der Hanse CityClinic fachlich hochqualifiziert und branchenweit sehr angesehen war. Der Kuwaiter hatte allerdings erhebliche Zweifel, ob er einen Arzt mit solchen ethischen Grundwerten für sein Projekt gewinnen konnte. Es war für die Beteiligten finanziell sehr einträglich, aber juristisch wie moralisch doch recht problematisch.

Er nahm sich jedenfalls vor, seinen Vorschlag sehr behutsam zu unterbreiten und die Offensive sofort abzubrechen, wenn sich das Gespräch in eine falsche Richtung entwickeln sollte. Notfalls würde er noch einmal auf Joachim Frankenberg zugehen, den er ja kürzlich mit einem prall gefüllten Briefumschlag quasi eingekauft hatte. Mit Geld, so seine Einstellung und vor allem auch persönliche Erfahrung, lässt sich vieles regeln. Fast alles. Und in seinem Transplantationsgeschäft mit vermögenden Auftraggebern in der arabischen Welt ging es um sehr viel Geld. Das war seine entscheidende Trumpfkarte.

Kurz nach 13:00 Uhr betrat Prof. Günther Heitmann das Restaurant. Er hatte mit dem Verwaltungsdirektor vereinbart, den direkten Kontakt zu ihm als verantwortlichen Chefarzt aufzunehmen. Der Chirurg war zunächst über seinen Anruf überrascht und

offenbar nicht von Joachim Frankenberg informiert
worden. Nach anfänglichem Zögern nahm er die Einladung zu diesem Lunch an.

Da nur wenige Tische besetzt waren, musste er
seinen Gastgeber nicht lange suchen. Er erkannte
Herrn Bebehani auf den ersten Blick. Der übergewichtige Araber mit spärlichem Kopfhaar und kräftigem Bartwuchs trug einen mausgrauen Anzug mit
einem dunkelblauen Hemd. Seine Brustbehaarung
reichte bis zum Halsansatz und quoll oben aus dem
geöffneten Kragen hervor.

»Was möchten Sie trinken, Herr Prof.?«, fragte
Bebehani, der ein großes Glas Orangensaft vor sich
stehen hatte. »Möchten Sie nicht auch einen frisch
gepressten Orangensaft? Die Apfelsinen kommen
nicht aus Israel«, fügte er grinsend hinzu.

Prof. Heitmann konnte über diesen dummen
Spruch nicht lachen. Er bestellte sich eine Flasche Mineralwasser und zum Essen das viel gelobte Tartar
vom Beef des Hotels. Sein Gastgeber entschied sich
für die Kalbsleber.

»Genau die richtige Wahl zur Einstimmung auf
das vermutete Gesprächsthema«, sagte sich der Chirurg und bat sein Gegenüber, ihm den genauen Grund
seiner Einladung zu erläutern.

Ali Abdoul Bebehani begann mit einer allgemeinen Schilderung der weltweit bestehenden Problematik in der Transplantationsmedizin. Täglich starben
Menschen, weil es nicht genügend Spenderorgane
gab. Und er zitierte weitere Zahlen aus einer allgemein
bekannten Statistik, die jedem Mitarbeiter in Transplantationszentren bestens bekannt war. Prof. Heitmann hörte höflich zu, obgleich er sich in dieser Ma-

terie noch wesentlich besser auskannte als der undurchsichtige Geschäftsmann aus Kuwait. Er war gespannt, wann und wie er die Katze aus dem Sack lassen würde.

Mittlerweile hatte der überaus aufmerksame Maître d'Hôtel die bestellten Speisen gebracht. Herr Bebehani verschlang seine Kalbsleber mit hastigen Bissen, um mit seinen Ausführungen schnell fortfahren zu können. Währenddessen genoss der Chirurg das köstlich angemachte Tatar. Dazu gab es dünne Pommes frites mit schwarzem Trüffel. Eine interessante Kombination befand der Arzt und nahm sich vor, demnächst mit seiner Familie wieder hierherzukommen.

Herr Bebehani sprach weiter und kam dem entscheidenden Punkt seines Anliegens immer näher. »In den Emiraten und in Saudi-Arabien warten viele Patienten auf Ersatzorgane. Wir, das heißt unsere kleine Firma, suchen in aller Welt in erster Linie nach Leber- und Nierenspendern. Es ist sehr, sehr schwierig, aber es gibt tatsächlich solche Menschen, die bereit sind, ein Stück von sich selbst zu opfern.«

Prof. Heitmann wusste sehr wohl um den grauen Markt für menschliche Organe. Ein schmutziges Geschäft, das er aufs Schärfste verurteilte. »Sie meinen Menschen, die in großer Armut leben und aus Verzweiflung ihre Organe verkaufen? Was bekommt denn so ein Spender zurzeit für eine Niere? Und was zahlt Ihr vermögender Patient für das Organ? Ich vermute, die Differenz ist gewaltig und landet größtenteils in Ihrer Tasche.«

Bebehani hob die Hand und protestierte. »Aber der Profit ist viel kleiner, als Sie sich vorstellen. Die Kosten sind sehr, sehr hoch. Und bedenken Sie bitte, dass ohne unser Engagement noch viel mehr Patienten sterben würden, weil sie das Ersatzorgan nicht rechtzeitig bekommen.«

»Ihr Edelmut rührt mich zu Tränen, Herr Bebehani. Es steht mir nicht zu, über Sie zu richten, aber Sie betreiben einen gesetzlich illegalen Handel mit Körperteilen. Sie lassen gesunde Menschen aufschneiden und verkaufen eine entnommene Niere oder Teilleber an wohlhabende Patienten in Ihrer Region.«

»Das ist Ihr Blickwinkel, Herr Prof.«, konterte der Geschäftsmann, »was wir tun, ist die unweigerliche Konsequenz aus der Unfähigkeit unserer heutigen Gesundheitssysteme. Was unternimmt denn zum Beispiel Ihre so fortschrittliche Bundesrepublik, um mehr Organspender zu bekommen? Mir sind keine erfolgreichen Konzepte bekannt, die das dürftige Spendenaufkommen erhöhen. Sie können uns gern verurteilen und für unmoralische Geschäftemacher halten, aber wir retten nachweislich Leben.«

Prof. Heitmann konnte dem nicht widersprechen. Auch er konnte überhaupt nicht verstehen, weshalb die zuständigen Ministerien, Behörden, Institutionen und Stiftungen bei der Förderung von Organspenden so kläglich versagten. »Lassen wir das mal so stehen, Herr Bebehani, aber was möchten Sie von mir?«

Der Araber nickte leicht mit dem Kopf, beugte sich vor und setzte ein dezentes Lächeln auf. »Sehen Sie, wir möchten sowohl den Spendern als auch den Empfängern eine medizinisch optimale Qualität anbieten. Deshalb bemühen wir uns um Kooperationen mit den besten Transplantationszentren und -chirurgen.«

Günther Heitmann war zutiefst empört. «Wenn ich Sie richtig verstehe, soll ich Ihr Komplize werden und Ihre Kunden operieren? Sie glauben doch nicht im Ernst, dass ich mir die Finger mit Ihrem widerlichen Organhandel schmutzig mache. Wir sollten das Gespräch an dieser Stelle beenden. Streichen Sie mich umgehend von Ihrer Liste und kontaktieren Sie mich nie wieder.« Prof. Heitmann war außer sich und rief nach dem Maître d'Hôtel. »Ich möchte bitte mein Essen zahlen.«

Ali Abdoul Bebehani war inzwischen leicht erblasst. Er lehnte sich zurück und stammelte. »Aber ich habe Sie doch zu diesem Lunch eingeladen, Herr Prof. Heitmann.«

Der Arzt blickte verachtend auf den Mann. »Nein, danke, ich bin nicht käuflich und lasse mir nicht mein Essen mit blutigen Geldern aus Ihrem schmutzigen Organhandel bezahlen.«

»Sind Sie von allen guten Geistern verlassen?«, tobte Joachim Frankenberg, als der Leiter des Transplantationszentrums am Montag von diesem unerfreulichen Treffen berichtete. Der Verwaltungsdirektor war überaus wütend. »Wissen Sie überhaupt, wer Herr Bebehani ist und über welche Beziehungen er verfügt?«

Prof. Heitmann blieb ruhig und machte keinen Hehl aus seiner Verachtung für den Kuwaiter. »Ein kleiner mieser Organhändler, der verzweifelten Spendern eine Niere oder Leberteile für kleines Geld abkauft, um sie für Millionen in den Emiraten und in Saudi-Arabien zu verscherbeln. Wie können Sie mir überhaupt zumuten, mich mit solchen gewissenlosen

Geschäftemachern in der Öffentlichkeit an einen Tisch zu setzen? Und reden Sie gefälligst in einem anderen Ton mit mir. Offenbar ist auch Ihnen der menschliche Anstand durch krankhafte Gier abhanden gekommen.«

Wütend dreht er sich um, ging aus dem Büro des Direktors und knallte die Tür mit Wucht zu. Peng, das hatte gesessen. Joachim Frankenberg stand fassungslos mit offenem Mund vor seinem Schreibtisch. Als er sich beruhigt hatte, ging er zu seinem Stuhl und wies seine durch die Lautstärke der Auseinandersetzung irritierte Sekretärin an, ihn sofort mit Bernd von Assberg telefonisch zu verbinden.

Marc Janzen hatte miese Laune, weil er in dem unbequemen Krankenhausbett schlecht schlief und ihm die fade Diabetikerkost bereits nach zwei Tagen zum Hals herausging. Wie gern wäre er jetzt bei seinem Lieblings-Italiener und hätte mit größtem Genuss eine doppelte Portion Spaghetti mit Meeresfrüchten verschlungen. Zum Nachtisch einen richtigen Cappuccino und allein schon aus Trotz ein großes Stück Zuppa Inglese. Er träumte regelrecht von diesem herrlichen Biskuitdessert und sagte sich, dass doch fast alle Italiener allein schon aufgrund ihres hohen Nudelkonsums Diabetiker sein müssten. Irgendwie war das doch nicht gerecht!

Heute Nachmittag hatte er einen Termin bei Dr. Gellert, der ihn über die Ergebnisse der bisherigen Untersuchungen informieren wollte. Und spätestens morgen könnte er, sofern alles in Ordnung wäre, endlich nach Hause fahren. Der Arzt würde sich wundern, denn Marc hatte bereits Ursula telefonisch angedeutet, noch am Abend die Klinik verlassen zu wollen. Er würde sie unmittelbar nach seinem Termin mit dem Doktor anrufen und eine genaue Abholzeit vereinbaren. Dass er noch eine Nacht in diesem Krankenbett verbringen sollte, kam für ihn überhaupt nicht infrage.

Dr. Olaf Gellert blätterte durch die Patientenakte und nickte wiederholt mit dem Kopf. Marc Janzen beobachtete ihn sehr genau und deutete seine Reaktionen als positives Zeichen.

»Na, das sieht doch schon ganz gut aus«, befand der Arzt und schob die rutschende Brille wieder in die richtige Position auf seiner schmalen Nase. Eine Bewegung, die inzwischen zu einem automatischen Reflex geworden war. Er schaute auf seinen gespannten Patienten und fuhr fort: »Herr Janzen, ich bin froh, dass ich Sie zu diesem kurzen Aufenthalt habe überreden können. Wir sind in der Diagnostik ein gutes Stück weiter und wissen jetzt, wie wir, besser gesagt Sie, Ihren Zucker in den Griff bekommen. Hier müssen Sie unbedingt etwas tun, regelmäßig die Medikamente nehmen und vor allem vernünftig essen. Denken Sie bitte auch an eine ausreichend körperliche Bewegung. Möglichst regelmäßiger Ausdauersport. Ich empfehle Ihnen einen guten Fitnessclub und für die Anfangsphase einen geeigneten Personal Trainer. Dann bekommen Sie Ihren Diabetes schnell unter Kontrolle und nicht umgekehrt.«

Marc unterbrach den Arzt. »Muss ich mir etwa künftig Insulin spritzen?«

Dr. Gellert beruhigte ihn. »Ja, aber täglich nur eine kleine Dosis, am besten jeweils am Abend. Es ist ein Präparat mit Langzeitwirkung. Sie fangen mit nur 12 Einheiten an. Diese Dosierung lässt sich kinderleicht an dem Fertigpen einstellen. Ein kleiner Piks in die Bauchdecke und das wars. Dazu gibts ein Antidiabetikum als Tablette, die Sie ebenfalls vor dem Schlafengehen einnehmen.« Er musterte seinen Patienten und sprach weiter. «Aller guten Dinge sind drei. Einmal pro Woche halten Sie einen weiteren Fertigpen an Ihren Bauch und drücken einfach oben auf den grünen Injektionsknopf. Sie werden den Ministich kaum spüren. In wenigen Sekunden hat ihr Körper den Wirkstoff aufgenommen. Er enthält Dulaglutid und senkt ebenfalls den Blutzuckerspiegel. Gleichzeitig hilft Ihnen diese wirkungsvolle Injektion, Ihr Körpergewicht zu reduzieren. Ein paar Kilo weniger würde auch Ihrem Diabetes guttun. Dann könnte Ihr Körperinsulin noch besser den Blutzucker abbauen.« Marc unterbrach den Arzt. »Daraus folgere ich, dass ich diese Medikamente nicht für ewige Zeiten nehmen muss?«

Dr. Gellert nickte mehrfach und musste sich wieder die Brille hochschieben. »So ist es. Ich gehe davon aus, dass Sie bei einer vernünftigen Lebensweise sehr bald Ihren Blutzucker auf ein Niveau gebracht haben, das Ihnen zumindest die kleine Insulindosis am Abend erspart. Wir sollten Ihre Werte in zwei Monaten wieder kontrollieren. Die kleine Pille ist ja nun wirklich kein Problem, oder?«

Marc war erleichtert und erkundigte sich nach den anderen Ergebnissen.

»Ihre anderen Untersuchungen sind ohne nennenswerte Befunde. Dr. Moritz war ebenfalls mit seiner umfangreichen Ultraschall-diagnostik sehr zufrieden. Keine weiteren Auffälligkeiten, lieber Herr Janzen, mal abgesehen von Ihrem Zucker sind Sie ein absolut gesunder und leistungsstarker Mann. Glückwunsch. Allerdings ist mir Ihr Blutdruck etwas zu hoch, aber auch den können Sie durch Gewichtsverlust und Bewegung rasch runterbringen. Hier verzichten wir erst einmal auf Tabletten. Das müssten Sie auch so schaffen.«

Marc Janzen war erleichtert. »Dr. Gellert, haben Sie etwas dagegen, wenn ich schon heute Abend nach Hause fahre?«

»Bitte noch nicht«, bat ihn der Doktor, »Sie haben morgen um 09:00 Uhr einen letzten Termin bei Dr. Hans-Walter Bergmann, unserem Neurologen. Er kann Ihnen vielleicht bei Ihrer Polyneuropathie helfen. Das Kribbeln in Ihren Beinen ist höchstwahrscheinlich eine Begleiterscheinung Ihres Diabetes. Blutzucker schadet bekanntlich auch dem Nervensystem, das dann mit solchen Beschwerden reagiert.«

Das besagte Kribbeln trat vor allem abends auf, wenn Marc Janzen zur Ruhe kam und die Beine hochlegte. Sofern es also eine Chance gab, diese unangenehme Begleiterscheinung zu lindern oder gar zu beseitigen, würde er sie gern wahrnehmen wollen. Dafür war er dann letztendlich auch bereit, eine weitere Nacht in diesem ungemütlichen Krankenhausbett zu verbringen. Morgen könnte er dann endlich wieder zu Hause schlafen und den Komfort seiner schönen Wohnung genießen. Und sich wieder ein ersehntes Glas Rotwein gönnen. Das durften ja in begrenzten Mengen auch Diabetiker.

Wenn Marc Janzen gewusst hätte, was ihn bei diesem Dr. Bergmann erwartete, wäre er sicher schon am Vorabend nach Hause geflüchtet. Der Neurologe machte auf ihn den Eindruck, als sei er selbst geistig verstört. Er schaute unentwegt auf seine Tischplatte, mied jeden Blickkontakt mit ihm und kritzelte irgendwelche kaum lesbaren Notizen auf ein Blatt Papier. Dann sagte er, ohne seinen Kopf auch nur ansatzweise zu heben: »Die Ursache Ihrer Beschwerden könnten auch auf einen Tumor deuten.«

Marc war geschockt. »Dr. Gellert sprach von einer Begleiterscheinung meines Diabetes.«

Der Neurologe starrte noch immer auf seinen Schreibtisch und bemerkte mit verärgertem Unterton: »Ach ja. Warum kommen Sie denn zu mir, wenn Dr.

Gellert bereits die Ursache kennt? Ich halte es jedenfalls für wichtig, diese Möglichkeit auszuschließen und rate Ihnen daher zu entsprechenden Blutuntersuchungen.« Marc Janzen konnte das nicht begreifen. »Aber ich bin seit drei Tagen zu umfangreichen Tests stationär in der Hanse CityClinic. Ich wurde von Kopf bis Fuß untersucht; auch mein Blut. Weshalb hat man nicht die für Ihre erwogene Diagnose relevanten Werte gemessen? Ich hatte doch beim Vorgespräch über diese Beschwerden geklagt, die als Polyneuropathie diagnostiziert worden sind. Und nun kommen Sie und sagen mir, ich hätte vielleicht Krebs. Weiß denn in dieser Klink die rechte Hand nicht, was die linke tut?«

Dr. Bergmann zuckte mit den Achseln. »Woher soll ich das wissen? Wollen Sie nun Ihr Blut auf die Möglichkeit einer Krebserkrankung untersuchen lassen oder nicht?«

Jetzt konnte Marc Janzen sich kaum noch beherrschen. «Ich weiß nicht, was mich mehr schockiert. Die Angst vor einem Tumor oder die Empörung über Ihre herablassende Art, mit mir zu sprechen. Es ist doch verantwortungslos, einen Patienten mit der Ungewissheit einer möglichen Krebserkrankung nach Hause gehen zu lassen. Ohne weitere Informationen und Erklärungen. Ich wüsste zum Beispiel gern, wie hoch der Prozentsatz von Tumoren als Ursache neuropathischer Beschwerden ist.«

Dr. Bergmann verharrte in seiner befremdlichen Gesprächsposition und zeigte sich von der heftigen Kritik kaum beeindruckt. »Wollen Sie jetzt etwa mit mir eine wissenschaftliche Diskussion über medizinische Statistiken führen? Dazu fehlt mir die Zeit und

Ihnen die fachliche Kompetenz. Melden Sie sich gern bei meiner Sekretärin, wenn Sie sich für die empfohlenen Bluttests entschieden haben. Ich hatte ja nur von einer theoretischen Möglichkeit einer solchen Ursache und nicht von einer Wahrscheinlichkeit gesprochen.« Das wollte Marc Janzen nicht unkommentiert auf sich sitzen lassen. »Fachwissen kompensiert nicht Ihre eklatanten Defizite im Umgang mit Patienten. Ich bin jedenfalls weder gewillt noch imstande, das erforderliche Vertrauen zu einem Arzt zu gewinnen, der ohne Sensibilität und Verantwortung über mögliche Krankheitsursachen spekuliert, aber offenbar keinen nennenswerten Anhaltspunkt hierfür zu haben scheint. Das ist verantwortungslos und geradezu menschenverachtend.«

Wortlos stand er auf und verließ, ohne sich umzudrehen, das Sprechzimmer des Neurologen, der weiterhin auf sein Papier starrte und einen satten Strich unter seine Notizen zog.

Susanne Schubert lag der nächste Tag gewaltig im Magen. Ihr stand das Meeting um 10:00 Uhr mit Verwaltungsdirektor Frankenberg bei Klinikinhaber von Assberg bevor. Die zunehmende Personalnot in der Pflege zeigte mehr und mehr ihre negativen Auswirkungen, vor denen die 45-Jährige seit Monaten immer wieder vergeblich gewarnt hatte. Auf fast allen Stationen standen mehr und mehr Betten leer, weil nicht genügend Arbeitskräfte für die Versorgung der Patienten verfügbar waren. Für die Klinik hatte diese wachsende Unterbelegung finanziell erhebliche Einbußen. Und Verluste waren für von Assberg ein rotes Tuch. Dann waren seine ohnehin schwankenden Launen noch weniger zu ertragen als sonst.

Susanne Schubert würde dies bestimmt bei der bevorstehenden Besprechung zu spüren bekommen. Bislang war die Pflegeleiterin ganz gut mit dem Oberboss klargekommen. Er mochte ihre Berliner Kodderschnauze und respektierte die selbstbewusste Frau für ihre couragierte Offenheit. Aber darauf konnte sie jetzt nicht bauen, die beiden Männer würden sie morgen erheblich unter Druck setzen und für diese anhaltende Misere verantwortlich machen.

Auch wenn landesweit an fast allen Kliniken Pflegepersonal fehlte, tat besonders ihr Verwaltungsdirektor immer gern so, als sei dies nur ein Problem des Standortes, für den sie verantwortlich war. Dabei wäre es bestimmt nicht so weit gekommen, wenn man rechtzeitig auf sie gehört und bessere Rahmenbedingungen für die Pflegekräfte geschaffen hätte. Aber mit der Devise »Sparen, koste es, was es wolle« verschlimmerte das Haus zusätzlich den in der gesamten

Branche bestehenden Mangel an ausgebildeten Pflegekräften. Da so gut wie alle Krankenhäuser nach Mitarbeitern für die Pflege suchten, waren schon einige Kolleginnen und Kollegen zur Konkurrenz abgewandert. Damit hatte sich dieser Notstand in der Hanse CityClinic noch weiter verschlimmert.

Entsprechend grimmig begrüßten am nächsten Morgen von Assberg und Frankenberg ihre nervös wirkende Mitarbeiterin. Offenbar hatten sich die beiden schon allein zu einem Vorgespräch getroffen und abgestimmt.

»Frau Schubert, Sie sind jetzt dringend gefordert, dieses Problem in Ihrem Bereich zu lösen«, begann der Verwaltungsdirektor und blickte zu seinem Arbeitgeber, der noch ruhig an seinem Schreibtisch saß und mit einem Finger auf dem Display seines Smartphones tippte. Joachim Frankenberg legte nach. »Natürlich wissen wir, dass es überall an Pflegekräften mangelt. Dafür können Sie persönlich natürlich nichts. Aber dass unsere Mitarbeiter teilweise zur Konkurrenz gewechselt haben, laste ich Ihnen an. Offenbar sind die wohl auch Ihretwegen gegangen.«

Susanne Schubert schaute ihrem Vorgesetzten in die Augen und wies diese ungerechte Beschuldigung kopfschüttelnd zurück. »Da müssen Sie sich schon an die eigene Nase fassen, Herr Verwaltungsdirektor. Sie selbst haben diese Arbeitsbedingungen geschaffen, die ja geradezu eine Aufforderung zur Kündigung sind. Wenn ich verschiedenen Damen und Herren in meiner Abteilung nicht immer wieder gut zureden und eine baldige Veränderung versprechen würde, wäre die Fluktuation noch erheblich größer.«

Der Verwaltungsdirektor traute seinen Ohren nicht; was bildete sich diese Schnepfe eigentlich ein, so mit ihm zu reden?

Die Pflegeleiterin fuhr unbeirrt fort. »Sie sollten sich lieber artig bedanken, statt mir Ihre eigene Schuld in die Schuhe schieben zu wollen. Offen gesagt, frage auch ich mich gelegentlich, weshalb ich mir die Zusammenarbeit mit Ihnen weiter antue und die Angebote anderer Kliniken ablehne. Offenbar aus falscher Solidarität.«

Auf ihren Mund gefallen ist die Schubert ja nun wirklich nicht, dachte Bernd von Assberg und ergriff das Wort, bevor sich Frankenberg vom Schock dieser persönlichen Vorhaltungen erholen konnte. »So kommen wir nicht weiter, Frau Schubert. Wir müssen zusehen, dass wir die Bettenauslastung wieder nach oben bringen und nicht weiterhin sowohl Mitarbeiter als auch, schlimmer noch, Patienten an die Konkurrenz verlieren. Das funktioniert aber nicht, wenn wir uns gegenseitig für diese unerfreuliche Situation beschuldigen.«

Amen. Pastor Assberg spricht das Wort zum Sonntag, spottete innerlich Susanne Schubert und lächelte den Eigentümer freundlich an. »Sie haben völlig recht, Herr von Assberg, und ich bin die allerletzte Mitarbeiterin, die nicht an der dringend erforderlichen Lösung dieses drückenden Problems mitzuarbeiten bereit wäre.«

»Gut«, bemerkte von Assberg und forderte die Pflegeleiterin auf, die aus ihrer Sicht entscheidenden Gründe für die Personalsituation zusammenzufassen.

Der Verwaltungsdirektor saß mit leerem Gesichtsausdruck daneben und schwor sich, es der »dummen

Kuh« heimzuzahlen. Mit dieser unverschämten Antwort auf sein vielleicht etwas übertriebenes Statement hatte er nicht gerechnet, die Schubert hatte ihn wie einen kleinen dummen Jungen in die Ecke gestellt. Und von Assberg hofierte sie jetzt auch noch und lud sie ein, eine marktweit bekannte Situation zu analysieren. Als könnte diese aufgestiegene Krankenschwester über die komplexen Hintergründe struktureller Veränderungen referieren. Lächerlich! Worauf wollte der Inhaber bloß hinaus?

Susanne Schubert wusste nur zu gut, worüber sie sprechen sollte. Seit langer Zeit beschäftigte sie sich tagtäglich mit dieser Thematik und vor allem auch mit Ideen, die zu einer wirklichen Verbesserung der Situation führen könnten. Ihre Schilderung war ruhig und sachlich. »Das Hauptproblem ist das allgemeine Ansehen unserer völlig unterbewerteten Berufsgruppe. Es wird weder der hohen Verantwortung noch der vielseitigen Leistungen gerecht. Im Vergleich zu Ärzten haben wir Pflegekräfte so gut wie keinen Stellenwert und fühlen uns oft wie billige Putzfrauen. Die meisten Mitarbeiter in der Pflege klagen weniger über ihre bescheidene Bezahlung als vielmehr über ihre insgesamt fehlende Anerkennung. Es geht also in erster Linie gar nicht ums Geld, sondern um die fehlenden Voraussetzungen für die Identifikation mit unserer Tätigkeit.«

Während der Verwaltungsdirektor mit finsterer Miene regungslos auf seinem Stuhl saß, nickte der Eigentümer und stimmte der selbstbewussten Frau uneingeschränkt zu.

Susanne Schubert sprach weiter. »Wenn wir im Gesundheitswesen wieder mehr Menschen für diese

so wichtige Arbeit gewinnen möchten, müssen wir
diesen Beruf insgesamt attraktiver machen und vor
allem viel mehr unseren Nachwuchs fördern. Wer hat
denn heute noch Lust, Kranken- oder Altenpfleger zu
werden? Wir können hier nur erfolgreich sein, wenn
wir jungen Menschen das attraktive Karrierepotenzial
unseres Berufes aufzeigen. Wir fordern, aber wir fördern auch. Ich meine damit zum Beispiel die anspruchsvollen Tätigkeiten, auf die sich Pflegekräfte
spezialisieren können. Das öffentlich allgemein ver-
breitete Berufsbild begrenzt sich doch hauptsächlich
auf Hilfsdienste am Patientenbett. Dabei gibt es so
viele andere wichtige Aufgaben, die wir zu erfüllen
haben.«

Bernd von Assberg war dieses aktuelle Problem
bekannt. Es betraf das gesamte Gesundheitswesen
und musste global gelöst werden. Das ging nicht von
heute auf morgen. Sie würden mit diesen drückenden
Engpässen noch eine Zeit leben müssen. Zu viel Zeit,
dachte er. Zeit, die nun überhaupt nicht vorhanden
ist. Er schaute auf seinen Verwaltungsdirektor. »Herr
Frankenberg, was können wir vor Ort tun, um das
Problem wenigstens zu lindern? Wie können wir unser Personal stärker binden und neu für ihre Arbeit
begeistern?«

Susanne Schubert traute ihren Ohren nicht und
lächelte dem Klinikinhaber dankend zu. »Ich kann
Ihnen in 48 Stunden ein Konzept mit konkreten Vor-
schlägen auf den Tisch legen«, versprach sie, «ich
habe die eine oder andere Idee, die das Arbeitsklima in
unserer Klinik rasch verbessern würde und vielleicht
auch Pflegekräfte in anderen Häusern auf uns neugie-

rig machen könnte. Zwar nicht von jetzt auf gleich, aber doch relativ zügig.«

Bernd von Assberg nickte zustimmend. »Ich danke Ihnen, Frau Schubert, und freue mich auf unser nächstes Treffen. Also übermorgen zur gleichen Zeit. Herr Frankenberg, Sie bleiben noch einen Moment.« Es klang wie ein Befehl ohne »bitte«. Der bestimmende Ton und die Formulierung erfreuten Susanne Schubert, die sich höflich verabschiedete, sich umdrehte und grinsend das Büro des Klinikinhabers verließ. Joachim Frankenberg hatte heute eine Lektion bekommen und von Assberg hatte auf ihrer Seite gestanden. Offenbar gibt es manchmal doch so etwas wie Gerechtigkeit.

Das Leben kann so brutal und ungerecht sein, sagte sich Anna von Seelenthal, und blickte zärtlich auf ihren deprimierten Ehemann. Hubertus war nur noch ein Schatten seiner selbst. Mit der schockierenden Krebsdiagnose hatte er schlagartig seine ganze Lebensfreude verloren. Sein strahlendes Gesicht war verblasst, er schaute seine Frau mit einem depressiven Ausdruck an. Anna war verzweifelt und musste weinen. Eigentlich war sie eine rationale und beherrschte Persönlichkeit, aber beim Anblick ihres geliebten Mannes verlor sie die Fassung. Jetzt liefen ihr bittere Tränen über die Wangen und tropften auf ihre Bluse.

Selbst Leo, der siebenjährige Rauhaardackel spürte, dass irgendetwas nicht stimmte. Er lag zu Hubertus Füßen und schaute immer wieder an seinem Herrchen hoch. Es war still in dem großen Wohnzimmer, Hubertus schwieg und Anna bemühte sich, ihre Fassung wiederzugewinnen. Sie wischte sich ihr Gesicht mit einem seidenen Taschentuch trocken und rückte den tränennassen Blusenkragen zurecht. Gegen 19:30 Uhr klingelte das Telefon. Anna meldete sich wie gewohnt mit von Seelenthal. »Muss das jetzt sein, im Moment ist es gerade ungünstig«, sagte sie dem Anrufer. Sie hatte seinen Namen nicht verstanden und wollte gerade nachfragen, als Hubertus ihr jedoch den Hörer aus der Hand nahm.

»Ja bitte«, hauchte er in die Sprechmuschel. Es war Prof. Andreas Winkmann, der ihm vor drei Stunden die schreckliche Mitteilung gemacht hatte. Für einen kurzen Moment tat ihm der Ärztliche Direktor leid. Es musste eine bedrückende Aufgabe sein, unvorbereitete Menschen mit einer so schlimmen Nachricht aus ihrem gewohnten Leben zu reißen. Was konnte denn der Arzt dafür, wenn sich im Körper eines Patienten plötzlich ein Tumor bildete und ausbreitete? Und womit hatte er, Hubertus von Seelenthal, das verdient? Er, der immer anständig, korrekt und freundlich war. Er hatte keine Feinde und war überall sehr beliebt. Und seit er mit Anna zusammen war, hatte er sein rauschendes Partyleben aufgegeben und war zu einem vorbildlichen Familienvater geworden, der sich rührend um seine Angehörigen kümmerte. Mit dieser wundervollen Frau an seiner Seite hatte er das Glück seines Lebens gefunden. Und dann, plötzlich aus heiterem Himmel, brach dieses furchtbare Unglück über ihn ein. Ein bösartiger Tumor an einem kleinen Organ, der seinen Körper unaufhaltsam zerstören würde.

Hubertus wusste sehr wohl, dass Bauchspeicheldrüsenkrebs in mehr als neun von zehn Fällen innerhalb eines Jahres zum Tod führte. Daran könnten die besten Ärzte ebenso wenig etwas ändern wie die fortschrittlichsten Operationsmethoden und wirkungsvollsten Medikamente.

»Ich weiß, wie Ihnen jetzt zumute ist und ich möchte Ihnen nur sagen, dass wir und ganz besonders ich jederzeit uneingeschränkt für Sie da sind, Herr Seelenthal«, versicherte Prof. Winkmann. Er war zu Hause und musste ständig an diesen freundlichen Patienten denken, dem er diese furchtbare Diagnose hatte überbringen müssen. Er konnte sich gut vorstellen, wie dieser finanziell so vermögende und gesundheitlich plötzlich so arme Mann jetzt zu Hause saß und nach Antworten auf Fragen suchte, die ihm niemand geben konnte. Wenn ich medizinisch auch nur bedingt werde helfen können, möchte ich wenigstens menschlich für ihn da sein, sagte sich der Arzt und griff zum Telefon.

»Was soll ich nur tun?«, fragte Hubertus von Seelenthal, »die verbleibende Zeit einfach zu Ende leben oder um etwas kämpfen, was ich wohl kaum gewinnen kann? Um welchen Preis würden eine Operation mit der nachfolgenden Chemotherapie mein Leben um wie lange verlängern und, entschuldigen Sie die offene Frage, beginnt mein Sterbeprozess nicht in dem Moment, in dem ich mich bei Ihrem Chirurgen auf den Operationstisch lege?«

»Genau darüber möchte ich gern mit Ihnen persönlich sprechen«, antwortete Prof. Winkmann. »Wenn es Ihnen recht ist, setze ich mich jetzt gleich ins Auto und komme zu Ihnen. Wir können dann besser und auch vertrauter reden als in meinem Klinikbüro.« Hubertus überlegte kurz und nahm das Angebot an. »Meine Frau Anna und ich danken Ihnen herzlich für Ihr Mitgefühl und für Ihre ärztliche Hilfsbereitschaft. Das kommt in der heutigen Zeit leider nicht mehr häufig vor.«

Eine halbe Stunde später saßen sie zu dritt in dem großen Wohnzimmer mit dem überwältigenden Ausblick auf die Außenalster. Draußen war es dunkel, die vielen Lichter spiegelten sich teilweise auf der Wasseroberfläche. Hamburg by night. Aus dieser Perspektive kannte der Ärztliche Direktor die Stadt noch nicht.

Sein Gastgeber hatte inzwischen eine Flasche Rotwein aus dem südafrikanischen Weingut Vergelegenen aufgemacht und schaute nun erwartungsvoll auf Prof. Winkmann. Dieser nahm einen Schluck von dem kräftig-würzigen Cabernet Sauvignon Merlot und wandte sich an Anna. »Sie haben in den nächsten Monaten eine sehr wichtige und schwierige Aufgabe, weil ihr Mann mehr denn je Ihre Unterstützung und Fürsorge braucht. Egal, für welchen Weg er sich entscheidet, Sie müssen jetzt neben Ihrem Mann alles tun, um einen klaren Kopf zu behalten.« Dann drehte er sich zu Hubertus. »Wissen Sie, auch ich frage mich immer wieder, wie ich mich selbst bei einer so folgenschweren Diagnose entscheiden würde. Es gibt ja nur die beiden Optionen. Entweder die Operation mit anschließender Chemotherapie, um vorhandene Metastasen zu zerstören, oder aber den Tumor quasi ignorieren und den Dingen ihren Lauf lassen. Wie immer Sie und Ihre Frau entscheiden, ich stehe fest an Ihrer Seite und versichere Ihnen, dass die Palliativmedizin mit ihren Schmerztherapien sehr wirkungsvoll ist und Ihnen sehr helfen kann.«

»Das heißt«, fragte Hubertus nach, »ich muss auch mit großen Beschwerden rechnen, wenn ich auf weitere Behandlungen verzichte?«

Prof. Winkmann nickte. »Ja, diese Sorge kann ich Ihnen leider nicht nehmen. Aber jeder Patient reagiert anders, die Schmerzen sind von Fall zu Fall differenziert und werden auch unterschiedlich empfunden. Wenn Sie Glück haben, und das wünsche ich Ihnen von Herzen, könnten Sie noch eine schöne Zeit mit Ihrer Familie verbringen. Hier in dieser herrlichen Wohnung oder vielleicht auf gemeinsamen Reisen.«

Hubertus von Seelenthal schüttelte den Kopf. »Nein, wir haben genug von der Welt gesehen. Jetzt muss ich mich den Dingen stellen, so oder so. Hand aufs Herz, lieber Doktor. Wie viel Zeit bleibt mir?«

»Jede Prognose«, erwiderte Prof. Winkmann, »ist rein spekulativ und somit unseriös. Ich kann und will Ihnen keine Zeitangaben machen. Aus Erfahrung möchte ich Ihnen aber sagen, dass Sie mit einer Operation und Chemo wahrscheinlich Zeit bei allerdings eingeschränkter Lebensqualität gewinnen. Wenn Sie sich nicht behandeln lassen möchten, ist es in der Regel umgekehrt.«

»Aber was würden Sie an meiner Stelle tun, Herr Prof.?«

Der Arzt zögerte einen kurzen Moment und antwortete: »Offen gesagt ist es ziemlich egal, welche persönliche Empfehlung ich Ihnen jetzt geben könnte. Als intelligenter Mensch würden Sie sich gewiss nach diesem Gespräch fragen, ob ich auch so entschieden hätte, wenn ich diese Frage nicht als Außenstehender, sondern als selbst betroffener Krebspatient beantworten müsste. Wenn ich Ihnen jetzt also zum Verzicht auf medizinische Maßnahmen raten würde, könnte ich doch rein theoretisch meine Meinung ändern, wenn ich selbst eine solche Diagnose bekommen würde.«

Auch wenn ihn das nicht weiterbrachte, schätzte Hubertus seinen feinfühligen Besucher für die Offenheit. Egal, wie es nun weiterginge, er würde großen Wert auf die persönliche Nähe von Prof. Winkmann legen, der mit seiner Fürsorge und Kompetenz in diesen wenigen Minuten das komplette Vertrauen von Hubertus und Anna gewonnen hatte. Mit ihm an seiner Seite könnten die nächsten Monate gewiss erträglicher sein. Wohl nur Monate! Ein beängstigender Gedanke. Aber vielleicht hätte er ja ein wenig vom berühmten Glück im Unglück. Warum sollte nicht gerade er zu dieser kleinen Minderheit gehören, die diese meist tödliche Krankheit überleben könnten? Und noch hatte er längst nicht beschlossen, einfach so zu resignieren und passiv auf sein Lebensende zu warten. Er würde die Vor- und Nachteile beider Optionen noch sorgfältig mit Anna abwägen und dann entscheiden.

Auch Anna empfand große Sympathien für diesen aufrichtigen Arzt, der nach einem intensiven Arbeitstag noch ins Auto stieg, um in einer so extrem belastenden Situation Beistand zu leisten und diese dringlichen Fragen zu beantworten, über die sie bereits viele Stunden diskutiert hatten. Wie schön, dass es noch solche Ärzte gab, dachte sie.

Prof. Winkmann fuhr fort. »Herr von Seelenthal, was Sie allerdings bei Ihren Überlegungen unbedingt auch bedenken sollten, sind die hohe Qualifikation und die umfangreichen Erfahrungen meiner Kollegen. Dr. Kistenmeier ist ein begnadeter Chirurg und mit Prof. Krüger hätten Sie einen Onkologen an Ihrer Seite, der auf diesem Gebiet zu den besten Fachleuten in Deutschland zählt. Selbstverständlich dürfen Sie auch auf mich zählen. Ich bin jederzeit für Sie da. Egal, für welchen Weg Sie sich entscheiden.« Hubertus überlegte und lächelte seinem Gast zu. Seine Augen verrieten einen kleinen Funken Hoffnung. Das Gespräch hatte ihm und auch Anna gutgetan. Er war dem Prof. für seinen spontanen Abendbesuch sehr dankbar. »Nach diesem Gespräch sehe ich ein kleines Lichtlein am Tunnelende. Natürlich bin ich nicht so naiv, jetzt an eine Heilung und ein Leben bis ins hohe Alter zu glauben. Aber Sie haben mir sehr geholfen, mich mit dieser Situation auseinanderzusetzen. Geben

Sie mir zwei Tage Zeit. Dann würde ich gern zu einem Gespräch in die Klinik kommen und mit allen beteiligten Ärzten das weitere Vorgehen abstimmen.«

«Das ist ein sehr guter Vorschlag, Herr von Seelenthal. Meine Sekretärin ruft Sie gleich morgen früh an und vereinbart einen Termin mit Ihnen.« Dann stand Prof. Winkmann auf und zog eine kleine Schachtel aus der Jackentasche. »Ich habe Ihnen ein leichtes Mittel mitgebracht, dass Sie trotz dieser großen Aufregung ruhig schlafen lässt. Es ist mir wichtig, dass Sie körperlich ausgeruht sind. Ihre Gedanken und Ängste kann ich Ihnen leider nicht nehmen.«

Anna begleitete den Ärztlichen Direktor zur Tür, griff mit beiden Händen nach seiner Hand und drückte sie als stummes Zeichen ihrer Dankbarkeit und Verbundenheit. Prof. Winkmann wartete auf den Fahrstuhl und stellte wie schon so oft in den vielen Jahren seines oft belastenden Berufes als Arzt fest: »Verflucht, es trifft immer wieder diejenigen, die es am wenigsten verdient haben. Eine bittere Ironie des Lebens.«

I rina Herzberg wusste, dass sie einem klärenden Gespräch mit Udo nicht ewig ausweichen konnte. Nach seinem dritten telefonischen Anlauf sagte sie schließlich zu und nahm seine Einladung zu einem bekannten Italiener in Hamburg-Othmarschen an. Typisch, es mussten bei Udo immer die teuersten Szene-Lokale sein. Sie verabredeten sich für den nächsten Tag um 18:00 Uhr an der Einfahrt zur Tiefgarage ihrer Klinik.

Prof. Krüger wartete bereits in seinem weißen Range Rover am Straßenrand und ärgerte sich ein wenig über ihre erneute Unpünktlichkeit. Eine Eigenschaft, die er hasste. Um 18:10 Uhr kam sie dann endlich, öffnete die Beifahrertür und entschuldige sich: »Du weißt, ich bin immer etwas spät. Sorry.« Sein »schon gut« war wenig überzeugend und sein Lächeln wirkte ziemlich aufgesetzt.

Die Fahrt dauerte im dichten Feierabendverkehr fast 45 Minuten und sie hatten in dieser Zeit kaum miteinander gesprochen. Irina fühlte sich unwohl, weil sie ein recht unangenehmes Gespräch fürchtete. Ihr einst vertrauter Liebhaber war ihr nunmehr recht fremd geworden. Seit ihrer Rückkehr aus Südafrika hatten sie so gut wie keinen Kontakt gehabt. Die gemeinsame Reise auf Einladung des Pharmakonzerns Chemtec hatte ihre Beziehung erheblich belastet. Die junge Frau kam sich an der Seite des allseits bekannten und hofierten Profs wie ein begleitendes Anhängsel vor.

Sie hatte wenig Verständnis für den Charakter und den Ablauf dieser offenkundigen Vergnügungsfahrt, bei der man den Goodwill der Teilnehmer quasi erkaufen wollte. Der Gedanke an Gastgeber Jan Siebert bereitete ihr noch immer Unbehagen und sie konnte noch immer nicht begreifen, wie ihr Udo auf so einen oberflächlichen Schaumschläger reinfallen konnte. Was hatte diese Sauf- und Fresstour mit Chemotherapien zu tun? Und wie konnten angesehene Profs und fachliche Koryphäen vier ganze Tage kein sichtbares Interesse für dieses medizinisch so bedeutsame und anspruchsvolle Thema zeigen? Wieso musste man neue Entwicklungen aus der pharmazeutischen Forschung in Sterne-Restaurants und bei Verkostungen auf edlen Weingütern vorstellen? Sie befand das für geschmacklos und es entsprach absolut nicht ihren Vorstellungen von medizinischer Wissenschaft und Ethik, bei denen es schließlich täglich um Leid und Tod von Patienten ging.

Immerhin erkrankten in Deutschland jährlich rund eine halbe Million Menschen an Krebs. Statistisch sind etwa ein Drittel der Fälle auf Risikofaktoren wie Rauchen, Alkohol, falsche Ernährung und dreckige Luft zurückzuführen. Das haben die Wissenschaftler des Deutschen Krebsforschungszentrums herausgefunden. Irina beschäftigte sich ausgiebig mit der entsprechenden Fachliteratur. Erschreckend auch die Todesrate. Jährlich starben hierzulande über 200.000 Patienten an ihrer bösartigen Erkrankung.

»Wir sind da«, meldete Udo und stellte den Geländewagen auf dem Parkplatz des Restaurants ab. Das Paar ging hintereinander die Treppe zum Restaurant hoch und wurde zu dem bevorzugten Tisch des wohlbekannten Stammgastes geführt. Er vorweg, sie hinterher.

»Schön, dass Sie uns wieder beehren«, begrüßte ihn der Maitre d'Hotel und ergänzte höflich. »Guten Abend, gnädige Frau.«

Was für ein steifer Affe, dachte Irina und erinnerte an den charmanten Benzi im Codfather. Dazwischen liegen Welten; nicht nur in der geografischen Entfernung, sagte sie sich.

Als sie ihre Bestellung aufgaben, registrierte Irina den feinen Unterschied zwischen ihrem ersten Rendezvous und dem heutigen Dinner. Als Verehrer war Udo noch ein charmanter Gastgeber gewesen und hatte sie zuvorkommend nach ihren Wünschen gefragt. Das schien im jetzt nicht mehr wichtig zu sein. So wählte er an diesem Abend zunächst für sich. Als Vorspeise Krabbencocktail und danach den Heilbutt. Danach erst fragte er sie nach ihren Wünschen. »Und was möchtest du?« Irina entschied sich ebenfalls für den Krabbensalat und als Hauptgericht den kurz angebratenen Thunfisch. »Trinkst du wieder keinen Wein?«, fragte Udo mit einem Unterton, als sei sie eine undankbare Spielverderberin. »Nein, danke, ich bleibe beim Mineralwasser«, antwortete Irina.

Wie langweilig sie doch sein kann, dachte Udo und bat um einen anständigen offenen Rotwein. »Gern aus Südafrika«, ergänzte er mit dem Hintergedanken, Irina ein wenig zu provozieren.

Das Paar schaute sich kurz an, dann legte Prof. Krüger los. »Irina, ich verstehe dich nicht. Es war doch so schön mit uns und in Südafrika wurde plötzlich alles anders.« Sie lächelte und nahm kein Blatt vor den Mund. »Auf dem Hinflug warst du noch ein hoch respektierter Onkologe und ein attraktiver Mann im reiferen Alter.« Er fiel ihr ins Wort. »Und jetzt bin weder das eine noch das andere?« Irina fuhr unbeirrt fort. »Ich habe in Südafrika eine Seite an dir entdeckt, die mir nicht gefällt. Du kamst mir vor wie eine Marionette dieser Firma. Udo, bezahlt dich dieser widerliche Jan Siebert etwa dafür, dass du seine Chemotherapien bevorzugst? Es würde mich nicht wundern, so wie du dich komplizenhaft an der Seite dieses aufgeblasenen Typen gezeigt hast.« Prof. Udo Krüger lief rot an, seine Stimme klang scharf. »Bist du nicht ganz dicht? Ich soll mich von einem Pharmaunternehmen eingekauft haben lassen, nur weil ich mit einem langjährigen Geschäftspartner ein paar Gläser getrunken und ein bisschen Spaß gehabt habe?« Irina blieb ruhig. »Woher soll ich wissen, in welcher Beziehung du wirklich zu Chemtec stehst? Du sprichst von einem langjährigen Geschäftspartner. Das klingt für mich schon wie eine enge Beziehung. So habt ihr euch ja auch verhalten. Wie zwei vertraute Buddys. Mal abgesehen davon, dass sogenannte Vorteilsnahmen heutzutage wohl gang und gäbe im Gesundheitswesen sind. Du wärst nicht der Erste und gewiss auch nicht der Letzte, der solche Angebote von der Industrie annimmt.« Der Onkologe war außer sich. »Und du bist das Allerletzte. Erst lässt du dich zu so einer Reise einladen und danach spielst du die Obermoralistin, weil dir das Veranstaltungsprogramm nicht so richtig gefallen hat. Warum bist du dann mitgekommen?«

Irina schaute ihm direkt in die Augen. »Diese Frage habe ich mir seither auch immer wieder gestellt. Ich war von dir verblendet; als Frau und auch als junge Ärztin. Offen gesagt, bin ich gern mit dir ins Bett gegangen. Du bist ja nicht nur ein erfahrener Mediziner. Aber davon abgesehen hatte ich natürlich auch gehofft, in Südafrika fachlich etwas über diese angeblich so bahnbrechende Chemotherapie zu lernen. Glaub mir, ich wäre niemals mitgekommen, wenn ich gewusst hätte, wie eine solche Studienreise in Wirklichkeit abläuft. Entschuldige, das nimmt mir jeden Respekt. Leider auch vor dir.«

So deutlich und direkt hatte ihm noch keine Frau die Meinung gesagt. »Du hast keine Ahnung, Irina. Chemtec leistet einen großen Beitrag im Kampf gegen den Krebs. Du tust diesem Unternehmen in deiner naiven und romantischen Weltanschauung großes Unrecht. Viele Patienten haben mit den innovativen Entwicklungen aus diesem Haus alle Prognosen über ihre Lebenserwartung bei Weitem übertroffen. Allein in meiner Abteilung gibt es einige bemerkenswerte Fälle, die schon an ein medizinisches Wunder grenzen. Ich meine Menschen, die nach ärztlichen Gesichtspunkten schon längst gestorben sein müssten.«

»Und dank Jan Siebert weiterleben dürfen«, spottete Irina und fuhr fort: »Bist du dir eigentlich darüber im Klaren, dass diese armen Menschen sich vor Schmerzen krümmen und vor Übelkeit quälen, während ihr heldenhaften Lebensretter euch bei südafrikanischen Winzern mit Wein volllaufen lasst und euch in den teuersten Restaurants den Magen vollhaut? Bei dieser Vorstellung könnte ich kotzen, Udo. Ich habe es hautnah miterlebt und zuschauen müssen, wie mein Vater an dieser Krankheit und den Wundermitteln deiner Geschäftspartner zugrunde gegangen ist. Und ihr deklariert eure Sauf- und Fressorgien zu angeblich wissenschaftlichen Konferenzen, um letztendlich den erfolgreichen Produktabsatz des Gastgebers gemeinsam zu feiern. Das ist zynisch und widerwärtig.«

Prof. Krüger gab sich die größte Mühe, seine Beherrschung nicht zu verlieren. Er zwang sich zur Ruhe und zu einem sachlichen Ton. »Mit dieser Einstellung solltest du deine junge medizinische Karriere nicht in der Onkologie fortsetzen. Du bist für die Behandlung von Krebspatienten viel zu weich und zu empfindlich. Das ist nichts für dich.«

Irina lächelte ihren ehemaligen Liebhaber an. »Genau das finde ich auch. Deshalb habe ich bereits mit Prof. Winkmann gesprochen und nach einer Möglichkeit in der Inneren Medizin gefragt. Mit uns passt es einfach nicht. Weder beruflich noch privat, wobei ich nichts bereue. Wir hatten, wie ich finde, eine kurze, aber dennoch sehr schöne Zeit, und ich wünsche mir, dass wir diese in positiver Erinnerung behalten und gute Freunde bleiben. Trotz Jan Siebert und diesen vier ernüchternden Tagen in Südafrika. Für mich gab es aber auch schöne Eindrücke in Kapstadt. Südafrika ist ein faszinierendes Land, wunderschön und multikulturell.« Dass Irina an dieser Stelle auch an die Begegnung mit Benzi denken musste, konnte Prof. Udo Krüger nicht ahnen. Er nickte. »Ja, Kollege Winkmann und du passen wunderbar zusammen. Zwei Idealisten und Träumer, leider aber auch oftmals fern der täglichen Realität. Die heutige Welt, liebe Irina, ist schon längst nicht mehr die Welt deiner idealistischen Vorstellungen. Und glaubst du etwa im Ernst, dass es keine leidenden Patienten in der Inneren gibt?« Sie stimmte ihm zu. »Natürlich gibt es auch andere schlimme Krankheiten als Krebs. Aber die Heilungsquote ist viel höher und es ist für einen

Arzt auch ein wichtiges Gefühl, den Erfolg seiner Behandlung mitzuerleben. Das ist doch in deiner Onkologie viel seltener der Fall.« Versöhnlich lenkte er ein. »Ja, da hast du recht und es war wohl aus deiner Sicht richtig, Prof. Winkmann anzusprechen. Er ist ein erstklassiger Arzt und ein feiner Kerl, den ich persönlich sehr schätze. Nicht umsonst ist er unser Ärztlicher Direktor. Hoch angesehen und überall sehr beliebt. Ich werde ihn ebenfalls bitten, dich in seinem großen Bereich unterzubringen. Er hat sicherlich etwas Passendes für dich. Und natürlich würde es mich auch freuen, wenn wir gute Freunde blieben. Wir sollten diese unglückselige Reise schnell vergessen. Und bitte glaub mir, liebe Irina, ich tue nichts Unrechtmäßiges. Mir liegt die ärztliche Betreuung dieser schwer bestraften Krebspatienten ebenso am Herzen wie dir. Es ist eine schreckliche Krankheit, der wir trotz allen Fortschritts immer wieder machtlos gegenüberstehen. Auch wenn es viele ermutigende Zeichen und Menschen gibt, denen wir erfolgreich helfen konnten.«

»**I**ch hatte mir von dem Treffen mit Ihrem Prof. Heitmann erheblich mehr versprochen«, schimpfte Ali Abdoul Bebehani und sah seinen Gesprächspartner vorwurfsvoll an. »Ich fürchte, Ihr Chefarzt wird unsere Pläne stören und vielleicht sogar durchkreuzen. Er war herablassend und abweisend. So darf niemand mit mir umgehen.« Joachim Frankenberg und der Kuwaiter hatten sich an diesem Sonntagvormittag in der Lobby des Elysee Hotels verabredet und einen Ecktisch gefunden, an dem sie ungestört reden konnten. Sie tranken beide Tee und beugten sich leicht vor, weil ihr höchst vertrauliches Gespräch nicht für fremde Ohren bestimmt war. Sie sprachen mit gedämpfter Stimme.

Der Verwaltungsdirektor machte sich ebenfalls ernste Sorgen über die unerwartet heftige Reaktion von Prof. Günther Heitmann, der in keiner Weise zu einer Kooperation bereit war. Damit hatte Joachim Frankenberg nicht gerechnet. Der verantwortliche Transplantationsmediziner wollte mit diesem einträglichen Geschäft absolut nichts zu tun haben und verhinderte somit auch die geplanten Eingriffe in der Hanse CityClinic.

Der Klinikmanager hatte dem arabischen Geschäftsmann schon bei ihrer ersten Begegnung etwas voreilig zugesagt, dass die entsprechenden Operationen in seiner Klinik durchgeführt werden könnten. Er würde für die Entnahmen und Transplantationen der Organe die erforderlichen personellen und räumlichen Kapazitäten zur Verfügung stellen. Auf Vermittlung durch die Firma von Bebehani sollten vornehmlich osteuropäische Spender und schwerreiche Empfänger aus Saudi-Arabien und den Emiraten in speziellen Zimmern der Komfortstation aufgenommen und im Transplantationszentrum operiert werden.

Natürlich ging das nicht ohne Zustimmung von Prof. Heitmann. Dieser war dazu jedoch in keiner Weise bereit und verweigerte jede Form von Kooperation. Weder als Chirurg noch als verantwortlicher Chef seiner Station. Nachdem er eine Kooperation bei seinem kürzlich stattgefundenen Treffen mit Herrn Bebehani schroff abgelehnt hatte, war er auch beim nachfolgenden Gespräch im Büro des Verwaltungsdirektors bei seinem kategorischen Nein geblieben. Beinahe wäre es zu einem richtigen Eklat gekommen. Möglicherweise hätte Joachim Frankenberg den einen oder anderen Oberarzt aus der Abteilung gewinnen können. Aber das hätte zu einer großen Unruhe im Transplantationszentrum und zu heftigen Auseinandersetzungen mit dem Chefarzt geführt. Nein, ohne Heitmann konnte man die Sache ganz vergessen.

»Was kann ich denn tun?«, flüsterte Joachim Frankenberg und warnte vor den riskanten Folgen. »Wenn wir diese Eingriffe gegen den Willen des Chefarztes in unserem Transplantationszentrum durchführen, wird es viel Streit und große Aufregung im Haus geben. Und wir müssten außerdem schon sehr bald mit höchst unerfreulichen Schlagzeilen rechnen.«

Der Araber konnte die plötzlichen Skrupel seines Partners überhaupt nicht nachvollziehen. »Als Hausherr haben Sie doch solche Entscheidungsfreiheiten. Sie sind für den wirtschaftlichen Erfolg der Klinik verantwortlich. Sonst hätten Sie uns doch nicht gleich bei unserem ersten Treffen zugesagt und eine enge

Zusammenarbeit versprochen. Herr Frankenberg, wir haben bereits erhebliche Investitionen geleistet und umfangreiche Vorbereitungen getroffen. Der Zug lässt sich nur schwer stoppen. Auch Sie persönlich sind ja bereits ein Teil und Nutznießer unseres Systems. Auch für Ihre Klinik bringen diese Transplantationen sehr interessante Zusatzeinnahmen mit sich. Und jetzt wollen Sie plötzlich aussteigen, weil Ihnen ein einzelner Arzt seine Zustimmung verweigert. Wir dachten, Sie sind der Chef.« Joachim Frankenberg saß in der Zwickmühle. Der indirekte Hinweis auf seine persönlichen Zuwendungen verursachte ein bedrückendes Gefühl. Er spürte die leichten Schweißperlen auf seiner Stirn, die auch seinem Gesprächspartner nicht verborgen blieben. »Schauen Sie, lieber Herr Bebehani, wir müssen uns nach den Gegebenheiten richten und dürfen nichts tun, was unsere Gegner oder Neider zu schädlichen Handlungen provozieren könnte. Sie wissen doch, das Thema Organspende ist speziell in Deutschland sehr problematisch. Negative Medienberichte haben das ohnehin sehr schwache Spendenaufkommen weiter gebremst. Die Öffentlichkeit ist sensibilisiert, die Behörden höchst alarmiert und die Presse wartet nur auf solche Storys. Das Thema ist äußerst sensibel und wir müssen sehr behutsam sein.« Bebehani winkte ab und unterbrach den Manager. »Aber das wussten Sie alles schon, bevor wir unsere Vereinbarung per Handschlag besiegelt haben. Seither hat sich nichts geändert. Und Ihr Herr Doktor ist Ihr und nicht mein Problem. Sie müssen ihn in den Griff bekommen.« Der Verwaltungsdirektor suchte nach Argumenten, um dem Gespräch eine positive Wende zu geben. »Ich werde in den nächsten Tagen mit unserem Eigentümer über dieses Thema sprechen. Herr von Assberg dürfte Ihr Angebot ebenfalls sehr positiv sehen und die Kooperation unterstützen. Geben Sie mir etwas Zeit, wir werden die Dinge gewiss in Ihrem Sinne regeln.«

»Das ist ein vernünftiger Vorschlag, Herr Frankenberg.« Ali Abdoul Bebehani hatte schon erwogen, selbst direkten Kontakt zum Oberboss aufzunehmen. So war es ihm aber viel lieber. »Wollen wir uns nächste Woche zur gleichen Zeit wieder hier treffen?«, fragte er und dachte sich: Der Mann hat Angst und muss das Problem allein schon in seinem eigenen Interesse lösen. Wenn bekannt wird, dass er von uns für die Kooperation Geld erhalten hat, ist er seinen Job los und in dieser Branche auf ewige Zeiten verbrannt.

»Oh, oh, diese Geschichte stinkt ja richtig, Herr Frankenberg!« Bernd von Assberg hatte seinem Verwaltungsdirektor mit finsterer Miene zugehört und dachte sich seinen Teil. Er war ja weder dumm noch naiv und ahnte nur allzu gut, was hier wohl bereits hinter den Kulissen abgelaufen war. Diese beunruhigenden Gedanken schob er jedoch vorerst zur Seite und fuhr fort: »Wenn ich den Vorschlag dieses Herrn Bebehani richtig verstehe, soll dieses Geschäft, so muss man das ja wohl bezeichnen, wie folgt ablaufen: In Saudi-Arabien benötigt beispielsweise ein sehr vermögender Nierenpatient ein Ersatzorgan und ist bereit, dafür fast jeden geforderten Betrag zu zahlen. Die Information gelangt über welche Kanäle auch immer zu Ihrem neuen Geschäftsfreund, der diese dubiose Firma in Hamburg betreibt. Der kontaktiert seine Lieferanten in Osteuropa, die ihm das benötige

Organ von freiwilligen Spendern beschaffen. Also von gesunden Menschen, die sich aufschneiden lassen, um ein eigenes Organ zu verkaufen. Hand aufs Herz, Herr Frankenberg, diese armen Teufel bekommen doch bestimmt das kleinste Stück vom üppigen Kuchen. Oder sollte ich gleich von Krümeln sprechen? Nun denn. Der verfügbare Spender soll zu uns in die Klinik gebracht und hier operiert werden. Im Nebenzimmer wartet dann schon der kranke Empfänger, um quasi zeitgleich das dringend benötigte Organ implantiert zu bekommen. So ist es doch, Herr Direktor Frankenberg, oder?«

»Im Prinzip ja«, antwortete der Manager mit kleinlauter Stimme und rechtfertigte diesen Handel: »Prinzipiell wird hierbei doch ein Menschenleben gerettet. Der Spender kann doch auch mit einer Niere problemlos alt werden und der ehemals kranke Empfänger nunmehr gesund weiterleben. Das gilt auch für die Spenden einer Splitleber, die sich ja bekanntlich rasch erholt und nachwächst.« Obgleich noch kaum etwas Bernd von Assberg schockieren konnte, war er bei dieser Vorstellung recht betroffen und bemerkte mit zynischem Spott: »Friede, Freude, Eierkuchen, was sind wir doch für gute Menschen. Verraten Sie mir doch mal spaßeshalber, was der Spender für sein Organ bekommt und wie viel sich die Betreiber des höchst dubiosen Handels mit menschlichen Organen in die Tasche stecken?« Frankenberg überlegte kurz und gestand: »Die genauen Zahlen kenne ich natürlich nicht, aber ich kann Ihnen versichern, dass die Hanse CityClinic voll auf ihre Kosten kommen würde.«

Der Klinikinhaber schaute seinem Gegenüber direkt in die Augen. »Sie doch bestimmt auch, Herr Frankenberg. Nein, nein, antworten Sie mir bitte nicht. Nicht jetzt. Sie könnten sich nur selbst in ernste Schwierigkeiten bringen.« Der Verwaltungsdirektor hatte einen hochroten Kopf und traute sich nicht, den Blick seines Arbeitgebers zu erwidern. Bernd von Assberg sprach weiter: »Bevor wir angesichts dieser bedenklichen Aspekte die gebotene Frage unserer weiteren Zusammenarbeit diskutieren, müssen wir erst einmal diese Kuh vom Eis bekommen. Herr Frankenberg, Sie haben verantwortungslos gehandelt. Natürlich habe ich wirtschaftlich ehrgeizige Ziele und plane mit entsprechend hohen Vorgaben. Aber ich würde nie einem augenscheinlich finanziell interessanten Geschäft zustimmen, bei dem wir im Endeffekt für unsere Klinik einen Schaden riskieren, der mit Sicherheit ein Vielfaches von noch so aussichtsreichen Einnahmen ausmacht. Stellen Sie sich mal die Story im Ex-Press vor. Ungeachtet der juristischen Konsequenzen. Ich mag darüber gar nicht weiter nachdenken. Also, vereinbaren Sie bitte mit Herrn Bebehani einen schnellen Termin hier bei mir im Büro. Er soll gern seinen Anwalt mitbringen, sofern er bei diesen schlimmen Machenschaften überhaupt einen seriösen Rechtsberater hat. Ich werde unseren Justiziar Gady Blaustein bitten, teilzunehmen. Hier besteht durch Ihre Verantwortungslosigkeit eine riesengroße Gefahr, die Sie als Verwaltungsdirektor einer Klinik niemals hätten riskieren dürfen.« Diesem klaren Schlusswort folgte eine abweisende Handbewegung, die Joachim Frankenberg schon bestens kannte. Er sollte jetzt schnell den Raum verlassen, bevor Bernd von Assberg aus lauter Verärgerung platzte.

Bernd von Assberg hatte einen guten Instinkt. Er vertraute seinem feinen Gespür, das ihm geschäftlich wie auch privat fast immer die jeweils richtigen Entscheidungen ermöglicht hatte. Nach dem unerfreulichen Gespräch mit seinem offensichtlich korrupten Verwaltungsdirektor warnte ihn jetzt seine innere Stimme vor erheblichen Problemen, wenn er den Dingen freien Lauf ließe. Auf Joachim Frankenberg konnte er sich dabei nicht verlassen. Um keinen Preis würde er als Eigentümer einer renommierten Klinik etwas mit diesen Organhändlern zu tun haben wollen. Nein, er musste dringend eingreifen und die Großbrandgefahr im Keim ersticken. Zunächst wollte er mit Prof. Günther Heitmann reden und seinen leitenden Transplantationschirurgen davon überzeugen, über die brisante Thematik weder mit Kollegen und noch weniger mit Personen außerhalb des Hauses zu sprechen. Erfreulicherweise kannte er ihn als einen vernünftigen Mann, der die Dinge eher pragmatisch als emotional sah.

Bernd von Assberg überlegte kurz und bat dann seine Sekretärin, mit Prof. Heitmann einen schnellen Termin zu vereinbaren. Je früher, desto besser, denn dieser Organhändler Bebehani hatte eine tickende Bombe in die Klinik gelegt. Die musste schleunigst entschärft werden. Am liebsten würde er sich auch den arabischen Geschäftsmann vorknöpfen, der offensichtlich mit entsprechenden Zuwendungen Joachim Frankenberg für seine Zwecke gewonnen hatte. Die ganze Geschichte stank jedenfalls zum Himmel.

Am nächsten Tag gegen 17:00 Uhr klopfte Prof. Günther Heitmann an der Tür des Klinikinhabers.

»Kommen Sie rein, Prof.«, begrüßte ihn von Assberg mit einer Freundlichkeit, die er nur in den seltenen Situationen einer guten Laune offenbarte. Davon konnte allerdings in diesem Moment überhaupt nicht die Rede sein, die Stimmung des Eigentümers war ziemlich gedrückt und auch besorgt. Aber das wollte er seinem Gesprächspartner aus gutem Grund nicht zeigen. Daher machte er gute Miene zum bösen Spiel. »Ich habe von Ihrem Treffen mit diesem Ali Bebehani gehört und bin natürlich ganz auf Ihrer Seite. Ihre löbliche Haltung ist absolut richtig, ich stehe uneingeschränkt hinter Ihnen.« Mit diesen zwei kurzen Sätzen war das Eis bereits gebrochen; Prof. Heitmann war sichtlich erleichtert. Zunächst war er recht beunruhigt, als ihm seine Sekretärin vom Terminwunsch seines Eigentümers berichtete. Außerdem war er davon überzeugt, dass sich der hinterhältige Verwaltungsdirektor über ihre jüngste Konfrontation beschwert haben musste.

»Das freut mich sehr, Herr von Assberg, denn ich hatte nach dem irritierenden Gespräch mit Herrn Bebehani ebenfalls eine heftige Auseinandersetzung mit Herrn Frankenberg. Er war mit meiner Meinung überhaupt nicht einverstanden und wollte mich geradezu zwingen, diese dubiosen Spender und Empfänger in unserer Transplantationsabteilung zu operieren. Das lehne ich kategorisch ab. Wir haben es hier doch mit illegalem Organhandel zu tun.«

»So ist es, lieber Prof. Ein schmutziges Geschäft, bei dem es um viel Geld geht. Die Hauptpersonen, die armen Spender, bekommen am wenigsten ab. Sie riskieren ihr Leben für Almosen. Am meisten verdienen diese gierigen Vermittler. Aber nicht in dieser Klinik. Und wenn irgendjemand hinter unserem Rücken dennoch mitmacht, schmeiße ich ihn sofort raus. Ich danke Ihnen, werter Prof. Heitmann, dass Sie standhaft geblieben und den guten Ruf unseres Hauses geschützt haben. Wir sind ein anständiges Gesundheitszentrum und keine medizinische Werkstatt für den Körperwechsel von Organen, die am grauen Markt gehandelt werden. Verzeihen Sie bitte meine Ausdrucksweise, aber so kommt es mir vor.«

Prof. Heitmann traute seinen Ohren nicht. So ein massives Statement vom Eigentümer, den er bislang primär als einen geldgierigen Geschäftsmann angesehen hatte. Chapeau, Bernd von Assberg hatte ja doch Moral und Anstand.

»Sie können sich gar nicht vorstellen, wie glücklich Sie mich mit dieser Einstellung machen, Herr von Assberg. Sie wissen auch, wie gern ich schon seit vielen Jahren in Ihrer Klinik arbeite. Und ich hätte entsprechende Konsequenzen ziehen müssen, wenn Sie anders denken und mit diesen Leuten zusammenarbeiten würden.«

Bernd von Assberg war erleichtert. »Aber wir müssen höllisch aufpassen, dass dieses Thema keine Kreise zieht und womöglich nach außen dringt. Das könnte unserer Klinik erheblich schaden. Mit Frankenberg habe ich schon gesprochen, den habe ich unter Kontrolle. Seien Sie unbesorgt. Er wird Sie darauf auch nicht mehr ansprechen. Und dieser Herr Bebehani wird noch sein blaues Wunder erleben, verlassen Sie sich darauf. Wir beide sollten uns weiterhin gegenseitig informieren und unser weiteres Vorgehen miteinander abstimmen. Ach, bin ich froh, so anständige Chefärzte wie Sie in meiner Klinik zu haben. Ich bin Ihnen zu großem Dank verpflichtet, Prof. Heitmann.«

Die erste Hürde war genommen und von Assberg war sich sicher, den Transplantationschirurgen auf seine Seite gezogen zu haben. Diese rücksichtslosen Organhändler durften auf keinen Fall einen Fuß in die Tür seiner Klinik bekommen. Bei diesen Leuten bestand allergrößte Brandgefahr.

Susanne Schubert wollte nach dem überraschenden Gespräch mit Bernd von Assberg keine weitere Zeit verlieren. Noch für denselben Abend hatte sie mehrere Kolleginnen und Kollegen zu sich nach Hause eingeladen. Sie waren engagierte und erfahrene Pflegekräfte, mit denen sie größtenteils schon viele Jahre zusammenarbeitete. Zwischen ihnen hatte sich mit der Zeit eine vertrauensvolle Freundschaft entwickelt. Sie besprachen alle beruflichen Themen und trafen sich auch gelegentlich zu einem Gläschen Wein oder zum Wochenend-Brunch. Susanne und Martin, der die Patienten auf der Intensivstation betreute, hatten vor einiger Zeit eine leidenschaftliche Liebesaffäre. Die Beziehung hielt aber nur wenige Monate. Susanne scherzte darüber gern. »Wir beide passten ganz gut zusammen; nur leider waren unsere Dienstpläne nicht kompatibel. Wir hatten kaum Zeit füreinander. Meistens musste der eine arbeiten, wenn der andere freihatte.« Auch an diesem Abend hatte Martin seinen Dienst mit einem Kollegen getauscht. Er musste unbedingt bei dieser wichtigen Besprechung dabei sein. Gemeinsam wollten sie darüber beraten, wie man die zunehmende Fluktuation in ihrer Klinik stoppen und vielleicht sogar auch Pflegekräfte aus anderen Häusern abwerben konnte. Mit 36 Jahren war Martin zugleich der Jüngste und der einzige Mann in dieser Fünferrunde. Heidi, Marianne und Helga waren wie Susanne ebenfalls über 40 und schon über 20 Jahre im Beruf.

Nachdem sie ein paar Minuten über ihren Arbeitstag auf den Stationen gesprochen hatten, eröffnete Martin die Diskussion.

»Wie wir alle täglich in der Presse lesen, fehlt es in ganz Deutschland an Alten- und Krankenpflegern.« Heidi unterbrach ihn gleich. »Ich habe eine Bertelsmann-Studie gelesen. Danach gibt es hierzulande etwas über eine Million berufstätige Pflegekräfte. Der personelle Bedarf wird jedoch größer und größer; die Branche kommt nicht mehr hinterher. Und kein Mensch weiß, wie man diese auseinanderklaffende Lücke schließen könnte. Angeblich, ich kann es gar nicht glauben, werden in den nächsten 20 Jahren bis zu einer halben Million Pflegekräfte fehlen. Das sei die Folge des immer weiter steigenden Lebensalters und der somit großen Pflegebedürftigkeit unserer Senioren.« Susanne schaltete sich in den Dialog ein. »Wenn wir uns nur die Zahlen und Prognosen vor Augen halten, können wir das Gespräch gleich beenden. Die Wirklichkeit ist mehr als ernüchternd, aber wir müssen das Beste daraus machen und uns auf unser Haus hier und heute konzentrieren. Was können und sollten wir also verändern beziehungsweise dem Eigentümer als geeignete Maßnahmen vorschlagen, die kurzfristig greifen?«

Schwester Heidi, die den belastenden Stress der täglichen Arbeit hinter ihrer Liebenswürdigkeit und Einfühlsamkeit verbarg, brachte es schnell auf den Punkt. »Das Arbeitsklima muss sich dringend verbessern und wir müssen viel mehr tun, um neue Auszubildende aus unserem Einzugsgebiet zu gewinnen.«

Martin ergänzte: »Es liegt gar nicht einmal an der bescheidenen Bezahlung, die viele junge Menschen davon abhält, sich zur Krankenpflege ausbilden zu lassen. Viel schlimmer noch ist der absolut katastrophale Stellenwert unseres Berufes. Wir leisten eine so wichtige Arbeit ohne jegliche Wertschätzung. Noch nicht einmal in unserem eigenen Haus.«

»Das fängt ja schon bei unseren Ärzten an«, schimpfte Marianne, »die uns teilweise herablassend wie die billigsten Hilfskräfte behandeln. In Italien soll es vergleichsweise ganz anders sein. Da genießt das Pflegepersonal sowohl am Arbeitsplatz als auch in der Öffentlichkeit ein insgesamt sehr hohes Ansehen.«

Helga hatte schweigend zugehört und meldete sich mit einer überraschenden Idee zu Wort. »Wenn wir mit anderen Augen gesehen werden wollen, sollten wir auch anders aussehen.« Die Runde schaute sie fragend an. »Na ja, ich meine unser altmodisches Outfit«, erklärte Helga, »wir sollten diese langweilige Schwesternkluft ablegen und uns viel ansprechender kleiden. Ihr wisst doch, Kleider machen Leute.«

»Interessanter Punkt«, befand Susanne und hakte nach. »Und wie kommen wir zu einer schicken und geeigneten Bekleidung für Pflegekräfte?»

Während Helga leicht mit den Schultern zuckte, hatte Martin eine Idee. »Wir könnten doch in einer Fachschule oder bei einem Bekleidungshersteller zu einem Design-Wettbewerb aufrufen. Sie sollen einen neuen Dress für uns kreieren; adretter und vor allem wertiger. Er muss natürlich auch alle funktionalen Anforderungen erfüllen und gleichzeitig positive Aufmerksamkeit erzeugen.« Susanne Schubert lächelte. »Eine interessante Idee. Danke, Helga und Martin. Ich nehme den Punkt auf die Liste und bin gespannt, was von Assberg dazu sagt. Wahrscheinlich erklärt er uns für verrückt.«

»Was haben wir denn zu verlieren?«, fragte Marianne. »Wir zerbrechen uns den Kopf über Probleme, die doch das Management lösen müsste. Aber was macht denn der Frankenberg auf seinen angeblichen Werbereisen durch Osteuropa? Bisher hat er doch nur drei Pflegekräfte für unser Haus gewinnen können. Ich möchte nicht wissen, was diese Trips gekostet haben. Allein schon die Rechnungen an den Hotelbars.«

Die vier Frauen ahnten sehr wohl, was mit dieser Bemerkung gemeint war. Der Verwaltungsdirektor war gerade bei den Pflegekräften durchweg unbeliebt.

Martin griff das Thema um die Personalwerbung im Ausland auf. »Der Anteil ausländischer Kollegen ist in den letzten Jahren gestiegen und liegt in der Bundesstatistik inzwischen bei fast zehn Prozent.« Susanne konterte: »Was bislang in Ost- und Südeuropa sowie in Asien an Pflegekräften angeworben werden konnte, wird nie und nimmer die bei uns stark wachsenden Lücken schließen. Die Politiker und Verantwortlichen der Gesundheitswirtschaft sind vielmehr gefordert, unseren Beruf neu zu definieren und zu positionieren. Zeit- und leistungsgerecht.«

Der nächste Vorschlag kam von Heidi. »Warum laden wir nicht einmal vor allem junge Menschen zu einer Abendveranstaltung ein und informieren sie über die vielseitigen Aspekte unserer Arbeit und besonders auch über die weitgehend unbekannten Karrierechancen. Ich denke zum Beispiel an die wichtigen Assistenzaufgaben in den OP-Zentren an der Seite von Chirurgen und Anästhesisten sowie an die vielen verantwortungsvollen Herausforderungen in der Intensivmedizin. Leider begrenzt sich das allgemeine Bild von Krankenpflege auf sehr oberflächliche Klischees. Niemand kann das besser korrigieren als wir, die diese Arbeit schon seit Jahren mit großer Leidenschaft verrichten. Jeder Beruf hat nun mal seine Sonnen- und Schattenseiten. Es wird höchste Zeit, die Krankenpflege ins richtige Licht zu rücken und Menschen für diese bedeutsame Arbeit zu gewinnen. Wenn die Öffentlichkeit mehr über unsere Aufgaben, Leistungen und beruflichen Möglichkeiten wüsste, hätten wir sicherlich auch erheblich mehr Erfolg in der qualifizierten Nachwuchsförderung.«

»Ein sehr guter Vorschlag, den ich sofort ganz oben auf die Liste setze«, lobte Susanne. «Was meinst du allerdings mit qualifizierter Förderung?«

Heidi war auf diese absichtlich provozierte Zwischenfrage gefasst. «Unter qualifiziert verstehe ich junge Frauen und Männer, die eine menschlich positive Grundhaltung zu unserer Arbeit mitbringen. Wir wissen doch aus eigener Erfahrung, dass es in unserem Job ohne persönliches Engagement nicht geht. Uns nützen also keine Nachwuchskräfte, die in ihrer Berufswahl nur an ihre Vorteile denken und die ihren Lebensrhythmus nicht auf die unvermeidbaren Schichtdienste in einer Klinik einstellen wollen oder können. Nein, ihr Lieben, wir brauchen vor allem geeignete Kandidaten. Ich könnte mich vergleichsweise immer wieder über den Numerus clausus fürs Medizinstudium aufregen. Totaler Schwachsinn. Ein Notendurchschnitt besagt doch gar nichts über die charakterlichen Eigenschaften und fachlichen Begabungen der Studienanwärter.«

»Das Ergebnis sehen wir ja in unserer Klinik«, lästerte Marianne.

»Einige Ärzte sollten ihren weißen Kittel tatsächlich wieder abgeben«, ergänzte Helga. »Aber wir haben auch medizinisch hochqualifizierte und menschlich angenehme Ärzte in der Klinik«, befand Susanne. Bei dieser Bemerkung dachten die fünf Pflegeprofis in erster Linie an ihren Ärztlichen Direktor, Prof. Andreas Winkmann. Aber er war nicht der Einzige.

»Was haltet ihr davon«, fuhr Marianne fort, »wenn wir für jeden Auszubildenden so eine Art begleitende Patenschaft übernehmen und unserem Nachwuchs quasi bis zum Abschluss betreuend zur Seite stehen? Sie hätten dann eine direkte Bezugsperson, die sie fördern und unterstützen würde. Diese jungen Menschen dürfen nicht allein gelassen werden. Und wenn wir in einem permanenten Kontakt mit ihnen sind, natürlich im Rahmen unserer zeitlichen Möglichkeiten, könnten wir aufkommende Probleme im Frühstadium lösen und gewiss auch vorzeitige Abbrüche ihrer Ausbildung verhindern.«

Susanne notierte sich auch diesen Punkt, der inhaltlich aber noch konkretisiert werden müsste. »Mit einer solchen Partnerschaft würden wir uns positiv von anderen Kliniken abheben. Wichtig ist nur, dass wir dieses Versprechen mit ansprechenden Leistungen ausstatten und keine Erwartungen erzeugen, die wir nachher nicht erfüllen können. Liebe Marianne, bitte mach dir hierzu zeitnah noch entsprechende Gedanken. Unsere Patenschaft wäre natürlich ein guter Punkt für die geplante Infoveranstaltung.«

Susanne bedankte sich bei ihrem Team und blickte auf ihre Uhr. Sie alle hatten morgen Frühdienst und es wurde höchste Zeit, die Runde aufzulösen. »Ich werde mich um einen schnellen Termin bei unserem Eigentümer bemühen und ihm das Ergebnis unserer Überlegungen vorstellen. Ich halte euch informiert, kommt gut nach Hause und nochmals herzlichen Dank für eure kreativen Ideen.«

Bernd von Assberg hatte viel schneller Zeit für seine Pflegeleiterin, als sich Susanne Schubert erträumt hatte. Keine 24 Stunden nach dem Teamgespräch in ihrer Wohnung saß sie nun allein mit dem Eigentümer am Konferenztisch und erläuterte ihm die drei Ideen, die sie gemeinsam entwickelt hatten. Bernd von Assberg hörte ihr aufmerksam zu. Dass er sie nicht ein einziges Mal unterbrach, war ein Zeichen höchster Wertschätzung für seine Mitarbeiterin. Es war zwar kein revolutionierendes Konzept, aber ihm gefielen die Vorschläge des Pflegeteams. Damit konnte man punkten und möglicherweise auch einige Interessenten für eine Ausbildung gewinnen.

So sehr er sich über das aufrichtige Engagement von Susanne Schubert freute, verfluchte er einmal mehr seinen einfallslosen Verwaltungsdirektor, dessen Beitrag zur Lösung dieses drückenden Personalproblems nur aus teuren Auslandsreisen bestand, auf denen er Pflegekräfte anwerben sollte. Seine Abschlussquote stand in keinem Verhältnis zum Zeitaufwand und noch weniger zu den Reisekosten. Bislang hatte der Verwaltungsdirektor lediglich drei Pflegerinnen aus Polen mitgebracht. Eine Kandidatin, so hatte er gehört, sei aber schon wieder auf dem Absprung.

Nein, das konnte mit Joachim Frankenberg so nicht weitergehen. Seine Leistungen entsprachen nicht den Anforderungen an einen qualifizierten Verwaltungsdirektor in einer Großstadtklinik mit Maximalversorgung. Bernd von Assberg war schon seit längerer Zeit mit der Leistung seines hochbezahlten Managers äußerst unzufrieden und sagte sich in immer kürzeren Abständen, dass hier ein zeitnaher Wechsel erforderlich war. Er hatte auch schon einen Kandidaten im Visier, den er kürzlich auf einem Kongress der Gesundheitswirtschaft kennengelernt hatte. Am liebsten hätte er ihn sofort abgeworben, aber der gute Mann fühlte sich als Verwaltungschef einer angesehenen Klinik in München sehr wohl. Wahrscheinlich musste man ihm den Wechsel in die norddeutsche Metropole mit einem entsprechenden Angebot schmackhaft machen. In dieser Hinsicht hatte von Assberg viel Fantasie und war bereit, ein auch finanziell höchst attraktives Angebot auf den Tisch zu legen.

Er wandte sich wieder seiner Pflegeleiterin zu. »Frau Schubert, ich wünschte mir mehr Mitarbeiter wie Sie. Herzlichen Dank für Ihre interessanten Vorschläge, die nicht in der Schublade verschwinden. Im Gegenteil. Nächste Woche treffen wir uns mit dem Managementteam und machen Nägel mit Köpfen. Ich möchte, dass wir Ihre Projekte rasch realisieren. Und Sie kennen mich ja. Wenn ich etwas möchte, wird es auch gemacht. Mein aufrichtiger Dank gilt auch den Damen und Herren, mit denen Sie sich diese Maßnahmen ausgedacht haben. Bitte bestellen Sie ihnen meine persönlichen Grüße.«

»Ist hier noch Platz bei Ihnen, lieber Kollege?« Prof. Günther Heitmann stand mit seinem Tablett vor Prof. Andreas Winkmann in der gut besuchten Klinikkantine.

»Aber ja«, antwortete der Ärztliche Direktor und freute sich auf einen kleinen Plausch mit dem Chirurgen beim Lunch. Die beiden Ärzte mochten sich und hatten in vielen Dingen ähnliche Ansichten. Sie entschieden sich auch für das gleiche Mittagsgericht. Ein bunter Salat mit Putenfilet und einen Früchtejoghurt zum Nachtisch. Dazu tranken sie stilles Mineralwasser.

Der Transplantationschef beugte sich leicht vor und berichtete von seinem ungewöhnlichen Treffen mit dem Klinikinhaber.

»So habe ich den von Assberg noch nie erlebt. Nach dem Eklat bei Frankenberg hatte ich mit dem Schlimmsten gerechnet, aber von Assberg war ausgesprochen verständnisvoll und höflich.« Prof. Winkmann runzelte die Stirn und hakte nach: »Worum ging es denn?« Der Chirurg erzählte seinem Kollegen im Detail über das Treffen mit Ali Abdoul Bebehani im Hotel Vier Jahreszeiten sowie seinem nachfolgenden Streit mit dem Verwaltungsdirektor und dem unerwarteten Gesprächsverlauf mit dem Eigentümer. Prof. Winkmann hörte gespannt zu und schüttelte immer wieder seinen Kopf. »Ich bin fassungslos, lieber Heitmann. Aber leider überhaupt nicht überrascht. Dieser Frankenberg kennt offenbar weder Anstand noch Moral. Für Geld macht er alles, ohne jegliche Rücksicht auf andere. Ist ihm denn gar nicht klar, in welche Situation er unsere Klinik und uns alle bringt, wenn wir diesen kriminellen Handel mit Organen in den OP-Sälen und Stationen unseres Hauses unterstützen würden? Der Mann muss raus; er ist eine immense Gefahr für unser Haus. Ich bin Ihnen sehr dankbar, dass Sie hier klare Positionen bezogen und dieses abscheuliche Projekt verhindert haben. Ich hoffe, die Sache ist somit vom Tisch.« Prof. Heitmann freute sich über die Reaktion von Prof. Winkmann, die ihn allerdings nicht überraschte. Der Ärztliche Direktor stand für menschlichen Anstand, ethisches Handeln und Engagement. Die Mitarbeiter sahen in ihm eine zentrale Identifikationsfigur und die gute Seele der Hanse CityClinic. Weder das Management noch der Besitzer würden sich daher gegen ihn stellen. Sie wussten nur allzu gut, was sie an ihm hatten. Prof. Andreas Winkmann war daher unantastbar.

»Sie sind der Einzige, den ich über diese Geschichte bislang informiert habe. Offen gesagt, aus gutem Grund. Wir beide wissen doch um die Grundpolitik des Hauses. Bei den Klinikkonzernen sind die finanziellen Interessen mittlerweile manchen Eigentümern wichtiger als das Wohl der Patienten. Ich brauche Ihre Hilfe, lieber Kollege. Trotz der klaren Worte des Eigentümers, und sie waren auch wirklich sehr glaubhaft, habe ich irgendwie doch Zweifel, ob wir uns solchen Ansinnen dauerhaft widersetzen können. Sie wissen doch, es gibt viele Hintertüren.« Prof. Winkmann wusste aus eigener Erfahrung, dass der Chirurg recht hatte. Er überlegte kurz und hatte dann eine Idee. »Das Thema ist ausgesprochen wichtig. Was halten Sie davon, wenn wir uns in den nächsten Tagen in einer vertrauten Runde bei mir zu Hause auf ein Glas Wein treffen? Ich überlege, wen wir noch dazu holen sollten. Wenn wir hier gemeinsam eine breite

Front bilden, dürften diese arabischen Organhändler keinen Fuß in unsere Tür bekommen. Ich rufe Sie spätestens morgen mit einem Terminvorschlag an. Noch einmal, Chapeau, lieber Kollege, und großes Kompliment für Ihre vorbildliche Haltung.«

Das Treffen bei Prof. Winkmann fand schon wenige Tage danach statt. Der Kreis hatte sich an diesem Sonntagvormittag verabredet, da es für Klinikärzte oft schwierig war, vereinbarte Uhrzeiten während der Arbeitstage einzuhalten. Neben Prof. Günther Heitmann saßen drei weitere Chefärzte auf der großen Eckcouch in der Bibliothek. Prof. Walter Schultz von der Radiologie, Dr. Guido Morino als Leiter der Anästhesie und Dr. Christoph Kistenmeier als Chefarzt für Allgemein- und Viszeralchirurgie.

Sylvia Winkmann hatte leckere Lachsbrötchen für die Gäste ihres Mannes vorbereitet und frischen Tee gekocht. Prof. Winkmann hatte ihnen gegenüber im Sessel Platz genommen; auf seinem Schoß lag seine Jack-Russel-Hündin Püppie und beobachtete aus ihren Augenwinkeln die Männerrunde. Am Wochenende hatte sie gewöhnlich den alleinigen Anspruch auf ihr Herrchen, dem sie dann nicht von der Seite wich.

Prof. Winkmann schaute ernst in die Runde und eröffnete die Diskussion. »Liebe Kollegen, ich danke Ihnen für Ihre Teilnahme am heiligen Sonntag, aber wir haben dringenden Gesprächsbedarf. Natürlich ist unser Treffen höchst vertraulich und das, worüber wir heute sprechen, sollte unbedingt auch unter uns bleiben.«

Die Gäste hörten zugleich gespannt und verwundert zu. »Ich hoffe, Sie haben keine schlimmen Neuigkeiten für uns«, warf der leitende Chirurg Kistenmeier ein.

»Wir treffen uns heute hier«, erklärte der Hausherr, «damit aus der Sache nichts Schlimmes wird. Aber es ist schon Gefahr in Verzug. Am besten, ich übergebe an dieser Stelle das Wort an Günther Heitmann, der mich vor einigen Tagen ins Vertrauen gezogen hat. Sie werden von ihm persönlich hören, warum wir ihm zu großem Dank verpflichtet sind. Bitte, Herr Kollege, berichten Sie der Runde, was Sie mir vor wenigen Tagen erzählt haben.«

Prof. Heitmann erzählte in allen Details von seinem Treffen mit dem dubiosen Geschäftsmann aus Kuwait, der seine Station und ihn persönlich als Operateur in seinen Organhandel einbinden wollte. Die anwesenden Ärzte wussten nur zu gut um die zunehmende Problematik in der Transplantationsmedizin.

Das rückläufige Spendenaufkommen stand in keinem Verhältnis zum steigenden Bedarf. Die permanente Warteliste für Ersatzorgane umfasste allein in Deutschland 10.000 Patienten. Der Schwarzmarkthandel mit gekauften Nieren und geteilten Lebern lief separat an Eurotransplant als offizielle Vermittlungsstelle für gespendete Organe vorbei. Ihr waren neben Deutschland fünf weitere europäische Länder angeschlossen.

»Leider können wir dieses schmutzige Geschäft nicht unterbinden«, klagte Prof. Winkmann, »in den Emiraten und in Saudi-Arabien warten zahlreiche sehr vermögende Patienten auf eine neue Niere oder Leber. Dafür zahlen sie quasi jeden Preis, der von diesen gewissenlosen Händlern verlangt wird.«

»Aber was haben wir damit zu tun?«, fragte Prof. Schultz. Dem Radiologen war die Problematik bislang nicht bewusst. Dr. Christoph Kistenmacher wusste hingegen sehr wohl, was hier insbesondere auch in anderen Ländern ablief. »Ist doch klar, Herr Kollege. Diese Bebehanis sind auf uns Ärzte angewiesen. Wir sollen die Organe der Spender entnehmen, um sie in die Körper der wartenden Empfänger zu verpflanzen. Das sind skrupellose Geschäftemacher ohne Anstand und Moral. Ich weiß übrigens von einigen renommierten Kollegen, die regelmäßig nach Dubai fliegen und dort diese Operationen für astronomische Honorare ausführen. Hat man Ihnen das auch angeboten, Kollege Heitmann?«

Der Transplantationschef schüttelte den Kopf. »Mehr als das. Nach den vermessenen Vorstellungen des Herrn Bebehani sollten die Patienten sogar hier bei uns in der Hanse CityClinic operiert werden. Das würde seiner Meinung nach die Dinge vereinfachen. Sollte wohl heißen, die Kosten für diese gewissenlosen Händler erheblich reduzieren und den Profit maximieren.«

Der Radiologe fasste nach. »Aber das haben Sie doch sicherlich abgelehnt, Herr Heitmann?«

»Natürlich, ich habe das Gespräch an dieser Stelle beendet, mein Essen bezahlt und den Kerl sitzen gelassen. Viel schlimmer war mein anschließendes Gespräch mit unserem Verwaltungsdirektor.« Prof. Schultz runzelte die Stirn. »Wieso, was hat er denn damit zu tun?«

»Offensichtlich mehr als wir alle wissen. Möglicherweise hängt er da mit drin. Ich habe so ein komisches Gefühl.« Prof. Heitmann dachte an das unerfreuliche Gespräch im Büro von Joachim Frankenberg zurück. »Er hat mir massive Vorwürfe gemacht, dass ich nicht auf das Angebot des Arabers weiter eingegangen bin. Für die Klinik wäre das finanziell sehr reizvoll, da ein Aufenthalt dieser vermögenden Patienten und die Operationen hohe Einnahmen gebracht hätten.«

Die Ärzterunde schaute sich ratlos an; Dr. Kistenmacher und Prof. Schulz nahmen sich ein kleines Lachsbrötchen. Der Hausherr unterdrückte seinen Appetit auf den kleinen Imbiss, weil er die Platte auf dem Tisch nicht erreichen konnte, ohne seine schlafende Püppie auf dem Schoß zu wecken. »Meine Herren, es kommt noch besser.« Er bat Prof. Heitmann, von seinem Treffen mit dem Eigentümer zu berichten.

»Das war in der Tat die größte Überraschung«, bemerkte dieser und schilderte den Gesprächsverlauf. »Ich war völlig überrascht, denn von Assberg reagierte ganz anders als erwartet. Nachdem sich der Herr Direktor über unseren Eklat, so muss man das schon bezeichnen, beschwert hatte, habe ich natürlich damit gerechnet, dass der Eigentümer wie so oft nur die Kohle im Auge hat und sich hinter seinen Verwalter stellt und mir schwere Vorwürfe macht. Nichts dergleichen, ganz im Gegenteil. Er hat mir freundlich zugelächelt und mir absolut recht gegeben. Eine solche Kooperation würde es mit ihm in seiner Klinik niemals geben. Ich wusste gar nicht, was ich sagen sollte und bin höchst verwundert in mein Büro zurückgegangen. Irgendwie habe ich auch den Eindruck, als hätte es von Assberg nunmehr auf Frankenberg abgesehen. Was ich dem geldgierigen Verwaltungsdirektor übrigens von Herzen gönne.«

Dr. Guido Morino hatte die ganze Zeit aufmerksam zugehört. »Mit Chirurgen und Anästhesisten in ihren Kliniken ist es doch nicht getan. Sie müssen ja auch über die speziellen Medikamente verfügen, die für diese Transplantationen wichtig sind.«

Prof. Heitmann nickte. »Sie werden sicherlich Quellen für die immunsuppressiven Präparate haben, um das Risiko einer akuten oder chronischen Abstoßung des fremden Organs zu minimieren.«

»Viele Fragen und nur wenige Antworten«, resümierte der Gastgeber.

»Was schlagen Sie vor?«, fragte Dr. Morino.

Prof. Winkmann überlegte kurz und formulierte einen Appell an die Kollegen, den er sich schon vor ihrem heutigen Treffen zurechtgelegt hatte. »Wir fünf Chefärzte sind das Rückgrat der Hanse CityClinic. Gegen unseren Willen kann eine solche Kooperation nie und nimmer durchgesetzt werden. Das weiß auch von Assberg, der hier sehr clever reagiert. Der Eigentümer kennt uns eben erheblich besser als der geldgeile Verwaltungsdirektor, der mir wie ein kurzsichtiger Erfüllungsgehilfe für diese widerlichen Organgangster vorkommt. Ich schlage vor, dass wir gemeinsam einen Brief an Bernd von Assberg schreiben, in dem wir uns für seine eindeutige Position bedanken. Die Unterzeichner würden im Rahmen ihrer medizinischen Aufgaben auch weiterhin nur standrechtlich und ethisch zu verantwortende Leistungen erbringen. Aus gegebenem Anlass wünschen wir uns eine zeitnahe Konferenz mit allen Verantwortlichen, um die grundlegenden Ideen und künftigen Ziele unserer Klinik neu zu definieren.« Kaum hatte er den Satz zu Ende gesprochen, klopften die Kollegen zustimmend auf den Tisch. »Jetzt habt ihr meine Püppie aufgeweckt«, lachte der Ärztliche Direktor und griff nun endlich zum ersehnten Lachsbrötchen.

Obgleich ihm Prof. Winkmann in weiser Voraussicht ein wirkungsvolles Schlafmittel gegeben hatte, verbrachte Hubertus von Seelenthal sehr unruhige Nächte. Er drehte sich fast im Minutentakt von einer Seite zu anderen und kam einfach nicht zur Ruhe. Immer wieder wägte er alle Vor- und Nachteile seiner Optionen ab, ohne zu einem Entschluss zu kommen. Sollte er sich operieren lassen und mit anschließender Chemotherapie gegen den bösartigen und aggressiven Tumor kämpfen oder die verbleibende Zeit ohne Behandlungen zu Ende leben? Prof. Winkmann hatte ihm ja wirkungsvolle Schmerzmittel versprochen, sobald die Beschwerden zunahmen. Er war dem fürsorglichen Arzt sehr dankbar. Aber die erschreckende Überlebensstatistik bei Bauchspeicheldrüsenkrebs mit der minimalen Chance von unter zehn Prozent nahm ihm jeden Mut.

Auch Anna, die psychisch in diesem Zwiespalt fast noch mehr litt als er selbst, war ratlos. Resignation passte überhaupt nicht zur Wesensart des 60-jährigen Mannes, der wesentlich jünger aussah. Aber seit der niederschmetternden Diagnose wirkte er kraft- und mutlos. Unter seinen Augen zeichneten sich dunkle Ränder ab; sein großer psychischer Stress sowie der mehrtägige Schlafmangel setzten ihm sehr zu. Von seiner bislang fröhlichen Ausstrahlung war nichts übrig geblieben. Hubertus schien in wenigen Tagen um etliche Jahre gealtert.

Es war erst 06:00 Uhr morgens und das Ehepaar, das sonst gern lange schlief, war bereits vor einer Stunde aufgestanden. Statt des üblichen Latte macchiato hatte Anna zum bescheidenen Frühstück einen leichten Tee gekocht und zwei Toastscheiben mit Butter und Hubertus' Lieblingskonfitüre geröstet. Aber wie schon in den drei Tagen zuvor hatte er überhaupt keinen Appetit. Auch sie bekam keinen Bissen runter.

Immer wieder schauten sie auf ihre Uhr. Bis zu ihrem Gespräch über die weitere Behandlung mit den beteiligten Chefärzten in der Hanse CityClinic hatten sie noch fast elf Stunden Zeit. Der Termin war für 17:00 Uhr verabredet worden und das Ehepaar konnte es kaum erwarten.

Hubertus Stimme war leise und traurig. »Ich bin noch genauso unentschlossen wie in den letzten Tagen. Natürlich möchte ich nicht aufgeben und noch viele, viele Jahre mit euch zusammen sein. Du, meine liebste Anna, hast doch meinem Leben erst einen völlig neuen Sinn und Inhalt gegeben.«

Anna musste wieder weinen. Sie wischte sich die Tränen aus den Augen und antwortete mit zittriger Stimme: »Aufgeben ist nicht das richtige Wort, mein Liebster. Und egal, wie du entscheidest, es gibt kein Richtig oder Falsch. Unser künftiges Leben steht im Schatten dieser Krankheit. Wenn du auf die OP und die anschließende Therapie verzichtest, werden wir beide uns immer wieder fragen, ob wir nicht mit einer Behandlung doch etwas mehr Zeit gewonnen hätten. Ebenso könnten wir die andere Option bereuen, wenn dir durch die heftigen Nebenwirkungen der aggressiven Mittel sowohl die Lebensqualität als auch deine Lebensfreude für den Rest deiner Zeit genommen werden. Vielleicht haben die Ärzte heute Nachmittag eine bessere Antwort für dich. Zum Ärztlichen Direktor Winkmann habe ich großes Vertrauen. Er ist sehr menschlich und soll auch ein sehr guter Arzt sein. Ich habe mich über ihn erkundigt. Vielleicht ist er ein kleines Glück im großen Unglück. Ich wünsche es dir so sehr.«

So war es auch Prof. Andreas Winkmann, der Anna und Hubertus von Seelenthal herzlich im Konferenzzimmer der Klinik begrüßte. »Bitte nehmen Sie doch hier Platz. Darf ich Ihnen Kaffee oder Tee anbieten? Nehmen Sie sich auch gern ein Mineralwasser oder einen Saft. Ich möchte Ihnen zunächst meine Kollegen vorstellen.«

Anna und Hubertus von Seelenthal entschieden sich für schwarzen Tee und hörten dem Ärztlichen Direktor aufmerksam zu.

»Dr. Christoph Kistenmeier ist Chefarzt unserer Allgemein- und Viszeralchirurgie. Er verfügt über langjährige Erfahrungen mit höchst schwierigen Eingriffen bei Krebspatienten. Dr. Guido Morino leitet unsere Abteilung für Anästhesie. Er ist ebenfalls für die chirurgische Intensivstation hauptverantwortlich. Prof. Walter Schultz ist Chefarzt der Radiologie, die neben allen modernen bildgebenden Verfahren auch ein breites Spektrum an interventionellen Therapien umfasst. Und mit Prof. Udo Krüger verfügt die Hanse CityClinic über einen Onkologen, dessen Referenzen weit über das Einzugsgebiet unseres Hauses reichen. Lieber Herr von Seelenthal, ich will Ihnen nun wirklich keine falschen Versprechungen machen. Aber ich kann Ihnen versichern, dass die hier anwesenden Ärzte gewiss zu den besten Spezialisten für eine Behandlung von Bauchspeicheldrüsenkrebs gehören. Natürlich können wir Ihnen diese schwierige Entscheidung nicht abnehmen, aber möglicherweise beratend zur Seite stehen.«

Hubertus schaute in die Runde und war sich darüber klar, dass kein gewöhnlicher Kassenpatient die Gelegenheit zu einer medizinischen Konferenz in einer so hochkarätigen Ärzterunde bekommen würde. Sein Ruf und mehr noch sein Vermögen machten ihn für jede Klinik zu einem äußerst lukrativen und aufwendig umworbenen Patienten.

»Meine Frau Anna und ich danken Ihnen, Prof. Winkmann, auch noch einmal für Ihren Besuch, der uns ein wenig geholfen hat, mit dieser schwierigen Situation umzugehen. Seit Tagen überlege ich hin und her, versuche, alle mir bekannten Aspekte zu erfassen und abzugleichen. Wenn Sie mich jetzt nach einem Ergebnis fragen, müsste ich passen. Ich bin genauso ratlos wie an diesem Nachmittag, als ich diese schreckliche Diagnose erhielt. Ich frage daher Sie. Was sollte ich Ihrer Meinung nach tun?«

Dr. Kistenmeier ergriff als Erster das Wort. »Wir wären keine Ärzte, wenn wir unseren Patienten empfehlen würden, zu resignieren und sich aufzugeben. Der Pankreastumor gehört sicher zu den besonders heimtückischen und aggressiven Krebsarten mit wirklich schlechten Prognosen. Aber es gibt etliche Patienten, die nach einer Operation und Chemotherapie ein normales Leben führen. Ich meine damit auch Patienten aus unserem Haus.«

»Aber es sind doch weniger als zehn Prozent«, protestierte Hubertus von Seelenthal, »und wer sagt mir, dass ich zu dieser kleinen Minderheit gehören könnte?«

Prof. Schultz nickte zustimmend. »Ein verständlicher Einwand, aber medizinisch betrachtet gibt es für Sie zwei wesentliche Vorteile. Die radiologischen Befunde berechtigen zu etwas Optimismus. Ihr Tumor kann operativ entfernt werden und Sie sind körperlich für Ihr Alter in einer insgesamt sehr guten Verfassung. Das ist ein wesentlicher Punkt.«

Dem pflichtete auch Prof. Krüger bei. »Ihre gute Fitness würde Ihnen auch bei der Nachbehandlung entscheidend helfen. Natürlich sind die Nebenwirkungen der Chemo schwer abschätzbar, da bei jedem Menschen unterschiedlich. Aber eine allgemein gute Gesundheit kommt da immer zugute.«

Eine positive Einschätzung gab auch Dr. Morino. »Wir müssen uns zwar noch Ihr Herz etwas genauer ansehen, aber aus meiner Sicht als Anästhesist steht einer Operation nichts im Wege. Ich sehe da bei Ihnen absolut kein Risiko.«

Anna von Seelenthal hatte schweigend zugehört und fragte: »Gibt es also niemand hier am Tisch, der meinem Mann von einer Behandlung abraten würde?«

Der Ärztliche Direktor hob seine Hand als Zeichen dafür, diese Frage beantworten zu wollen. »Nein, Frau von Seelenthal, und das haben Sie ja auch nicht ernsthaft von uns erwartet. Wir haben die Chancen im Blickpunkt, ohne dabei die Risiken zu ignorieren. Diese haben bei Ihrem Mann erfreulicherweise eine Größenordnung, die uns bei aller medizinischen Verantwortung dazu ermutigt, Ihnen den chirurgischen Eingriff und die nachfolgende Chemotherapie zu empfehlen. Menschlich gesehen hätte aber jeder von uns hier anwesenden Ärzten volles Verständnis für die andere Option. Natürlich würden wir Sie mit allen gegebenen Möglichkeiten medizinisch betreuen, wenn Sie den Dingen Ihren Lauf lassen und auf eine Behandlung verzichten möchten.«

Hubertus von Seelenthal musterte die Gesichter der fünf Chefärzte. Ihre Argumente waren durchaus überzeugend. Allerdings waren ihm selbst in dieser Situation auch die wirtschaftlichen Interessen der Klinik bewusst. Die aufwendige Operation mit der recht teuren Chemotherapie sowie der wohl wochenlange stationäre Aufenthalt waren bedeutende Umsatzfaktoren. Und der spielte im heutigen Gesundheitswesen angesichts des allgemein gestiegenen Kostendrucks für jedes Krankenhaus eine zunehmend wichtige Rolle. Aber Hubertus wusste auch, dass man sich das Glück der Gesundheit mit noch so viel Geld nicht erkaufen konnte. Seine bösartige Krankheit war der beste Beweis dafür. Und er hatte angesichts seines Vermögens alle finanziellen Möglichkeiten, um sich von den führenden Spezialisten in den besten Kliniken der Welt behandeln zu lassen. Auch über diese Möglichkeit hatte er mit Anna gesprochen. Sie recherchierten tagelang im Internet und stießen auf verschiedene Kliniken in den USA und in Israel. Aber letztendlich verwarfen sie diese Option, da es weltweit keine wirklichen Referenzen für höhere Überlebenschancen gab.

Hubertus räusperte sich kurz und lächelte leicht. »Sie haben recht, weil Resignation nach meiner Einschätzung in mehrfacher Hinsicht die schlechtere Alternative ist. Auch wenn ich die großen Belastungen der OP und aller weiteren therapeutischen Qualen möglicherweise oder sogar wahrscheinlich vergeblich auf mich nehme, möchte ich aber auf keinen Fall die psychischen Auswirkungen bei einer Verweigerung der Behandlung unterschätzen. Meine Frau und ich könnten und würden uns wahrscheinlich bis zu meinem Lebensende immer wieder vorhalten, warum wir es nicht doch wenigstens versucht haben.« An dieser Stelle nickten die fünf Ärzte einstimmig. Hubertus fuhr fort: »Natürlich könnte ich mir alle medizinischen Möglichkeiten, wo auch immer auf diesem Planeten, finanziell leisten. Und dass ich darüber nachgedacht habe, will ich Ihnen auch nicht verschweigen. Wir würden uns auch sofort ins Flugzeug setzen und bis ans Ende dieser Welt fliegen, wenn es woanders mehr Hoffnung beziehungsweise bessere Chancen geben würde. Aber das ist leider nicht der Fall. Abgesehen davon glaube ich mich fachlich wie menschlich bei Ihnen schon sehr gut aufgehoben. Ich vertraue Ihnen und begebe mich nunmehr in ihre therapeutischen Hände. Leider gibt es wohl keine Aussicht, von heilenden Händen zu sprechen.«

Prof. Winkmann klatschte symbolisch in seine Hände und wandte sich an Hubertus von Seelenthal. »Sie haben die Situation sehr zutreffend analysiert und die bessere der beiden möglichen Entscheidungen getroffen. Das ist jedenfalls meine persönliche Meinung. Ich bin sicher, dass meine anwesenden Kollegen ähnlich denken. Wichtig ist jetzt, dass wir keine Zeit verlieren und mit der Behandlung so rasch wie möglich beginnen. Dr. Kistenmeier, wann können Sie Herrn von Seelenthal Ihre Operationsmethode näher erläutern? Geht es gleich morgen? Wir könnten doch den Termin bei Ihnen zeitlich mit den noch erforderlichen Untersuchungen für die OP koppeln. Die Laboruntersuchungen sind sehr aktuell, da Herr von Seelenthal ja erst vor wenigen Tagen zum Check-up bei uns war. Dr. Morino, wann darf Herr von Seelenthal zur Anästhesievorbereitung zu Ihnen kommen? Am besten gleich vor oder nach dem Chirurgiegespräch. Ich kläre bis morgen Vormittag alle Vorbereitungen auf der Station.« Hastig nahm er einen Schluck Mineralwasser und wandte sich an Hubertus von Seelenthal. »Wenn Sie also morgen zu uns kommen, können wir Ihnen sicher schon einen kurzfristigen Termin für den Eingriff nennen. Wie gesagt, es muss jetzt alles umgehend organisiert werden. Prof. Krüger wird Sie nach Ihrer Aufnahme auf Ihrem Zimmer besuchen und mit Ihnen die weitere Therapie nach der OP besprechen. Wir möchten Sie über alles im Detail informieren, damit es für Sie keine Ungewissheiten oder offene Fragen gibt. Natürlich richten wir uns dabei ganz nach Ihnen. Sie und Ihre Frau entscheiden, wie detailliert Sie über den Verlauf der Behandlungen aufgeklärt werden möchten. Ich danke Ihnen für Ihren Besuch und das Vertrauen in unsere Klinik und ich möchte Ihnen im Namen meiner Kollegen versichern, dass wir wirklich alles tun werden, damit Sie ein noch langes und vor allem schönes Leben mit Ihrer reizenden Familie haben.«

Am nächsten Morgen klingelte bereits um 07:30 Uhr das Smartphone von Hubertus. Es war Prof. Winkmann. »Herr von Seelenthal, wann können Sie bei uns in der Klinik sein? Wir würden Sie schon gern in den nächsten Stunden aufnehmen und morgen operieren. Hier ist bereits alles für Sie organisiert. Gleich am Nachmittag hätten Sie die Vorbereitungsgespräche bei Dr. Kistenmeier und Dr. Morino in der Anästhesie. Und am Abend würde Sie gern unser Onkologe Prof. Krüger in Ihrem Zimmer besuchen und mit Ihnen die therapeutischen Maßnahmen nach dem Eingriff besprechen. Selbstverständlich bringen wir Sie auf unserer Komfortstation unter.«

Hubertus von Seelenthal war über die blitzschnelle und perfekte Organisation der Klinik überrascht. Damit hatte er nicht gerechnet. Aber ihm klangen auch die Worte des Ärztlichen Direktors im Ohr nach, der mehrfach betont hatte, keine Zeit zu verlieren. Er hatte absolut recht. Je eher, desto besser, dachte Hubertus und sagte zu, bis spätestens 10:00 Uhr in der Klinik zu sein.

»Prima«, antwortete Prof. Winkmann, «ich erwarte Sie mit Frau Schubert, der Pflegeleiterin, direkt auf unserer Komfortstation. Gehen Sie einfach an den Aufnahmeschaltern in der Eingangshalle vorbei. Wir erledigen alle Formalitäten ganz bequem auf Ihrem Zimmer. Also, bis gleich, Herr von Seelenthal.«

Immer wieder schlug Prof. Heinz-Wilhelm Carl die Seite fünf in der aktuellen Ausgabe des Ex-Press auf. Der bereits auf der Titelseite groß mit Bild angekündigte Artikel war erheblich umfangreicher und schlimmer als befürchtet. Die massiven Vorwürfe gegen mehrere Kardiologen in Deutschland enthielten zahlreiche Detailkenntnisse und waren geradezu rufschädigend. Was sollten nur seine Patienten von ihm denken? Er, der angesehene und fachlich führende Kardiologe mit internationalem Renommee, soll sich von der Industrie zu Vergnügungsreisen einladen haben lassen und sogar finanzielle Fördermittel kassiert haben. Das überregionale Nachrichtenmagazin hatte ihn wie einen korrupten Klinikdoktor dargestellt. Der Gedanke bereitete ihm unerträgliche Übelkeit. Keine Frage, dieser Bericht war für seinen tadellosen Ruf als integrer Arzt absolut vernichtend. Und was konnte er schon gegen die Veröffentlichung tun?

Sein vertrauter Anwalt hatte ihm dringlich davon abgeraten, eine Gegendarstellung zu erzwingen. Das würde die Dinge nur verschlimmern, denn so richtig widerlegen konnte Prof. Carl die Behauptungen ja gar nicht. Vieles war zwar übertrieben und aus dem Zusammenhang gerissen, aber der Kern dieser Story stimmte nun mal. Er musste an die warnenden Worte des Juristen denken. »Wenn Sie jetzt einen Streit mit dem Magazin beginnen, wird Ihr Part dieser Geschichte nur noch breiter getreten. Sie haben nicht die Karten, um die Redaktion zu einem Rückzieher zu bewegen. Im Gegenteil. Die werden nachlegen. Und dann wahrscheinlich auch auf die angeblich falschen Abrechnungen näher eingehen. Dieser Punkt bereitet mir am meisten Kopfschmerzen, denn damit riskieren Sie, wenn es hart auf hart kommt, sogar den Entzug Ihrer ärztlichen Zulassung. Sie wären dann beruflich erledigt.« Prof. Carl musste schlucken; an den Verlust seiner Approbation hatte er noch gar nicht gedacht. Dabei wusste er sehr wohl von den laufenden Ermittlungen nach § 263 des Strafgesetzbuches gegen ihn. Er hatte sie nur verdrängt. Demnach soll der Chefarzt Leistungen bei den Krankenkassen abgerechnet haben, die nicht von ihm als persönlich ermächtigter Arzt, sondern von anderen Mitarbeitern in seiner Abteilung erbracht worden sind. Ein Verstoß, der allenfalls versehentlich erfolgt war. Von mutwillig falsch abgerechneten Leistungen konnte wahrhaftig nicht die Rede sein. Für diesen dummen Fehler gab es eine einfache und einleuchtende Erklärung. Der oft schwer planbare Klinikalltag mit seinen unvorhersehbaren Herausforderungen führte immer wieder zu ungeplanten Einsätzen des ärztlichen Personals. Wenn beispielsweise ein dringender Fall die Anwesenheit des Chefs erforderte, kam es durchaus vor, dass ein medizinisch qualifizierter Vertreter die Betreuung von Privatpatienten übernahm, die Anspruch auf die persönliche Behandlung durch den zuständigen Chefarzt hatten. Und wenn die für Honorarrechnungen oft extern beauftragten Abrechnungszentren nicht über solche personellen Ersatzvornahmen informiert wurden, konnte es nun mal völlig unbeabsichtigt zu diesen falschen Abrechnungen kommen. Dafür musste dann wie im konkreten Fall der verantwortliche Chefarzt seinen Kopf hinhalten, obgleich er persönlich diesen Fehler gar nicht begangen hatte.

Der Kopf von Prof. Carl hatte wieder das kräftige Rot einer reifen Tomate angenommen. »Mein Gott, ich bin Mediziner und kein Buchhalter«, schimpfte er, »ich habe die kranken Herzen meiner Patienten vor Augen und nicht das blödsinnige Regelwerk der Versicherungsgesellschaften und des Gesundheitsministers.« Der Anwalt bemerkte kühl: »Seien Sie froh, dass die Presse darüber noch nicht berichtet hat. Sie haben allen Grund, in Ihrer aktuellen Situation nicht auf Konfrontation zu setzen. Es ist ohnehin ein kleines Wunder, dass über dieses Thema nichts im vorliegenden Artikel steht. Noch nicht.«

Auch Bernd von Assberg hatte Zeile für Zeile des fünfseitigen Berichts gelesen. Anders als sein betroffener Kardiologe behielt er jedoch seinen kühlen Kopf und dachte über die verschiedenen Alternativen nach, wie seine Klinik auf diese unerfreuliche Veröffentlichung reagieren sollte. Er kam schnell zu einem Ergebnis und rief seinen Justiziar zu sich. Der Eigentümer verlor keine Zeit und kam schon zur Sache, bevor Gady Blaustein Platz nehmen konnte. »Was sagen Sie als Rechtsexperte zu dieser Schweinerei und wie sollten wir als Hanse CityClinic darauf reagieren?«

Der Jurist hatte natürlich den höchst unangenehmen Bericht auch gelesen und war somit auf diese Frage vorbereitet. Er kannte seinen Auftraggeber allzu gut. Er wusste genau, dass von Assberg alles daransetzen würde, um in die Offensive zu gehen. Nur war ihm noch nicht ganz klar, wie sie die Kurve kriegen sollten. Der Artikel war aus der Lesersicht leider sehr glaubwürdig. Die Klinik stand dabei in einem wahrhaftig schlechten Licht.

»So ganz einfach kommen wir aus der Nummer nicht raus«, begann Bohndorf mit seinem Plädoyer und fuhr fort, »wenn wir den Schaden begrenzen wollen, müssen wir uns wohl öffentlich von Prof. Carl distanzieren. Unser Chefarzt der Kardiologie ist ja bereits Mitte 60; wir stehen ohnehin vor der Aufgabe, uns zeitnah nach einem Nachfolger umzusehen.«

Von Assberg unterbrach seinen Justiziar. »Wollen Sie ihn etwa rauswerfen?« Bohndorf schüttelte den Kopf. «Auf keinen Fall, das würde ja wie ein eindeutiges Schuldeingeständnis aussehen. Vielleicht können wir mit ihm altersbedingt eine vorzeitige Vertragsauflösung vereinbaren und in einer cleveren Presseinformation die Vorwürfe durch glaubwürdige Erklärungen relativieren.«

Der Klinikeigentümer musste jetzt auch an seinen Pressesprecher Gerd Sommer denken, den er unbedingt loswerden wollte. »Clevere Erklärungen erfordern aber echte Kommunikationsprofis, über die wir leider nicht verfügen. Das ist ein weiteres Problem, das wir auch schnell lösen müssen. Aber zurück zu diesem Thema. Die falschen Abrechnungen lassen sich durch den täglichen Trubel auf einer medizinischen Station zwar nicht rechtfertigen, aber zumindest als Nachlässigkeit entkräften, die der Prof. zu verantworten hat, ohne sie selbst begangen zu haben. So weit, so gut. Und was wollen wir über die finanziellen Zuwendungen der Industrie sagen? Sie kennen ja die wenig hilfreiche Erklärung von Prof. Carl. Er habe diese Fördermittel dankend angenommen, weil ihm das Haus nicht genügend Geld für wissenschaftliche Studien und Fortbildungen seiner Mitarbeiter gegeben haben soll. Mit diesem Argument stehe ich als Eigentümer recht dumm da.« Gady Blaustein nickte zustimmend. »Wir können aber zumindest nachweislich behaupten, dass sich der Doktor diese Kohle nicht in die eigene Tasche gesteckt hat. Das würde man uns abnehmen, sofern uns der Kardiologe konkrete Projekte angibt, die er mit diesen Spenden finanziert hat.«

Bernd von Assberg drückte auf seinem Haustelefon die Taste »VD«, Abkürzung für Verwaltungsdirektor. »Herr Frankenberg, würden Sie bitte sofort zu mir ins Büro kommen. Wir haben ein wichtiges Thema zu besprechen. Herr Blaustein ist auch hier.«

Minuten später klopfte es an der Tür. »Nehmen Sie Platz, Herr Frankenberg. Sie haben sicherlich den Ex-Press gelesen. Oder hatten Sie etwa noch nicht dieses unverzichtbare Vergnügen? Wir überlegen jedenfalls, wie wir als Klinik auf die Vorwürfe am besten reagieren. Herr Blaustein, setzen Sie bitte Ihren Kollegen kurz ins Bild.« Während der Rechtsanwalt seine Strategie erläuterte, nickte der Verwaltungsdirektor wiederholt zustimmend. Dann ergriff der Eigentümer erneut das Wort. »Ich habe zwei Aufgaben für Sie, Herr Frankenberg. Zunächst beschaffen Sie mir über unsere Personalabteilung ganz schnell einen erstklassigen Profi für Pressetexte. Unsere Erklärungen müssen unbedingt in einer redaktionell veröffentlichungsfähigen Form dargestellt werden. Knackig, überzeugend und so weit es geht, auch positiv für unser Haus. Zumindest schadensbegrenzend. Das Honorar ist zweitrangig, aber er oder sie müssen absolut vertrauenswürdig und blitzschnell sein. Spätestens übermorgen sollten wir dieses Statement herausbringen; morgen wäre noch besser, aber wohl kaum machbar. Außerdem möchte ich für die kommende Woche eine interne Konferenz zum Thema Neubesetzung unserer Kardiologie terminieren. Bitte bereiten Sie hierfür eine geeignete Kandidatenliste vor. Stimmen Sie sie sich hierbei auch mit unserem Ärztlichen Direktor und unseren Personalberatern ab. Wir sollten möglichst schon bald einen erstklassigen Nachfolger für Prof. Carl präsentieren. Sie, Herr Blaustein, bereiten bitte ein kurzfristiges Personalgespräch mit unserem Kardiologen vor, den wir gemeinsam von der Idee überzeugen müssen, sehr bald in den Ruhestand zu treten. Ach so. Wann endlich besetzen wir unsere Pressestelle mit einem wirklich geeigneten Medienexperten? Wir hatten schon mehrfach darüber gesprochen; worauf warten Sie denn noch? Der aktuelle Artikel unterstreicht unseren dringenden Handlungsbedarf. Herr Frankenberg, haben Sie diesen Punkt inzwischen mit der Personalabteilung besprochen oder muss ich hier persönlich aktiv werden? Und Sie, Herr Blaustein, könnten ja schon mal ein Vorgespräch mit Herrn Sommer führen, bevor wir ihm eine konkrete Vertragsauflösung anbieten. Das muss jetzt wirklich rasch über die Bühne gehen. Vielen Dank, meine Herren.«

Marc Janzen war griesgrämig. Dr. Olaf Gellert hatte ihn an diesem Freitag bereits für 08:00 Uhr zu verschiedenen Nachuntersuchungen in die Klinik einbestellt. Daher hatte er sich bereits für 05:30 Uhr den Wecker gestellt, denn im dichten Berufsverkehr musste man weit über eine Stunde für die rund 100 Kilometer von Lübeck einkalkulieren. Allein die Fahrt durch das Hamburger Stadtgebiet dauerte mindestens eine halbe Stunde, denn die Hanse CityClinic lag im Norden dicht am Flughafen. Und weil er für die verschiedenen Bluttests absolut nüchtern sein sollte, musste er zudem auf sein gewohntes Frühstück verzichten und sich mit einem Glas Mineralwasser begnügen. Das konnte kein guter Tag werden.

Um 08:30 Uhr saß er noch immer wie bestellt und nicht abgeholt im Wartebereich für Patienten der Inneren Medizin. Marc hasste Unpünktlichkeit. Nachdem er seinen geliebten Schlaf schon um zwei Stunden verkürzen musste und sich ziemlich abgehetzt hatte, hockte er nun auf diesem unbequemen Stuhl und fragte sich, wann es denn nun endlich losginge. Seine Laune war auf dem Tiefpunkt. Er verstand überhaupt nicht, weshalb er diese Untersuchungen nicht auch bei einem geeigneten Arzt in Lübeck machen konnte. Wozu dieser unnötige Zeitaufwand, ganz abgesehen vom fast nächtlichen Aufstehen und längeren Autofahrten auf nüchternen Magen. Er würde mit Dr. Gellert gleich ein klares Wort reden. Doch dazu kam es nicht!

Monate später erinnerte sich der Autohausbesitzer an diesen besonderen Morgen, der sein Leben von

Grund auf veränderte. Nur wenige Wochen später hatte er sich einvernehmlich von seiner Ehefrau Ursula getrennt und war in eine gemietete Neubauwohnung in Hamburgs grünem Stadtteil Marienthal gezogen. Sie lag nur wenige Minuten von der Autobahn nach Lübeck entfernt. An fast allen Wochentagen fuhr er die rund 80 Kilometer zu seinem Unternehmen, das er mit unverändertem Einsatz erfolgreich weiterführte. Sein neues Leben bezog sich nur auf den privaten Bereich; die geschäftliche Seite blieb unverändert.

Marc Janzen saß mit seiner neuen Lebensgefährtin im Raphael. Ein führendes Sterne-Restaurant im Herzen von Tel Aviv, das zu den bevorzugten Treffpunkten berühmter Persönlichkeiten aus Politik, Wirtschaft, Kultur und Gesellschaft zählte. Der freundliche Empfangschef im traditionellen Dan-Hotel hatte es vollbracht, den beiden Gästen aus Deutschland einen der begehrten Tische für 20:00 Uhr zu reservieren.

Es war ihre erste gemeinsame Reise und er hatte sich auf Wunsch seiner Partnerin überreden lassen, eine Woche mit ihr in Israel zu verbringen. Für ihn, der schon weite Teile der Welt gesehen hatte, war das ein recht abwegiges Reiseziel. Er hatte zwar schon viel Positives über das dynamische Land gehört, aber einen Besuch angesichts der politischen Situation bislang für sich ausgeschlossen. Der aktuelle Anlass war die Hochzeit einer jungen Frau, deren Vater ein sehr erfolgreiches Restaurant in Kapstadt betrieb und sie mehrfach angerufen hatte, um sie unbedingt zu einer Teilnahme an der großen Feier zu überreden.

Wie ihm Irina erzählte, hatte sie den Gastronomen anlässlich einer Südafrikareise mit Prof. Udo Krüger, mit dem sie kurzweilig liiert war, kennengelernt. Seither waren sie in einem losen freundschaftlichen Kontakt und dieser Freund Benzi hatte ihr immer wieder nahegelegt, unbedingt einmal nach Israel zu kommen.

Marc konnte das inzwischen gut nachvollziehen. Irina und er machten mit einem ursprünglich aus München stammenden Reiseführer mehrere Ausflüge zu kulturellen und religiösen Sehenswürdigkeiten in und um Jerusalem sowie auch zu einigen Wein-Boutiquen im nördlichen Galiläa.

Und am Abend lernten sie die vibrierende Stadt Tel Aviv als magnetisierende Metropole unermüdlicher Lebensfreude kennen. Gemeinsam genossen sie jeweils bis in die frühen Morgenstunden die außergewöhnliche Restaurant- und Gastronomieszene, schauten dem bunten Treiben in den dicht gefüllten Clubs und Bars vergnügt zu. Und sie benahmen sich wie ein typisch verliebtes Paar, das sich ständig anschauen und berühren musste. Nach dem Frühstück verbrachten sie jeweils ein bis zwei Stunden am Strand oder am Hotelpool. Die Woche verging wie im Flug.

»Also wirklich«, stellte Marc wiederholt fest, »was hier abgeht, hat nichts mit dem zu tun, was wir in den Medien über Israel erfahren.«

Es war ihr letzter Abend auf dieser Reise und sie mussten an ihre erste Begegnung an jenem Morgen zurückdenken, als Marc verärgert auf den verspäteten Doktor wartete und Irina gerade mal ihren dritten Arbeitstag auf dieser Station hatte.

Prof. Andreas Winkmann hatte Wort gehalten und die ihm so gewissenhaft wie selbstbewusst erscheinende Bewerberin kurz nach ihrem Gespräch in seinem Bereich untergebracht. Dr. Irina Herzberg war nunmehr Ärztin in der Abteilung Innere Medizin und von Dr. Olaf Gellert beauftragt worden, ihn zu vertreten und sich persönlich um Marc Janzen zu kümmern. Dass ihr neuer Patient schon bald auch ihr Lebenspartner werden sollte, konnte sich Irina ebenso wenig vorstellen wie all das, was nach ihrem ersten Zusammentreffen an jenem Morgen zwischen 08:30 Uhr und 09:00 Uhr im Wartebereich der Klinik geschah. Damals stand sie vor diesem Mann, der sie höchst genervt anschaute und mit seinem Zeigefinger demonstrativ auf das Glas seiner goldenen Armbanduhr klopfte.

»Ich weiß, Herr Janzen, wir haben Sie warten lassen. Dafür möchte ich mich herzlich bei Ihnen entschuldigen. Ich bin Dr. Herzberg und darf Sie jetzt betreuen. Zuerst würde ich Ihnen gern etwas Blut abnehmen, damit wir noch heute gemeinsam die Laborwerte besprechen können. Wie ich sehe, wohnen Sie in Lübeck und mussten ja recht früh aufstehen, um zeitig hier zu sein. Nach dem kleinen Piks bekommen sie erst einmal ein ordentliches Frühstück. Dann wird auch Ihre Stimmung wieder besser.«

Marc musterte die attraktive Frau mit ihrem einvernehmend sanften Lächeln. »Endlich ein nettes Gesicht an diesem tristen Morgen. Und die Einladung zum Frühstück nehme ich dankend an. Leisten Sie mir Gesellschaft?« Irina schüttelte ihren Kopf. »Leider darf ich nicht, Herr Janzen. Das verstößt gegen die Richtlinien der Klinik. Wobei ich es selbst heute auch

nicht geschafft habe, vor Dienstbeginn eine Kleinigkeit zu essen.«

Marcs Laune war völlig umgeschlagen. »Dann
verzichte ich aus Solidarität auf mein Frühstück und
lade Sie in Ihrer Freizeit zu einem Abendessen ein. Sie
sagen mir einfach, wann und wo; um den Rest kümmere ich mich. Oder ist das auch durch irgendwelche
Richtlinien verboten?«

Irina war von dieser unerwarteten Offensive etwas
überwältigt. »Herr Janzen, wofür würden Sie mich
halten, wenn ich mich von einem Patienten gleich
einladen lassen würde, dem ich vor wenigen Minuten
erstmals vor einer medizinischen Untersuchung be-
gegnet bin? Ich finde Sie ja auf den ersten Blick
durchaus sympathisch, aber Sie sind ja noch viel
schneller als Ihre rasanten Sportwagen.«

Marc gefiel die Antwort der jungen Ärztin und er
wollte sich unbedingt etwas einfallen lassen, um diese
Frau näher kennenzulernen. »Woher wissen Sie denn
von meinem Autohaus? Sie haben sich also über mich
erkundigt.« Irina ignorierte die Bemerkung und bat
ihren Patienten in das Ärztezimmer.

Gegen Mittag stieg Marc Janzen wieder in seinen
Porsche. Seit der Begegnung mit Irina war er bester
Dinge. Die junge Ärztin ging ihm nicht mehr aus dem
Kopf. Sie war nicht nur sehr attraktiv, sondern hatte
auch Selbstbewusstsein und Humor. Er musste sie
unbedingt wiedersehen, wusste aber noch nicht genau, wie er einen erneuten Kontakt zu ihr aufnehmen
sollte.

Erleichtert war er zudem über die guten Befunde
seiner heutigen Untersuchung. Der Langzeit-Zucker-

wert war weiter gesunken, ebenso auch sein erhöhter Blutdruck. Bei der Schlussbesprechung, an der auch Dr. Gellert teilnahm, vereinbarten sie eine leichte Modifizierung der täglichen Medikamente gegen Diabetes.

»Ich hatte Ihnen doch versprochen, dass wir Ihren Zucker in den Griff bekommen«, fasste Dr. Gellert zusammen und bat Marc, in zwei Monaten zu einer weiteren Kontrolle zu kommen. Nachdem er nun Irina kennengelernt hatte, strich Marc seine ursprüngliche Absicht, sich einen geeigneten Arzt in seiner Nähe zu suchen, und hoffte, dass Irina ihn weiter betreuen würde. Er lächelte die Frau an und fragte mit Blick auf Dr. Gellert: »Wir können schon gern heute einen Termin für die nächste Untersuchung vereinbaren.«

Irina spürte eine leichte Verlegenheit, empfand aber die unverkennbaren Signale ihres neuen Patienten als durchaus angenehm. Allerdings fragte sie sich, ob dieser Marc Janzen vielleicht einer von diesen Frauenhelden war, die quasi hinter jedem Rock her waren. Die Antwort sollte nicht lange auf sich warten lassen.

Kaum im Büro begann Marc mit seinen Recherchen über diese Dr. Irina Herzberg. Ihr Name deutete bereits auf einen interessanten Ursprung hin. Kam sie möglicherweise aus Russland? Er ging auf die Internetseiten der Klinik, natürlich auch auf Google und wurde schließlich auf der Facebookseite der Ärztin fündig. Offen blieb allerdings die wichtige Frage, ob Irina liiert war und vielleicht sogar mit einem anderen Mann zusammenlebte. Eine Vorstellung, an die er gar nicht denken mochte. Was sollte er am besten tun? Der Blumenstrauß war irgendwie altmodisch und passte nicht mehr so richtig in die Zeit. Irina war Anfang 30 und gehörte somit zur »digitalen« Generation, die vorwiegend online kommunizierte. Also könnte er es doch über eine Facebook-Freundschaftsanfrage versuchen. Gar nicht so einfach, denn Marc war ja selbst noch nicht einmal Mitglied. Er nahm sich vor, sich am Abend zu Hause vor den Laptop zu setzen und in diese für ihn neue Welt einzutauchen.

Irina musste natürlich schmunzeln, als sie die Freundschaftsanfrage von Marc Janzen auf Facebook sah. Sie bestätigte ihn und fragte sich, ob und wann er wohl einen weiteren Schritt auf sie zugehen würde. Bereits wenige Sekunden später meldete sich ihr Messenger mit einer Nachricht von ihrem neuen Verehrer.

»Liebe Dr. Irina Herzberg. Ich wünsche mir, dass sich die Ärztin und ihr Patient außerhalb der Klinik ganz privat als Frau und Mann näher kennenlernen. Geben Sie mir wenigstens die Chance, Sie zu einem Abendessen einladen zu dürfen.«

Irina überlegte kurz und schrieb zurück: »Lieber ein spätes Frühstück am kommenden Sonntag um 12:00 Uhr im Literaturhauscafé. Bei Ihnen ist mir helles Tageslicht sicherer als schummriger Kerzenschein.« Marc hatte mit dieser spontanen Reaktion gar nicht gerechnet. »Ich bestelle uns einen schönen Tisch und freue mich auf unser Date.«

Er konnte sich nicht erinnern, jemals so lange gefrühstückt und dabei so wenig gegessen zu haben. Sie standen erst von ihrem Tisch auf, als das Personal sie höflichst darauf aufmerksam machte, in einer halben

Stunde zu schließen. Beide schauten auf ihre Uhren und wunderten sich, dass es bereits fast 17:30 Uhr war.

Sie hatten stundenlang von ihrem bisherigen Leben erzählt, über Gott und die Welt diskutiert und besonders auch über ihre persönlichen Zukunftserwartungen gesprochen. Trotz ihrer sehr unterschiedlichen Lebensgeschichte und der großen Altersdifferenz waren sich Irina und Marc in vielen Ansichten und Empfindungen sehr nahe. Beide spürten eine gegenseitig starke Anziehungskraft, die sie zugleich erfreute, aber auch verlegen machte.

Mit seinen 56 Jahren hatte Marc vor und während seiner langjährigen Ehe zahlreiche Beziehungen gehabt, die ihn aber emotional längst nicht so berührten wie die Begegnung mit dieser aufregenden Frau. Sie vermittelte ihm ein großes Bedürfnis an aufrichtiger Zuneigung und fürsorglichem Schutz. Natürlich hatte sie ihm die außergewöhnliche Beziehung zu ihrem geliebten Vater ausführlich geschildert, dessen Tod sie bis heute noch nicht verwunden hatte. Sie war sich auch völlig darüber im Klaren, dass ihr Interesse für reifere Männer in gewisser Weise ein Ersatz für die vermisste Vaterfigur war. Auch wenn Marc keine eigenen Kinder hatte, konnte er das sehr gut verstehen. Irina hörte gespannt zu, als er in aller Offenheit über seine ungewöhnliche Ehe mit Ursula sprach, und wunderte sich ein wenig über die Toleranz des Paares, die Affären des anderen ohne Weiteres zu akzeptieren.

»Das könnte ich mir überhaupt nicht vorstellen«, bekundete sie. Marc nickte. »Aber das, was Menschen als Liebe untereinander empfinden, ist doch nicht immer gleich.« Irina schüttelte den Kopf. »Aber Liebe ist für mich nicht teilbar. Ist das etwa altmodisch?« Marc wollte dieses Thema nicht vertiefen, weil er natürlich auch wusste, dass sein freizügiges Arrangement mit Ursula nicht gerade eine Referenz für seine Fähigkeit zu einer ernsten Beziehung war. Er suchte nach einem diplomatischen Statement. »Nein, das ist ein konsequenter Standpunkt, den ich absolut unter der Voraussetzung teile, wenn beide Partner sich daran halten.«

»Aha«, bemerkte Irina, »Ihre Affären waren oder sind also eine Reaktion der Gleichberechtigung?« Marc lachte, zahlte die Rechnung und half seiner Begleitung in den schicken Blouson. »Fänden Sie mein Angebot aufdringlich, Sie gern nach Hause fahren zu wollen? Das erspart Ihnen die Bahn und schenkt mir noch einige Minuten mit Ihnen.« Irina akzeptierte dankend. »Ich muss Ihnen doch sicher nicht meine Adresse sagen. So wie ich Sie einschätze, wissen Sie schon längst, wo ich wohne.«

Als sie das Wohnhaus in einer kleinen Straße im Hamburger Stadtteil Barmbek erreichten, stieg Marc aus dem Porsche und öffnete galant die Beifahrertür des Sportwagens. Nachdem Irina ausgestiegen war, drückte er ihr ein kleines Kärtchen in die Hand, auf dem lediglich sein Name und die private Mobilnummer standen.

»Ich möchte Sie unbedingt wiedersehen, am liebsten schon morgen, übermorgen und überhaupt. Bitte schicken Sie mir Ihre Telefonnummer per SMS, damit ich wieder die Initiative ergreifen kann. Wenn Sie sich allerdings nicht melden, werde ich das selbstverständlich akzeptieren. Auch wenn uns dann vieles entgehen würde, was wir gemeinsam erleben könnten und auch sollten. Ich habe mich noch nie in der Gegenwart einer Frau so wohl gefühlt wie heute mit Ihnen. Zumindest kann ich mich nicht daran erinnern. Und Diabetes verursacht doch keinen Gedächtnisschwund oder, Frau Doktor?«

Ein wirklich bemerkenswerter Mann, der in Wirklichkeit doch ganz anders war als dieser grimmige Patient an jenem Morgen im Wartebereich der Station für Innere Medizin. Sie legte kurz ihre Hand auf seinen Oberarm und lächelte ihn sanft an. »Es war ein ganz besonderes Frühstück, lieber Herr Janzen. Herzlichen Dank für die Einladung und die unterhaltsamen Stunden.« Dann drehte sie sich um, winkte ihm kurz zu und verschwand hinter der Haustür. Kaum war sie in ihrer Wohnung, nahm sie ihr Handy in die Hand und sendete Marc ihre Mobilnummer.

In den folgenden drei Wochen sahen sie sich so oft es ihr Dienstplan ermöglichte. Nach jedem Treffen brachte Marc sie nach Hause und wartete, bis sie im Treppenhaus war. Er machte nicht die geringsten Anstalten, ihr näherkommen zu wollen. Dann passierte es. Sie waren bei einem renommierten Italiener und hatten beide gegrillte Dorade mit frischem Gemüse bestellt. Sie tranken Rotwein. Irina nippte aber nur an ihrem Glas, schaute Marc in die Augen und machte dann den entscheidenden Schritt. »Ich möchte meinen bevorstehenden Geburtstag mit dir in St. Petersburg, meiner Geburtsstadt, verbringen. Unsere bisherige Beziehung ist in vielerlei Hinsicht anders als die üblichen Liebschaften zwischen Mann und Frau. Ich habe in den letzten Wochen einen Mann kennengelernt, der höchst sensibel und feinfühlig, unaufdringlich und respektvoll aber auch zielstrebig, charmant und amüsant ist. Du hast alle Register gezogen, damit ich mich in dich verliebe. Nun musst du mit den Konsequenzen leben.« Nach diesem offensiven Statement bat Irina ihren Begleiter, eine Flasche Champagner zu bestellen. »Du weißt, ich trinke so gut wie nie Alkohol. Aber für gewöhnlich verliebe ich mich auch nicht in Patienten.«

Das nächste Glas Champagner trank das Paar auf ihrem 34. Geburtstag im Kempinski Hotel Moika 22 in St. Petersburg. Sie verbrachten drei wunderschöne Tage in der traditionsreichen Kulturmetropole mit ihren vielen Museen und anderen Sehenswürdigkeiten. Auf dem Rückflug griff Marc zärtlich nach Irinas Hand und beugte sich leicht zu ihr rüber. »Ich werde mich gleich morgen nach einer schönen Wohnung in Hamburg umsehen und natürlich mit Ursula sprechen. Es wird sicherlich keine Schwierigkeiten mit ihr geben. Wir haben schon mehrfach über die Möglichkeit einer Trennung gerade für den Fall gesprochen, dass sich einer von uns beiden ernsthaft verliebt. Und mir ist es absolut ernst, liebste Irina.«

Bereits zwei Wochen später zog Marc mit seinen persönlichen Sachen in die neue Wohnung nach Hamburg-Marienthal. Die ersten gemeinsamen Nächte verbrachte das Paar auf einer Luftmatratze, da sie noch auf die bestellten Möbel warten mussten.

»Bis die wichtigsten Dinge da sind, können wir aber auch gern bei mir übernachten«, schlug Irina vor, die bis dahin noch keinen nächtlichen Herrenbesuch in ihrer Wohnung empfangen hatte. Marc freute sich über das unerwartete Angebot, das er dankend annahm. Wenn Irina an den Wochenenden freihatte, gingen sie auf Kurzreisen nach London, Paris, Barcelona, Rom und Prag. Obgleich ihre Beziehung noch jung und frisch war, kam es dem Paar vor, als wären sie schon eine Ewigkeit zusammen.

S ie hatten sich einen ruhigen Tisch in der Lobby vom Hyatt Hotel in Zürich gesucht. Ali Abdoul Bebehani bestellte sich, wie in seiner Schulzeit auf dem Schweizer Internat, eine heiße Schokolade, sein Geschäftspartner Jassem Sabah trank schwarzen Tee, während Joachim Frankenberg abwechselnd an seinem Cappuccino und dem Mineralwasser nippte.

Sie warteten noch auf Aziz Al-Rabeeah. Der Generalmanager einer großen Privatklinik in Riad musste jede Minute eintreffen, da sein Flug pünktlich in Zürich-Kloten gelandet war. Die vier Männer hatten sich an diesem Treffpunkt verabredet, um endlich die Beschaffung von dringend benötigten Ersatzorganen in Gang zu bringen.

»Unser größtes Problem sind die fehlenden Chirurgen für die Transplantationen«, erklärte Ali Abdoul Bebehani und warf dem Verwaltungsdirektor der Hanse CityClinic einen vorwurfsvollen Blick von der Seite zu. »Herr Frankenberg, wir sind sehr enttäuscht. Sie haben uns große Hoffnung auf eine Kooperation mit Ihrem Haus gemacht, die dann leider von Ihrem zuständigen Chefarzt kategorisch abgelehnt wurde. Dass wohl auch Ihr Eigentümer mit uns nicht zusammenarbeiten will, überrascht uns sehr. Herr von Assberg, so heißt es in Ihrer Szene, soll doch für jeden Euro zu haben sein. Und davon bieten wir ja bekanntlich eine große Menge.«

Joachim Frankenberg rutschte nervös auf seinem Stuhl hin und her, das aufkommende Unbehagen schlug ihm auf den Magen. Er wusste, dass er völlig falsche Hoffnungen erzeugt hatte, nachdem ihm der arabische Geschäftsmann vor einigen Wochen auf der

Toilette des Hotels Vier Jahreszeiten diskret einen prall gefüllten Umschlag in die Hand gedrückt hatte.

Gleich nach dem Treffen war er wieder zurück auf das WC gegangen, um in der schmalen Kabine den Inhalt zu zählen. Das Bündel an 500-Euro-Noten überstieg seine kühnsten Erwartungen. Es waren genau 25.000 Euro. Ihm war natürlich klar, dass dafür nun eine entsprechende Gegenleistung erwartet wurde.

Zu diesem Zeitpunkt war er sich noch recht sicher, den für Transplantationen verantwortlichen Chefarzt Prof. Heitmann und erst recht den Klinikeigentümer für das finanziell lukrative Projekt gewinnen zu können.

Wie sich kurz darauf herausstellte, war das ein fataler Irrtum, und nun saß er zwischen diesen beiden Organhändlern tief in der Klemme. Sie hatten ihn völlig in der Hand und wenn es jemals herauskommen würde, dass er Geld genommen hatte, konnte er seine Karriere an den Nagel hängen. Er wäre dann auch in der gesamten Medizinbranche verbrannt. Frankenberg versuchte, einen ruhigen Kopf zu wahren, und überlegte, wie er jetzt am besten seinen Kopf aus der Schlinge ziehen konnte. Bevor er aber etwas sagen konnte, hob Jassem Sabah seine Hand und beugte sich über den Tisch. Mit gedämpfter Stimme erzählte er von seinem jüngsten Telefonat mit Aziz. »Unser Freund hat allein in der letzten Woche große Summen Bargeld von drei Patienten erhalten, die dringend auf eine neue Niere warten. Soweit ich weiß, bringt er das Geld heute mit. Er bittet uns, diese Transplantationen so schnell wie möglich zu organisieren, da bei diesen drei Empfängern äußerst akute Lebensgefahr und somit höchste Dringlichkeit auf ein Ersatzorgan besteht.«

Frankenberg musste sich unbedingt etwas einfallen lassen, denn der Hinweis auf einen hohen Bargeldbetrag im Handgepäck des saudischen Klinikmanagers hatte ihn aufhorchen lassen. Seine finanzielle Gier war wieder erwacht. Vielleicht wäre ja bei einer zweiten Abschlagszahlung noch mehr drin als beim ersten Mal. Das war ja wohl nur eine erste Anzahlung gewesen. Er schaute die beiden Männer an und deutete mit gehobener Hand an, sehr wohl eine Lösung des Problems parat zu haben. »Selbstverständlich habe ich einen Plan B, meine Herren. Ich habe bereits viel telefoniert und mit mehreren geeigneten Chirurgen gesprochen. Es sind erstklassige Spezialisten für Transplantationen, die grundsätzlich bereit wären, diese Operationen bei Ihnen in Riad auszuführen. Sie haben auch Kontakte zu geeigneten Anästhesisten, die sie größtenteils mitbringen würden. Ich habe Ihnen zugesagt, kurzfristig die Rahmenbedingungen mit Ihnen zu vereinbaren und mich anschließend wieder zu melden. Wir sind also startklar.« Ali und Jassem schauten sich wechselseitig an. Beide fragten sich, ob Frankenberg es ernst meinte oder nur darauf aus war, Zeit zu schinden. Irgendwie trauten sie inzwischen diesem Mann nicht mehr und hatten das Gefühl, als wolle er sich möglicherweise nur ihre großzügigen Zuwendungen in die Tasche stecken. Andererseits konnten sie den Verwaltungsdirektor jederzeit auffliegen lassen. Wenngleich sie keine wirkliche Handhabe hatten, die erwartete Gegenleistung juristisch einzufordern.

»Herr Frankenberg, Sie wollen doch nicht schon wieder Erwartungen erzeugen, die Sie dann wieder nicht erfüllen können? Bitte machen Sie uns nichts vor. Ihretwegen haben wir bereits viel Zeit verloren und auch beträchtliche Geldsummen bezahlt.«

Bei diesen anklagenden Worten machte sich der empfindliche Magen des Verwaltungsdirektors wieder bemerkbar. Diskret schaute er auf die große Penduluhr rechts neben der Rezeption. 12:20 Uhr. Bis zum Rückflug nach Hamburg waren es noch fast fünf Stunden, die er irgendwie unbeschadet überstehen musste. Konnte er den Deal noch retten? Natürlich musste er dabei auch an das viele Geld denken, das Aziz Al-Rabeeah dabei haben würde. Das konnte er sich doch nicht entgehen lassen.

Zehn Minuten später betrat der Geschäftspartner aus Riad die große Hotelhalle und entdeckte sofort seinen Freund Jassem, der mit zwei Männern an einem runden Tisch saß. Nachdem sich die Männer miteinander bekannt gemacht hatten, legte der Saudi sofort los. »Ich habe euch doch schon von den drei neuen Fällen erzählt. Diese Patienten rufen mich mehrmals am Tag an und flehen um schnelle Hilfe. Sie sind gesundheitlich in einem sehr schlechten Zustand und benötigen dringend ein neues Organ. Dafür sind sie bereit, jeden Preis zu zahlen. Wie können wir ihnen nur helfen? Und natürlich auch den anderen Brüdern und Schwestern, die ihr schweres Schicksal in unsere Hände gelegt haben. Wir haben eine große Verantwortung. Möge Allah uns zur Seite stehen, damit wir diese armen Menschen retten können.«

Ali hoffte weniger auf göttliche Hilfe als auf eine rasche Lösung der organisatorischen Probleme. »Wir haben mittlerweile mehrere Quellen, die uns mit Nieren und auch gesplitteten Leberteilen versorgen. Aber wir konnten noch keine Klinik für eine partnerschaftliche Kooperation gewinnen. Bislang weigern sie sich beharrlich, diese Transplantationen in Ihren Operationssälen für uns durchzuführen. Aber dazu kann dir der Herr Verwaltungsdirektor von der Hanse City-Clinic in Hamburg gewiss mehr sagen.«

Joachim Frankenberg hatte nicht damit gerechnet, dass man ihn gleich so direkt auf diesen unangenehmen Punkt ansprechen würde. »Nun ja, wir sind eine große Klinik, die wie die meisten Häuser im kritischen Blickpunkt der Behörden und der Öffentlichkeit steht. Wie Sie sicherlich wissen, hat das Thema Organspenden zuletzt höchst negative Schlagzeilen in Deutschland gemacht. Zahlreiche Ärzte sind mittlerweile sensibilisiert und verunsichert. Auch in unserer Klinik. Bislang scheitert die mit uns geplante Kooperation am unerwarteten Veto des verantwortlichen Chefarztes, der inzwischen entsprechend negative Stimmung beim Eigentümer gemacht hat. Damit war nun wirklich nicht zu rechnen und ich hatte keinen Einfluss darauf. Herr von Assberg ist so gut wie immer für finanziell interessante Angebote zu haben und nimmt sonst auf nichts Rücksicht. Nun ja, es ist, wie es ist.« Joachim Frankenberg zuckte mit seinen Achseln. Er sprach leise in vorgebeugter Körperhaltung und vermied den direkten Blickkontakt mit seinen Geschäftspartnern. »Wir sollten jetzt auf Plan B umschalten. Ich bin schon dabei, gute Transplantationsmediziner aus anderen Häusern für diese Eingriffe bei Ihnen in Riad zu gewinnen. Voraussetzung hierfür ist jedoch, dass Sie in Ihrer Klinik über die erforderlichen

Gegebenheiten und das entsprechende Pflegepersonal verfügen. Davon ausgehend könnten wir sofort geeignete Chirurgen und erfahrene Anästhesisten sowie Fachkräfte für die postoperative Nachsorge einschließlich der notwendigen immunsuppressiven Therapie gegen entsprechende Bezahlung verpflichten. Ich habe bereits die ersten Kandidaten, die auf meinen Anruf warten. Sie müssen lediglich die Modalitäten konkretisieren und grünes Licht geben.«

Aziz Al-Rabeeah hörte aufmerksam zu und nickte. »Okay, das ist doch eine gute Alternative. Keine Sorge, unsere Klinik ist in jeder Hinsicht bestens ausgestattet. Wir verfügen über ein hochmodernes OP-Zentrum und eine komplett ausgestattete Intensivstation. Natürlich haben wir auch professionelles und erfahrenes Pflegepersonal. Die OP-Assistenten sind größtenteils in den USA oder Europa ausgebildet worden. Sie sprechen sehr gutes Englisch. Aber uns fehlen leider kompetente Transplantationschirurgen für derartige Operationen. Unsere Anästhesisten sind zwar recht erfahren und auch komplizierteren Eingriffen gewachsen, aber ich finde es sinnvoll, wenn ihnen bei den ersten Transplantationen erfahrene Kollegen aus Europa über die Schulter schauen würden. Herr Frankenberg, wann können Sie uns Ihre Ärzte schicken? Wir haben insgesamt sieben Transplantationen in Planung, die möglichst in den nächsten zwei Wochen stattfinden sollten. Wie schon gesagt, bei drei Nierenpatienten ist der Zustand sehr kritisch.«

Joachim Frankenberg wandte sich an Ali Bebehani. »Was kann ich den Ärzten finanziell anbieten?«

Der Kuwaiter lehnte sich zurück, überlegte kurz und beugte sich wieder vor. »Wir würden für das Gesamtpaket, also Organentnahme beim Spender und anschließende Transplantation beim Empfänger, 45.000 Euro an den Chirurgen und 12.000 Euro an den Narkosearzt zahlen. Außerdem übernehmen wir die Flug- und Hotelkosten. Beides natürlich erster Klasse. Die Übergabe des Honorars erfolgt in Riad jeweils nach der betreffenden Operation.«

Joachim Frankenberg winkte ab und machte einen anderen Vorschlag: »Preis und Spesen sind fair, aber ich könnte mir vorstellen, dass die interessierten Ärzte auf eine Honorarhälfte jeweils vor Abreise und nach Rückkehr bestehen. Vielleicht auch nicht in bar, sondern auf ein Bankkonto in der Schweiz oder anderswo. Ich muss diese Modalitäten individuell mit den Kandidaten abstimmen.«

Nun schaltete sich Jassem Sabah in das Gespräch ein. »Wer übernimmt die Garantie, dass sich die Ärzte nach der kassierten Honorarhälfte auch wirklich ins Flugzeug setzen?« Frankenberg hatte diese misstrauische Frage erwartet. »Dieses Risiko kann ich Ihnen nicht abnehmen. Meine Rolle endet mit der erfolgreichen Vermittlung der benötigten Ärzte. Die Beschaffung der für Ihre Patienten geeigneten Spender sowie die komplette Logistik und OP-Organisation obliegt Ihnen. Und da wir ja schon konkret über Geld sprechen, ich berechne für jedes durch mich organisierte OP-Team für den Einsatz in Riad oder sonst wo pauschal 15.000 Euro. Bei mir natürlich als Barzahlung. Übrigens, mein erster Kandidat könnte bereits in wenigen Tagen in Riad sein.«

Aziz klatschte in die Hände und freute sich über das klare Angebot.

»Moment mal«, protestierte Ali Bebehani, »15.000 Euro lediglich für die Vermittlung eines Teams sind viel zu viel. Und wie heißt übrigens der Arzt, von dem Sie gerade gesprochen haben?«

Joachim Frankenberg war rot angelaufen und verärgert. »Lassen Sie uns bitte nicht darüber diskutieren, was angemessen ist. Oder ist es etwa fair, was Sie oder Ihre Lieferanten den armen Spendern für ihr Organ unter Berücksichtigung aller Belastungen und Folgerisiken des Eingriffs geben? Den Namen des erwähnten Arztes, der zurzeit von seiner Klinik freigestellt und daher sofort verfügbar ist, nenne ich gern, sobald wir uns einig sind.«

Ali hakte nach. »Was meinen Sie mit freigestellt? Reden wir etwa über diesen bekannten Prof., gegen den ein Gerichtsverfahren wegen angeblich unsauberer Praktiken im Zusammenhang mit Organtransplantationen läuft? Soll allerdings ein begnadeter Operateur und hervorragender Spezialist für Transplantationen sein.«

Aziz ahnte die Gefahr eines eskalierenden Streits und wandte sich nunmehr auf Arabisch an seinen kuwaitischen Partner. Dann drehte er sich zu Frankenberg und streckte ihm seine schwarz behaarte Hand entgegen. »Alles in Ordnung, lieber Herr Frankenberg. Ich stimme Ihnen zu und Ihr wichtiges Engagement rechtfertigt natürlich den genannten Preis, den wir gern an Sie zahlen. Ich gebe Ihnen gleich das Honorar für die erste Vermittlung. Wie kommen wir mit dem Chirurgen in persönlichen Kontakt?«

Der Verwaltungsdirektor war erleichtert und dem Saudi für die erfolgreiche Intervention höchst dankbar. Freundlich antwortete er: »Am besten, ich gebe dem Chirurgen eine Handynummer, unter der er Sie oder Herrn Bebehani direkt erreichen kann. Dann können Sie alles Weitere direkt untereinander abstimmen.«

Aziz Al-Rabeeah öffnete seine Aktentasche und übergab Ali Bebehani die medizinischen Dossiers der drei neuen Patienten. »Ich hoffe, Ihr findet schnell geeignete Spender. Herr Frankenberg, wir ziehen uns eben schnell zurück und regeln unsere Dinge.«

Ali und Jassem schauten sich an und hatten den gleichen Gedanken: »Wenn das mal gut geht.« So richtig daran glauben konnten oder wollten sie beide nicht.

Gleich nach der Landung in Hamburg rief Joachim Frankenberg bei Prof. Jan Groenke in Frankfurt an, den er in Zürich als verfügbaren Operateur ins Gespräch gebracht hatte. »Prof., ich habe gute Nachrichten. Meine Geschäftspartner möchten Sie unbedingt als Chirurgen verpflichten. Sie zahlen ein fantastisches Honorar. 45.000 Euro für die Entnahme des Spenderorgans und anschließender Transplantation beim Empfänger. Das ist doch ein super Angebot. Oben drauf gibts 12.000 Euro für Ihren Anästhesisten. Sie haben ja wohl einen geeigneten Kandidaten für die Narkose. Die Reisekosten werden extra gezahlt; natürlich fliegen Sie Erste Klasse und wohnen vor Ort im besten Hotel. Wann könnten Sie starten?«

Prof. Groenke war zufrieden. Das Honorar war großzügig; er konnte das Geld dringend gebrauchen, nachdem er seit Beginn seines Verfahrens ein Vermögen an seinen Anwalt in Frankfurt bezahlt hatte. Über die Zeit war es fast eine halbe Million Euro. Der prominente Strafverteidiger hatte ihm dafür einen strafmildernden Deal mit der Staatsanwaltschaft in Aussicht gestellt. Eine voreilige Zusage.

Der Chirurg stand wegen angeblicher Bestechlichkeit in Tateinheit mit Nötigung und Steuerhinterziehung vor Gericht. Die Vereinbarung kam leider nicht zustande. Er wurde in dem Prozess zu einer dreijährigen Haftstrafe verurteilt, die er zur Hälfte in einer Justizanstalt verbüßt hatte. Noch schlimmer für ihn war der lebenslange Verlust seiner ärztlichen Zulassung, was ihn für europäische und US-amerikanische Kliniken sperrte. Dabei zählte Prof. Groenke weltweit zu den führenden Chirurgen für Organtransplantationen. Er hatte mitunter das Leben namhafter Persönlichkeiten aus Politik, Wirtschaft und Gesellschaft gerettet. Seit der Verurteilung war er mit Ausnahme gelegentlicher Einzelaufträge aus Südasien und der arabischen Welt arbeitslos. Der Anruf von Frankenberg kam ihm wie gerufen, dankend nahm er das verlockende Angebot an. »Ich bin jederzeit abflugbereit. Bitte klären Sie die weiteren Termine mit den Auftraggebern, zwischenzeitlich buche ich den Anästhesisten. Und klären Sie bitte unbedingt mit Ihren Leuten, ob die Klinik auch wirklich über alle erforderlichen Voraussetzungen für diese Transplantationen verfügt. Es wäre darüber hinaus sinnvoll, mir vorab die medizinischen Befunde sowie die bildgebende Diagnostik der Patienten übers Internet zu senden. Sie haben ja meine E-Mail-Adresse.«

Joachim Frankenberg war erleichtert und sagte zu, sich schon in den nächsten zwei Tagen wieder zu melden. Er musste mit Prof. Groenke ja auch noch die Zahlungsweise abstimmen. Der Doktor würde in Anbetracht seiner Situation sicher Bargeld bevorzugen.

Gegen 18:00 Uhr klingelte das Telefon von Prof. Christoph Kistenmeier. Der Chefarzt für Allgemein- und Viszeralchirurgie war noch mit den letzten OP-Berichten des Tages beschäftigt und meldete sich etwas unwillig.

«Von Assberg hier, sind Sie noch im Dienst, Prof.?» Verblüfft über den recht seltenen Anruf des Eigentümers antwortete der Chirurg: »Ja, der Papierkram erfordert ja inzwischen einen wahnsinnigen Zeitaufwand. Ich diktiere noch.« Er fragte sich, was von Assberg wohl von ihm wollte. »Ich habe gehört«, fuhr dieser fort, »dass wir morgen früh Hubertus von Seelenthal aufnehmen und er sich von Ihnen operieren lässt. Ich kenne die ganze Familie sehr gut. Natürlich ihn und noch besser seinen verstorbenen Vater.« Das war es also. »Machen Sie sich keine Sorgen, Herr von Assberg, alle beteiligten Chefärzte und die Pflegeleitung sind bestens auf diesen besonderen Patienten vorbereitet. Allerdings haben wir es mit einem medizinisch schwierigen Fall zu tun. Sie kennen ja gewiss die Diagnose.« Natürlich hatte sich der Eigentümer über die Hintergründe erkundigt. »Das ist es ja gerade, Dr. Kistenmeier. Wie beurteilen Sie seine Aussichten? Die Überlebensquoten bei dieser Krebsart sind ja alles andere als ermutigend. Hat er denn überhaupt Chancen auf einen erfolgreichen Eingriff? Ich meine, wird er es nach Ihrer Einschätzung wenigstens bis zur Chemotherapie schaffen?« Der Arzt musste nicht lange nach den Hintergründen dieser Frage rätseln und hörte weiter zu. »Sie wissen doch, wie prominent Herr von Seelenthal ist. Eine höchst beliebte Persönlichkeit in unserer Gesellschaft. Bislang scheint die Presse noch nichts über seine Erkrankung zu wissen.

Zumindest stand bislang nichts in den Zeitungen. Aber wenn er, Gott behüte, diese schwierige Operation nicht übersteht, werden sich die Medien auf diese Story stürzen. Und dann stehen auch wir unweigerlich in den Schlagzeilen.«

Typisch von Assberg, dachte der Chefarzt. Hier ging es weniger um menschliche Anteilnahme und berechtigte Sorgen um einen Patienten als vielmehr um eigene Interessen. Der Eigentümer machte sich in erster Linie Gedanken um den Ruf seiner Klinik. Er überlegte kurz, bevor er diplomatisch antwortete. »Ich kann Ihre Bedenken verstehen, Herr von Assberg. Wir würden Herrn von Seelenthal aber gewiss nicht operieren, wenn wir Chefärzte uns in der Tumorkonferenz nicht über die realistischen Chancen einer OP nach der Whipple'schen Methode einig wären. Mit seinen 60 Jahren ist er körperlich in einer sehr guten Verfassung, die uns ebenfalls zu einem solchen Eingriff ermutigt. Natürlich wissen wir erst mehr, wenn er auf dem Tisch liegt, und ich kann ihnen natürlich keine Erfolgsgarantien geben. Die viel entscheidendere Frage ist, ob das Pankreasmalignom bereits gestreut hat und wie er danach die onkologische Therapie verkraftet.« Bernd von Assberg hatte genug medizinisches Verständnis und war mit dieser Erklärung zufrieden. »Danke für Ihre Einschätzung, Prof. Dann wünsche ich Ihnen eine glückliche Hand. Richten Sie bitte auch Ihren Kollegen meinen ausdrücklichen Dank für ihre Bemühungen aus und halten Sie mich unbedingt über den weiteren Verlauf informiert. Sie rufen mich freundlicherweise gleich nach der OP kurz an, ja?«

Hubertus von Seelenthal musste bei seiner Frau Anna große Überzeugungsarbeit leisten, um ohne sie ins Krankenhaus zu fahren. Sie wollte ihn partout begleiten und konnte in diesem Moment nicht verstehen, weshalb ihr Mann gerade jetzt allein fahren wollte.

Hubertus hatte große Angst vor dem, was ihn gleich erwartete, sobald er die große Empfangshalle der Hanse CityClinic betreten würde. Um 10:00 Uhr wollten ihn der Ärztliche Direktor und die Pflegeleiterin auf der Komfortstation in Empfang nehmen. Dann würde der Countdown für eine lange Reise in die Ungewissheit beginnen. In dieser Sekunde musste er an die deprimierenden Zahlen der Überlebensstatistiken bei seiner Krebserkrankung denken. Nein, das durfte er nicht, denn wenn er selbst nicht an eine Minimalchance glauben würde, könnte er sich gleich die aufwendige OP und langwierige Nachbehandlung ersparen.

Er machte gute Miene zum bösen Spiel und lächelte Anna liebevoll an. »Schau, mein Liebes, wenn du heute am frühen Abend zu mir kommst, erwarte ich dich freudvoll in meinem schicken Klinikzimmer. Ich bin dann schon einen Schritt weiter und kann dir alles berichten. Bitte sei so lieb und bestell mir ein Taxi.« Anna musste weinen. »Ich möchte bei dir sein und kann jetzt unmöglich allein zu Hause sitzen. Ich würde verrückt werden.« Hubertus nahm sie zärtlich in die Arme. »Aber, aber, Lieblingsfrau. Das bist du doch schon. Sonst wären wir doch auch nicht zusammen. Schau, wir können in der nächsten Zeit nicht mehr so zusammen sein, wie wir es die vielen Jahren waren. Ich werde operiert, bin dann auf der

Intensivstation und, wenn alles gut verläuft, nach ein paar Tagen zurück auf meinem Zimmer. Wir müssen nunmehr lernen, mit dieser Situation umzugehen. Jetzt gleich. Versteh mich bitte. Nichts wäre mir lieber, als dich ständig an meiner Seite zu haben. Aber ich muss mich jetzt auf das einstellen, was mich gleich, in nicht einmal einer Stunde, erwartet. Deshalb muss ich jetzt allein sein.«

Anna wischte sich Tränen von ihrer leicht erröteten Wange und umarmte ihren Hubertus. »Ja, Liebster. Wir müssen jetzt stark sein. Wir können das. Und du wirst es schaffen. Ich liebe dich.«

Dann eilte sie zum Telefon und bestellte das Taxi. Als Hubertus von Seelenthal zehn Minuten später mit seiner Reisetasche die Wohnung verließ, fragte sie sich, ob er jemals wieder ihr Zuhause würde betreten können. Anna von Seelenthal war überhaupt nicht religiös und ging nie in eine Kirche. Aber in diesem Moment hatte sie das große Bedürfnis, dafür zu beten.

Pünktlich betrat Hubertus von Seelenthal die Klinik und ging direkt zu den Fahrstühlen. Ihm war mulmig, sein Magen hatte sich fast schmerzhaft zusammengezogen, seine Kehle war ausgetrocknet und wie zugeschnürt. Er würde gleich nach einem großen Glas kaltem Wasser fragen.

Die Komfortstation lag genau in der Mitte des 24-stöckigen Gebäudes. Ihre modern eingerichteten Einzelzimmer waren sehr hell und geräumig. Sie erinnerten mehr an ein 4-Sterne-Hotel als an ein typisches Krankenhaus. Hubertus entdeckte sofort die Minibar und entnahm eine große Flasche Mineralwasser. Er hatte noch nicht einmal das Glas ausgetrunken, als es an der Tür klopfte. Prof. Winkmann lächelte ihn an und streckte ihm seine Hand entgegen. »Willkommen in unserer Klinik, Herr von Seelenthal. Ich hoffe, Sie fühlen sich den Umständen entsprechend wohl. Bitte zögern Sie nicht, jederzeit unsere Pflegeleiterin Frau Schubert oder mich anzurufen, sofern Sie Wünsche oder Fragen haben. In Kürze beginnen wir mit den Vorbereitungen für Ihre Operation, die wir bereits für morgen gegen 09:00 Uhr terminiert haben.«

Hubertus von Seelenthal blickte auf seine Uhr. In nicht einmal 24 Stunden würde er sein Leben in die Hände eines Operateurs legen. Er verdrängte alle weiteren Gedanken und hörte dem Ärztlichen Direktor aufmerksam zu.

»Wir werden Ihnen gleich noch einmal etwas Blut abnehmen. Auf ein weiteres EKG können wir getrost verzichten, da Sie ja erst kürzlich zum Check-up bei uns waren. Ihr Herz und das Kreislaufsystem sind völlig in Ordnung. Das ist schon mal ein wichtiger Pluspunkt. Am frühen Nachmittag kommt Dr. Morino zu Ihnen aufs Zimmer. Er ist Chefarzt unserer Anästhesie und wird die Narkose mit Ihnen besprechen. Ihr Operateur Dr. Kistenmeier dürfte dann gegen 16:00 Uhr bei Ihnen sein und Sie im Detail über den Eingriff informieren. Ich kann mir gut vorstellen, wie Ihnen zumute ist. Wir geben Ihnen spätestens heute Abend etwas zur Beruhigung, damit Sie gut schlafen und morgen früh ausgeruht sind. Seien Sie sicher, Herr von Seelenthal, Sie sind bei uns in den allerbesten Händen. Wir sind Tag und Nacht für Sie da. Mit ein bisschen Glück sind die Chancen ganz gut, dass Sie wieder recht bald zu Hause sind. Wichtig ist, dass Sie die richtige Einstellung behalten. Und lassen Sie sich um Himmels willen nicht von statistischen Prognosen verrückt machen. Das sind nur theoretische Zahlen. Die Medizin bewirkt oft Wunder. Dafür könnte ich Ihnen viele Beispiele geben.«

Hubertus von Seelenthal sah den Ärztlichen Direktor dankbar an. »Wenn Sie nicht wären, lieber Herr Prof., wäre ich jetzt nicht hier. Sie haben mein Vertrauen und sind meine große Hoffnung.« Die beiden Männer nickten sich lächelnd zu und schüttelten sich lange die Hand.

Der restliche Tag verging sehr schnell. Nach dem angenehmen Gespräch mit dem sympathischen Anästhesisten wartete Hubertus von Seelenthal auf den Chirurgen. Er hatte einiges über die geplante Operationsmethode gelesen und wollte unbedingt den Arzt fragen, wie sein künftiges Leben nach einem so drastischen Eingriff in seine Organe aussehen würde. Könnte er jemals wieder normal essen und auch ein Gläschen Wein trinken? Und würde seine Verdauung wieder normal funktionieren? Sicher werde er täglich mehrere Tabletten schlucken müssen. Aber so weit war er ja noch lange nicht. Nach überstandener Operation würde die Behandlung weitergehen. Dann stünde die Chemotherapie mit ihren gefürchteten Nebenwirkungen auf dem Plan. Davor graute ihm noch mehr als vor dem komplizierten Eingriff, von dem er ja nichts mitbekommen würde. Dr. Morino hatte ihm einen friedlichen Schlaf versprochen. Und auch danach auf der Intensivstation würde er keine Schmerzen erleiden müssen. Aber vor dem Tropf mit dem aggressiven Gift gegen den Tumor und seine befürchteten Metastasen hatte er große Angst.

Es klopfte wieder an seiner Zimmertür und Hubertus hoffte auf Dr. Kistenmeier, den er schon längst erwartete. Als er öffnete, stand Anna vor ihm und fiel ihm sofort um den Hals. »Ich habe es zu Hause nicht mehr ausgehalten und musste zu dir.« Obwohl er sie gebeten hatte, erst am Abend zu kommen, freute sich Hubertus jetzt doch sehr über ihren vorzeitigen Besuch. »Eigentlich müsste Dr. Kistenmeier schon längst hier sein. Ich weiß immer noch viel zu wenig über den Eingriff, der schon morgen stattfinden soll. Die Operation ist für 09:00 Uhr angesetzt. Das Aufklärungsgespräch mit dem Anästhesisten habe ich bereits hinter mir. Dieser Dr. Morino macht einen sehr fachkundigen Eindruck und ist sehr nett. Er wird persönlich die Narkose bei mir machen. Hoffentlich kommt dieser Dr. Kistenmeier bald. Willst du dir das wirklich alles anhören, Anna? Ich weiß nicht, ob das so gut ist.« Anna nickte energisch. »Ich möchte das alles wissen. Informationen sind ein gutes Hilfsmittel gegen Angst.«

Dr. Kistenmacher war sich unsicher, wie sehr er bei diesem Patienten ins Detail gehen sollte. Hubertus von Seelenthal war eine stadtweit bekannte Persönlichkeit. Sehr beliebt und angesehen, aber auch höchst selbstbewusst und blitzgescheit. Er hatte großen Respekt vor ihm. Bevor er an der Zimmertür klopfte, warf er noch schnell einen Blick auf seine goldene Armbanduhr. »Verflucht, ich wollte ja schon vor einer Stunde hier sein.« Hoffentlich ist Herr von Seelenthal nicht verärgert. Er konnte sich gut in die mentale Verfassung eines Patienten hineindenken, dem ein so großer Eingriff unmittelbar bevorstand und der große Angst um sein Leben hatte. Berechtigte Angst, wie der Chirurg aus langjähriger Erfahrung wusste.

Er hatte zahlreiche Frauen und Männer mit diesem heimtückischen Krebs operiert, der oft viel zu spät erkannt wurde und bereits im Körper gestreut hatte. Die meisten von ihnen haben nicht einmal die ersten fünf Jahre nach dieser teuflischen Diagnose überlebt.

Auch bei Hubertus von Seelenthal ist das Pankreasmalignom erst bei einer kürzlich durchgeführten Routineuntersuchung zufällig entdeckt worden, weil er über gelegentliche Bauchkrämpfe geklagt hatte. Zudem waren seine Augen leicht gelblich verfärbt. Wie gut, dass Kollege Winkmann vorsichtshalber eine Kernspintomografie veranlasst hatte. Leider hatte sie den leisen Verdacht auf Krebs der Bauchspeicheldrüse bestätigt. Nun musste dringend gehandelt werden.

Nachdem er sich für seinen späten Besuch mehrfach entschuldigt hatte, nahmen sie zu dritt Platz in der Sitzecke des Zimmers auf der neuen Komfortstation. Anna und Hubertus saßen nebeneinander auf der grauen Couch, Dr. Kistenmacher gegenüber in einem bequemen Sessel. Er hatte umfangreiches Bildmaterial mitgebracht, das zwischen ihnen auf dem Tisch lag.

»Vielleicht sollte ich Ihnen zunächst erzählen, was wir mit dieser OP genau vorhaben«, schlug Dr. Kistenmeier vor und fragte seinen Patienten, ob er bereits von der Whipple'schen Methode gehört hatte.« Hubertus schüttelte seinen Kopf, er hatte zwar ein bisschen darüber gelesen, wollte aber in diesem Gespräch beim Nullpunkt beginnen.

Ursprünglich wollte Bernd von Assberg zum Ende der Woche verreisen. Er hatte für Freitag einen Erste-Klasse-Flug nach Miami gebucht. Gleich nach Ankunft würde er mit dem Leihwagen Richtung Fort Lauderdale fahren und auf eine einwöchige Kreuzfahrt quer durch die Karibik gehen. Die meisten Inseln kannte er allerdings schon von vorherigen Reisen und er würde sich daher dieses Mal die Landgänge weitgehend ersparen. Dafür freute er sich auf das private Deck seiner großen Luxuskabine, die ihm herrliche Sonnenstunden bei wohltuender Meeresluft versprach.

Der Eigentümer der Hanse CityClinic hatte sich diesen Urlaub redlich verdient, denn die letzten Monate waren sehr anstrengend gewesen. Fast täglich musste sich der 66-Jährige mit neuen Baustellen beschäftigen und viele Probleme lösen, die größtenteils Sache seiner Mitarbeiter gewesen wären. Von seinen hochbezahlten Führungskräften erwartete er, dass sie ihm den Rücken freihielten. Natürlich wollte er in allen wichtigen Themen eingebunden sein, denn der gebürtige Schwabe war schon von klein auf ein recht misstrauischer Mensch.

Bernd von Assberg galt im eigenen Haus als absoluter Kontrollfreak, dem selten etwas entging. Er hatte eine gute Nase besonders auch für Dinge, die man am liebsten vor ihm verborgen halten wollte. Dass er mit dieser Eigenart sein Managerteam ziemlich verängstigte und die erwartete Entscheidungsfreiheit in der Realität gar nicht zuließ, war ihm selbst nicht bewusst. Und wenn doch, dann würde er sich diesen Punkt nicht eingestehen wollen. Privat war er ein vergleichsweise einsamer Mann, der aber auch keine neuen

Kontakte suchte. Er hatte einige geschäftliche Bekannte, aber nicht wirklich persönliche Freunde. Und aus Beziehungen zu Frauen hatte er sich noch nie richtig etwas gemacht.

Mit 39 lernte er die Floristin Elvira kennen, die er wenige Monate später heiratete. Die kinderlose Ehe ging bereits nach vier Jahren in die Brüche, die gebürtige Italienerin konnte seine gefühllose Kälte nicht mehr ertragen und zog in die warme Toskana. Diese Trennung empfand er keineswegs als schmerzhaften Verlust, sondern verspürte eher das erleichternde Gefühl einer wieder gewonnenen Freiheit.

Der Geschäftsmann genoss fortan sein Single-Leben und gönnte sich als eines der wenigen Freuden gelegentliche Besuche von exklusiven Premieren auf den berühmtesten Opernbühnen der Weltmetropolen. Für eine besondere Aufführung war ihm keine Reise zu weit, geschweige denn zu teuer. Er war ein passionierter Musikliebhaber und bewunderte die großen Tenöre. Diese faszinierenden Stimmen hörte er sich in seiner Freizeit stundenlang an. Dafür hatte er sich in seiner Villa extra ein schalldichtes Musikstudio von einem international bekannten Tonmeister konzipieren und ausstatten lassen. Nicht einmal seine südamerikanische Haushälterin, die seit Jahren in dem Haus wohnte und für ihn täglich die Mahlzeiten zubereitete, durfte in seiner Abwesenheit den stets verschlossenen Raum betreten.

Es war übrigens der einzige verschwenderische Luxus, den sich dieser steinreiche Mann gönnte. Er hatte für diese Leidenschaft so viel wie für eine kleine Eigentumswohnung in besten Stadtlagen gezahlt. Die ebenfalls stattlichen Ausgaben für seine regelmäßigen

Städte- und Urlaubsreisen standen in keinem Verhältnis zu seinem Privatstudio und der großen Musiksammlung.

Eine weitere Leidenschaft entdeckte Bernd von Assberg erst kurz nach seinem 50. Geburtstag. Bis dahin war ihm nicht bewusst gewesen, dass er zunehmend auf junge gut aussehende Männer reflektierte.

Es passierte auf einer Geschäftsreise nach Indien, wo man ihm eine erfolgreiche Privatklinik zum Kauf angeboten hatte. In Neu-Delhi lernte er Dilip kennen, der an der Rajiv Gandhi University in Itanagar im vierten Semester Medizin studierte. In seinen Ferien arbeitete er als Taxifahrer. Bernd von Assberg war zu ihm ins Auto gestiegen und ließ sich ins Taj Mahal Hotel fahren. Der 22-jährige Sikh stammte aus armen Verhältnissen und musste ohne Unterstützung seiner Eltern auskommen. Er war von der positiven Ausstrahlung des bildschönen Jungen beeindruckt. Wie sehr wünschte er sich diesen Ehrgeiz und Fleiß bei gleichzeitig so bescheidenen Ansprüchen auch von der jungen Generation in Deutschland. Dilip gefiel ihm und er empfand sofort eine Art Seelenverwandtschaft mit diesem jungen Menschen. Deshalb buchte er den jungen Chauffeur komplett für die nächsten zwei Tage und zahlte ihm mehr als der Student in einem ganzen Monat als Taxifahrer verdiente. Als sie sich am Vorabend seiner Rückreise herzlich verabschiedeten, ergriff von Assberg spontan die Initiative. »Dilip, Sie gefallen mir und ich möchte Sie fördern. Wir sollten uns unbedingt wiedersehen. Hätten Sie nicht Zeit und Lust auf ein Treffen in London? Ich bin dort in zwei Wochen zu einer Opernpremiere und lade Sie herzlich zu einer Englandreise ein, sofern auch

Sie schöne Musik mögen. Selbstverständlich übernehme ich alle Kosten.«

Noch bevor er das Flugzeug am nächsten Morgen nach Deutschland bestieg, hatte Bernd von Assberg seinem neuen Freund einen Flug gebucht und ihm das Ticket per E-Mail zugeschickt. Und als er 14 Tage später in London landete, erwartete ihn Dilip bereits in der gebuchten Suite des Ritz am Piccadilly. Nach der Oper fuhren sie in das bekannte asiatische Restaurant Zuma und bestellten sich verschiedene Spezialitäten aus der japanischen Küche. Danach verbrachten sie die erste Nacht in einem gemeinsamen Bett. Sie waren beide schüchtern und trauten sich zunächst nicht, ihre Zuneigung füreinander zu zeigen. Bernd von Assberg bewunderte den makellosen Körper des jugendlichen Lovers. Langsam kamen sie sich näher und er genoss die zärtlichen Berührungen, die in ihm eine neuartige Lust erzeugten. Das hatte er in dieser Intensität noch nie erlebt. Dilip hatte einen emotionalen Eisklotz zum Schmelzen gebracht.

Ihr Verhältnis dauerte fast zwei Jahre. Sie trafen sich fast monatlich in verschiedenen Städten Europas. Bernd von Assberg vermied jedes Risiko, die späte Wahrnehmung seiner Homosexualität zu offenbaren. Da über sein Privatleben nie etwas in seiner Klinik bekannt geworden war, fragten sich die Mitarbeiter, ob er überhaupt eins haben würde. Dass er sich einen jungen Liebhaber in Indien hielt, konnte wahrhaftig niemand ahnen. Den laufenden Unterhalt an Dilip veranlasste der Eigentümer über ein Schweizer Bankkonto. Bis zum Ende des Studiums zahlte er monatlich 1.200 Euro per Dauerauftrag. Nach seinem Universitätsabschluss beschaffte er ihm in New Dehli eine ärztliche Assistenzstelle. Auch hier agierte er wieder diskret im Hintergrund über einen Mittelsmann in London, der einen ihm bekannten Klinikchef in New Delhi im Namen eines sehr wichtigen Geschäftspartners bat, den sehr talentierten Nachwuchsmediziner einzustellen. Nachdem somit der Grundstein für Dilips berufliche Karriere gelegt war, beendete Bernd von Assberg die Beziehung.

In der Folgezeit ließ er sich gelegentlich mit anderen jungen Männern vorzugsweise während seiner Fernreisen ein. Auch das war für ihn ein zusätzlicher Grund, tolle Kreuzfahrten zu buchen und sich an Bord beispielsweise mit Stewards zu amüsieren, die mit dieser einträglichen Nebenbeschäftigung ihren Lohn erheblich aufbessern konnten. Und dieser Bernd von Assberg aus Deutschland konnte bekanntermaßen ein sehr großzügiger Mann sein.

Als Chefsekretärin Maike die Bürotür des Eigentümers einen Spalt öffnete, konnte Bernd von Assberg noch nicht ahnen, dass er sie schon in einer halben Stunde beauftragen würde, die bevorstehende Urlaubsreise zu stornieren. »Was gibt es denn, Maike? Habe ich einen Termin verpasst?«

Die vertraute Assistentin, die über ihren Chef mehr als jeder andere wusste, schüttelte den Kopf. »Nein, Herr von Assberg. Unser Hygienemann möchte Sie allerdings dringend sprechen. Es muss wohl sehr wichtig sein.«

Und sicher auch ärgerlich, dachte sich der Eigentümer. »Okay, okay, er soll reinkommen.«

Heinrich Schneider wusste nicht so recht, wie er mit seinem Anliegen anfangen sollte. Er hatte ohnehin einen schweren Stand beim Eigentümer. Schließlich verursachte sein Bereich nur Kosten und machte keine Umsätze. Und da die erforderlichen Investitionen für die Hygiene in einem Krankenhaus unaufhaltsam stiegen, fiel seine Etatposition in den jährlichen Bilanzen immer wieder durch dunkelrote Zahlen auf. Die branchenweite Problematik um multiresistente Keime bestand auch in der Hanse CityClinic und führte gerade bei frisch operierten Patienten zu teilweise lebensbedrohlichen Infektionen.

»Schneider, kommen Sie mir ja nicht mit Hiobsbotschaften. Und bitte auch nicht mit weiteren finanziellen Forderungen. Sie geben zwar immer mehr Geld für hygienische Maßnahmen aus, aber die bedrohlichen Keime haben sich fest bei uns eingenistet. Also, worum geht es diesmal?«

»Ich habe einen sehr unerfreulichen Anruf bekommen«, begann der verunsicherte Mitarbeiter und wurde prompt vom Eigentümer unterbrochen. »Davon bekomme ich täglich gut ein Dutzend. Und auch überraschende Besuche.«

Heinrich Schneider fasste seinen ganzen Mut zusammen. »Wir haben schon seit einiger Zeit Probleme in der Sterilgutaufbereitung und diese seinerzeit doch auf Drängen von Herrn Frankenberg aus Kostengründen ausgelagert. Der Dienstleister bereitet uns jedoch inzwischen erhebliche Schwierigkeiten, weil wir leider immer öfter hygienische Mängel feststellen.«

»Was heißt das?«, fragte der Eigentümer mit einer bereits klaren Vorahnung auf das, was ihm der Hygienemann gleich mitteilen würde.

»Fast täglich müssen wir unbrauchbare Operationssiebe aussortieren, weil der Inhalt nicht vorschriftsmäßig sterilisiert worden ist. Um diese Beanstandungen dokumentieren zu können, haben wir ein Gutachten beauftragt. Mein Anrufer gehörte zu den Experten, die das näher untersucht haben. Er bestätigte leider unsere Befürchtungen. Ich kenne den Mann sehr gut. Wir waren früher mal Arbeitskollegen und tauschen uns noch heute gelegentlich aus.«

Bernd von Assberg war verärgert und witterte die große Gefahr für seine Klinik. Wenn die Behörden und die Presse davon Wind bekämen, könnten sie ihre OP-Säle schließen. Die Folgen mochte er sich nicht ausdenken. Sie wären medizinisch wie wirtschaftlich katastrophal. »Warum haben Sie mich nicht schon viel früher informiert?«, schimpfte er, «und wieso weiß ich nichts von diesem Gutachten? Wer hat das in Auftrag gegeben?«

Der eingeschüchterte Mitarbeiter zögerte mit seiner Antwort. »Ich hatte bereits vor zwei Monaten mit Herrn Frankenberg darüber gesprochen. Er wollte sich mit unserem Ärztlichen Direktor abstimmen und entsprechende Konsequenzen ziehen. Danach habe ich nichts mehr gehört. Ich weiß nur indirekt durch meinen Bekannten, dass dieses Gutachten in Auftrag gegeben worden ist. Wie gesagt, Herr Frankenberg hat mich trotz meiner Zuständigkeit nicht weiter informiert.«

Mit gepresster Stimme rief von Assberg seine Sekretärin. »Maike, wir müssen gleich eine Sitzung mit höchster Dringlichkeit einberufen. Ärztlicher Direktor, Chefärzte aller operativen Abteilungen einschließlich Endoskopie sowie Rechtsabteilung und unbe-

dingt auch unseren Herrn Verwaltungsdirektor. Hol
mir die Leute ganz schnell an den Tisch.«

Maike nickte und informierte ihren Chef über die
Abwesenheit des Justiziars. »Herr Blaustein ist noch
auf seinem Rechtsmedizin-seminar.«

Ihm war, als hörte er Stimmen. Weit weg, irgendwo im Hintergrund. Hubertus von Seelenthal war kurz davor, sein Bewusstsein wiederzuerlangen. Langsam kamen seine Gedanken zurück. Er sollte doch operiert werden. Oder hatte er den Eingriff bereits hinter sich? Es war ihm in dieser Sekunde noch nicht ganz klar. Er brauchte noch etwas Zeit, um aus der tiefen Narkose aufzuwachen und wieder klar denken zu können.

Allmählich erinnerte er sich an diesen freundlichen Dr. Morino, der ihm im Vorbereitungsraum des Operationssaales ermutigend die Hand gedrückt hatte. »Ich gebe Ihnen jetzt etwas zum Einschlafen. Es geht ganz schnell. Entspannen Sie sich.«

Der Anästhesist hatte den Satz noch nicht ganz zu Ende gesprochen, als Hubertus spürte, wie sein Bewusstsein durch die milchigweiße Substanz der kleinen Spritze nach hinten wegsackte.

Nun war es wohl vorbei und allmählich wurde ihm klar, dass er den mehrstündigen Eingriff überlebt haben musste. War damit bereits die erste wichtige Hürde im Kampf gegen den bösartigen Tumor in seiner Bauchspeicheldrüse genommen? Er wünschte es sich so sehr und würde alles dafür geben, weiterleben zu dürfen. Dabei musste er an das einstündige Aufklärungsgespräch mit Dr. Kistenmeier am Vorabend auf seinem Zimmer denken. Er hatte ihm die Whipple'sche Methode in allen Details erklärt. Es klang äußerst beängstigend und sehr kompliziert. Tapfer hatte Hubertus zugehört und sich immer wieder gefragt, ob er dann überhaupt noch ein normales Leben nach diesen tiefgreifenden Veränderungen des menschlichen Organsystems würde führen können.

Er hatte viele Fragen und Bedenken, die ihm der Arzt bei diesem Gespräch verständlicherweise nicht nehmen konnte. Der wiederholte Hinweis, wie oft er bereits diese Operation erfolgreich ausgeführt habe, war nicht mehr als eine allgemeine Referenz ohne persönliche Garantie für ihn. Nachdem er sich in langen Gesprächen mit seiner Frau für diesen schweren Weg entschieden hatte, musste er ihn jetzt auch gehen.

Anna hatte das Gespräch mit dem Chefarzt schweigend verfolgt und keine weiteren Fragen gestellt, um Hubertus nicht zusätzlich zu beunruhigen. Natürlich verstand sie zu wenig von Medizin, um sich eine objektive Meinung bilden zu können. Was sie da an chirurgischen Einzelheiten hörte, machte ihr große Angst. Sie konnte sich einfach nicht vorstellen, dass die menschliche Natur einfach so manipuliert werden konnte. Aber andererseits wusste sie auch um die vielen Wunder, die tagtäglich in der Medizin von begnadeten Ärzten vollbracht wurden. Und dieser Dr. Kistenmeier erschien ihr als ein sehr erfahrener Spezialist. Sie ermutigte sich selbst, dem Operateur zu vertrauen.

Hubertus war mittlerweile bei vollem Bewusstsein und registrierte, dass er auf der Intensivstation lag. Um ihn herum waren mehrere Intensivschwestern, die auf die angeschlossenen Monitore schauten und die Infusionen kontrollierten, die ihm nach der OP zugeführt wurden.

»Wie schön, dass Sie wieder wach sind«, flüsterte ihm eine etwas pummelige Krankenschwester zu. Gleichzeitig wischte sie ihm mit einem kleinen Baumwolltuch über die Stirn. »Ich rufe gleich in der Chirurgie an und informiere Dr. Kistenmeier.«

Unmittelbar nach dem gut vierstündigen Eingriff war der Chefarzt in den Warteraum geeilt, um Anna von Seelenthal über den erfolgreichen Eingriff zu informieren. »Ich bin mehr als zufrieden, es ist alles nach Plan verlaufen und Ihr tapferer Mann hat die OP sehr gut überstanden. Er ist jetzt zur weiteren Überwachung auf der Intensivstation. Sobald er ganz aus der Narkose aufgewacht ist, informiere ich Sie. Vielleicht möchten Sie sich in der Zwischenzeit ein wenig auf der Komfortstation ausruhen. Sie können doch in sein Zimmer gehen. Ich melde mich dann bei Ihnen. Wie gesagt, im Moment sieht es recht gut aus.« Natürlich fragte sich Hubertus, ob der Tumor erfolgreich entfernt werden konnte und wie es jetzt wohl in seinem Inneren ausschaute. Waren die verbliebenen Organe voll funktionsfähig oder müsste er künftig vielleicht künstlich ernährt werden? Hoffentlich bekam er bald Gelegenheit, mit Dr. Kistenmeier zu sprechen. Er spürte zu diesem Zeitpunkt keine Schmerzen, weil sein Organismus noch komplett von den wirkungsvollen Narkotika betäubt war.

Als Dr. Kistenmacher die Nachricht erhielt, dass Hubertus aufgewacht sei, eilte er sofort auf die Intensivstation. Er stand vor dem Bett des Patienten, der ihn fragend anschaute. Seine Stimme war klar, aber leise. »Sind Sie mit Ihrer Arbeit zufrieden, Doktor?«

Der Chirurg musste lächeln. »Ja, das bin ich. Aber noch mehr mit Ihnen. Sie haben die Operation sehr gut überstanden. Es gab keine unerwarteten Komplikationen, alles ist planmäßig verlaufen. Ich bin mehr als zufrieden.«

Hubertus von Seelenthal nahm das kurze Statement erleichternd auf. »Wie geht es nun mit mir weiter und wann darf ich meine Anna sehen? Ist sie informiert?«

Der Arzt nickte. »Ich habe gleich nach der OP mit Ihrer Frau gesprochen und sie beruhigt. Sie war sehr aufgeregt und auch ziemlich erschöpft. Zurzeit dürfte sie noch auf Ihrem Zimmer sein und sich etwas ausruhen. Ich würde so in einer Stunde mit Ihr zu Ihnen kommen. Heute und morgen möchte ich Sie auf der Intensivstation behalten, damit wir Sie ständig im Blick haben. Sie sind gewiss sehr müde und werden in diesen zwei Tagen viel schlafen. Keine Sorge, Schmerzen werden Sie bestimmt nicht haben. Das haben wir unter Kontrolle. Also, bis gleich.«

Hubertus ließ sich nicht lange bitten; ihm waren schon bei den letzten Worten seines Operateurs die Augen zugefallen. Als er sie wieder öffnete, stand seine Anna neben dem Bett. Sie umklammerte vorsichtig seine Hand, die über einen Venenkatheter mit dem Infusionsschlauch verbunden war. Sie achtete darauf, nicht gegen die Braunüle zu kommen, die mit einem speziellen Pflaster fixiert war. Liebevoll schaute sie ihren Mann an, dem der martialische Eingriff nicht anzusehen war. Sie war zugleich glücklich und traurig, und während sie etwas lächelte, liefen unaufhaltsame Tränen über ihre Wangen.

»Anna, wie schön, dass du bei mir bist«, flüsterte Hubertus, der erschöpft wieder einschlief, aber dann gleich wieder wach war. »Auch du musst dich jetzt ausruhen, meine Liebste. Ich bin dem Doktor so dankbar, dass alles so gut gelaufen ist.«

Obwohl die geglückte Operation nur der Anfang einer langwierigen Therapie gewesen war, weckte sie dennoch neuen Optimismus in ihm. Der positive Glaube war zurück. Wie berechtigt diese neue Hoffnung auf eine reale Überlebenschance war, konnte er zu diesem Zeitpunkt noch nicht wissen. Und auch nicht, dass er sich noch Jahre später an diesen Moment erinnern würde, als für ihn ein neues Leben begonnen hatte. Hubertus war auf dem besten Weg, die für Menschen wohl tödlichste Krebsart zu besiegen.

Joachim Frankenberg saß nachdenklich an seinem Schreibtisch, als die Sekretärin des Eigentümers bei ihm anrief und ihn per sofort zu einer Krisensitzung ins Büro des Eigentümers beorderte.

Der Verwaltungsdirektor hatte erst Minuten zuvor ein Telefonat geführt, das ihm große Sorgen bereitete. Schlimmer noch, er hatte jetzt ein geradezu beklemmendes Gefühl existenzieller Angst im Bauch. Grund war die unmissverständliche Drohung des unangenehmen Anrufers, der ihm die zweiwöchige Überfälligkeit der letzten Ratenzahlung vorhielt. Und er hatte ihm sehr schmerzvolle Maßnahmen bei einer weiteren Verzögerung angekündigt. So wie man sie von typischen Geldverleihern aus Filmen kannte. Aber er war nicht im Kino und die furchterregenden Worte des bislang so freundlichen Ukrainers waren leider bittere Realität. Wenn er nicht innerhalb von drei Tagen mindestens die Hälfte seiner beträchtlichen Schulden zahlte, würden sie ihn dorthin befördern, wo er sich bestens auskennen würde. Direkt in sein Krankenhaus; aber auf einer Bahre in die Notaufnahme statt in sein bequemes Direktorenbüro.

Joachim Frankenberg suchte verzweifelt nach Lösungen für sein finanzielles Problem. Wer könnte ihm bloß 18.000 Euro leihen, die er innerhalb von 72 Stunden bei diesem finsteren Dmytro auf den Tisch legen musste? Am besten gleich die doppelte Summe, denn diese gefährlichen Leute würden gewiss nicht lange warten, bis sie die zweite Hälfte seiner Spielschulden eintreiben würden.

Joachim Frankenberg war mittlerweile zu einem leidenschaftlichen Zocker geworden. Spielbanken und

-clubs übten eine magische Anziehungskraft auf ihn aus. Was vor wenigen Jahren noch ein gut beherrschbares Laster war, hatte sich unlängst zu einer nicht mehr kontrollierbaren Sucht entwickelt. Beim Roulette verlor der sonst so kühle und nüchterne Zahlenmensch jede Selbstkontrolle und Verantwortung. Wenn er verlor, setzte er noch mehr. Und wenn er kein Geld mehr hatte, beschaffte er sich Fremdkapital von Leuten, die von süchtigen Spielern wie ihm lebten. Er hatte keine Angst davor, die wachsenden Schulden nicht mehr zurückzahlen zu können. Denn er unterwarf sich dem naiven Fehlglauben eines bevorstehenden Gewinnes bei der nächsten Partie. Dabei realisierte er nicht, dass ihn das Glück offenbar nicht mochte und immer wieder ignorierte.

Gedankenversunken und leicht gebeugt steuerte der 54-Jährige auf das Büro des Eigentümers zu. Was um Himmels willen war denn nun wieder geschehen, dass er so ad hoc zu einer Krisensitzung gerufen wurde? Es musste etwas Schlimmes sein, denn solche Schnellschüsse kamen sehr selten vor.

Er klopfte fast schüchtern an die Tür und betrat das große Büro des Eigentümers. Offenbar hatte die Runde nur noch auf seine Teilnahme gewartet. Beide Chirurgiechefs, der Ärztliche Direktor und der Klinikhygieniker saßen bereits am Konferenztisch. Bernd von Assberg thronte wie immer am Kopf der Tafel.

»Nun kommen Sie schon«, rief er ihm zu und fuhr fort: »Herr Schneider berichtete mir von einer riesigen Schweinerei mit unseren OP-Sieben. Wenn wir Pech haben, können wir demnächst unsere Chirurgie schließen. Und am besten dann wohl gleich die ganze Klinik.«

Die Herren schauten sich abwechselnd und dann Heinrich Schneider ratlos an. Dieser wiederholte seinen Bericht, den er zuvor bereits dem Eigentümer gegeben hatte.

»Da haben wir den Salat«, schimpfte der chirurgische Chefarzt Christoph Kistenmeier. »Genau deshalb war ich nie dafür, Subunternehmer mit der Sterilisation unserer OP-Siebe zu beauftragen. Erinnern Sie sich, Herr Frankenberg? Sie haben erhebliche Einsparungen versprochen und uns stattdessen ein schlimmes Problem beschert, dessen Folgeschäden unabsehbar sind. Von den zusätzlichen Kosten will ich gar nicht reden.« Während der Verwaltungsdirektor schweigend auf die Tischplatte schaute, nickte Transplantationschef Prof. Heitmann zustimmend. »Sie haben zu hundert Prozent recht, lieber Kollege. Auch ich war gegen dieses sinnlose Outsourcing. Aber unser Verwaltungsdirektor weiß ja immer alles besser.«

Bernd von Assberg musterte seinen Verwaltungsdirektor. Was er sah, gefiel ihm gar nicht. Ein trostloser Anblick. Da hockte diese Gestalt nun wie ein Häufchen Elend in seinem mausgrauen Anzug. Die billige Streifenkrawatte war verrutscht und hing schief an ihm herunter. Er schwitzte und hatte sich den obersten Knopf an seinem schlecht gebügelten Hemd geöffnet.

»Ich habe es doch nur im Interesse unserer Klinik gut gemeint«, protestierte der unglückliche Manager mit schwacher Stimme, »ich kann doch nichts dafür, wenn andere Unternehmen ihre zugesagten und ja auch schriftlich vereinbarten Leistungen nicht einhalten.« Für kurze Zeit konnte er seine Angst vor den

Geldeintreibern verdrängen und sich auf diese neue Baustelle konzentrieren. Ein rabenschwarzer Tag, sagte er sich.

Der Eigentümer winkte energisch ab. »Nein, Herr Frankenberg, Sie machen es sich wieder mal sehr einfach. Diesen elenden Aufbereiter für Sterilgut haben Sie uns angeschleppt. Also sind Sie auch für diese Katastrophe verantwortlich. Ist doch logisch. Wer seine Probleme nicht löst, wird selbst zu einem Problem. Das verstehen Sie doch, Herr Verwaltungsdirektor? Also, wir sind gespannt auf Ihre Vorschläge und ganz Ohr.«

Im Raum war es jetzt totenstill. Alle blickten auf Joachim Frankenberg, der regungslos und wortlos wegschaute. »Geben Sie mir bitte bis morgen um 10:00 Uhr Zeit. Dann präsentiere ich Ihnen die Lösung des Problems.«

Wie bei seinen Spielschuldengläubigern war er wieder voll ins Risiko gegangen und hatte einen Termin abgegeben, von dem er zu diesem Zeitpunkt noch nicht wusste, wie er ihn einhalten konnte. Er musste unbedingt erst einmal Zeit gewinnen und hoffte auf diesen Aufschub.

»Können wir so lange warten?«, fragte Bernd von Assberg in die Runde. Die beiden Chirurgen verneinten die Frage durch eindeutiges Kopfschütteln. Heinrich Schneider hielt sich zurück und zeigte keine Reaktion.

Schließlich ergriff Prof. Andreas Winkmann das Wort. »Eigentlich nicht, aber es bleibt uns nichts anderes übrig. Es macht auch wenig Sinn, jetzt die Schuldfrage lange zu diskutieren. Wir müssen sofort handeln und sollten so schnell wie möglich das Sterilisationsgut wieder in Eigenregie bei uns im Haus aufbereiten. Das geht natürlich nicht von heute auf morgen. In der Übergangszeit sollten wir Kontrolleure in dieses Unternehmen schicken, die den Sterilisationsprozess überwachen und die Qualität sicherstellen. Ich bin kein Jurist, aber wir dürften angesichts dieser Probleme sicher ein vorzeitiges Kündigungsrecht und Anspruch auf entsprechenden Schadensersatz haben. Ich denke dabei vor allem auch an die Kosten für die Kontrolleure und den ganzen Zusatzaufwand durch dieses Fremdverschulden.«

Bernd von Assberg sah es genauso. «Sobald Herr Blaustein zurück ist, werden wir die erforderlichen Maßnahmen ergreifen. Herr Schneider, kümmern Sie sich bitte sofort um die Überwachung. Haben wir entsprechende Fachkräfte im Haus oder können wir solche zeitweise verpflichten? Alles Weitere besprechen wir dann morgen um 10:00 Uhr hier bei mir.«

Die beiden Chirurgen winkten jedoch ab, da sie um diese Zeit operierten.

»Apropos, wie ist der Eingriff bei Herrn von Seelenthal verlaufen?«, wollte der Eigentümer noch wissen. Die positive Antwort des zuständigen Chefarztes war die einzig erfreuliche Nachricht des bisherigen Tages. Dabei sollte es auch bleiben.

Es kam, wie es kommen musste. Nach dem belastenden Presseartikel im Ex-Press über angebliche Vorteilsnahmen in mehreren Kliniken der Bundesrepublik hatte Bernd von Assberg entschieden, den Vertrag mit seinem Kardiologen Prof. Heinz-Wilhelm Carl vorzeitig zu beenden. Er wollte möglichst schon in den nächsten vier Wochen seinen Nachfolger präsentieren.

Die Kardiologie war eine sehr einträgliche Abteilung für die Hanse CityClinic. Ihm waren bereits von den Personalberatern drei Kandidaten für die begehrte Stelle als Chefarzt der Kardiologie in der Hanse City-Clinic vorgeschlagen worden. Der Eigentümer hatte die Unterlagen detailliert studiert und auch einen Favoriten im Kopf. Doch zuvor wollte er mit allen Interessenten ein persönliches Gespräch führen und hatte hierfür bereits Termine mit den vorausgewählten Ärzten verabredet. Danach würde er seine Wahl treffen.

Heute stand das entscheidende Treffen mit dem noch amtierenden Kardiologen an. Dazu hatte er auch seinen Justiziar Gady Blaustein und Personalchef Rolf Leiseberg eingeladen. Prof. Winkmann musste wegen wichtiger Termine außer Haus absagen. Der Eigentümer hoffte auf eine einvernehmliche Regelung. Eine juristische Auseinandersetzung wäre nicht im Interesse der Beteiligten.

Er hätte zwar Prof. Heinz-Wilhelm Carl wegen der veröffentlichten Vorwürfe am liebsten von jetzt auf gleich rausgeworfen, aber er musste an den Ruf seiner Klinik denken und wollte keinesfalls das Risiko einer weiteren Berichterstattung zu diesem unerfreulichen Thema eingehen und den Skandal weiter verschlimmern. Die Chancen für ein stilles Abkommen waren keineswegs ungünstig.

Der beschuldigte Chefarzt stand kurz vor seinem 65. Geburtstag und hatte somit einen durchaus berechtigten Grund, kurzfristig in den Ruhestand zu gehen. Aber so einfach würde der eitle und geldbedachte Kardiologe seinen Stuhl auch nicht räumen wollen. Er war bereits über 20 Jahre in der Klinik und ein engagierter Kardiologe mit Leib und Seele. Daher dürfte es nicht einfach werden, seinen Chefarzt zu überzeugen. Hier stand dem Eigentümer schwere Überzeugungsarbeit bevor.

Außerdem rechnete von Assberg mit dem in solchen Fällen üblichen Anspruch auf eine relativ hohe Abfindung. Der goldene Handschlag würde ihn bestimmt eine ganz schöne Summe kosten. Er fragte sich, wo seine finanzielle Schmerzgrenze liegen würde. Darauf hatte er noch keine Antwort, obwohl die Besprechung schon in wenigen Minuten stattfinden sollte. Schnell blätterte er noch einmal durch die Personalakte, um sich die wichtigen Eckdaten zu merken. Wenige Minuten später klopfte es an seiner Tür und Chefsekretärin Maike kündigte die erwarteten Besucher an.

»Prof. Carl, wir müssen uns über die gebotenen Konsequenzen auf den höchst rufschädigenden Presseartikel im Ex-Press unterhalten.« Der Kardiologe hatte mit einem solchen Satz zum Gesprächsauftakt gerechnet und sich bereits eine Antwort zurechtgelegt. »Wir haben bereits ausgiebig über das Thema gesprochen, Herr von Assberg. Sie können mich nicht persönlich für diesen Artikel verantwortlich machen. Er betrifft viele Kliniken in Deutschland.«

Der Eigentümer nickte und erwiderte: »Mag sein, aber es ändert nichts an den Schlussfolgerungen, die der Leser zieht. Und danach muss er nun mal den Eindruck gewinnen, als ginge es in der Kardiologie meiner Klinik nicht mit rechten Dingen zu. Egal, ob die Vorwürfe der Presse berechtigt oder besser gesagt vielleicht etwas übertrieben sind. Im Übrigen haben Sie ja bei unserem letzten Treffen eingeräumt, Fördermittel für angebliche Projekte kassiert zu haben.«

Prof. Carl wusste allzu gut, dass er bei dieser Diskussion keine guten Karten hatte und in einer schwachen Position war. Er ahnte aber noch nicht genau, worauf der Eigentümer in Wirklichkeit aus war. Was könnten die gebotenen Konsequenzen sein? Auf die Antwort musste er nicht lange warten. Bernd von Assberg schaute ihm direkt in die Augen, lächelte und fuhr fort: »Schauen Sie, Prof., wir arbeiten bereits über 20 Jahre zusammen. Ich erinnere mich sehr wohl daran, als Sie bei uns anfingen. Sie waren damals etwas über 40 und hatten gerade habilitiert. War das nicht in München?« Prof. Carl korrigierte ihn. »Nein, Frankfurt. Und nach Hamburg wollte ich wegen meiner Frau, die hier an der Uni lehrte.« Wieder setzte der Klinikboss ein sanftes Lächeln auf. »Ja, ja, die Liebe. Ich kenne noch mehr Ärzte, die deswegen in unseren schönen Norden gezogen sind. Ich glaube, Sie haben es auch nie bereut, oder? Doch auch nicht die lange Zeit unserer guten Zusammenarbeit.« Jetzt musste der Kardiologe lächeln. »Ich hätte mir manchmal gewünscht, es etwas leichter bei Ihnen zu haben. Sie haben mir schon das Leben schwer gemacht. Vor allem, wenn es um wirtschaftliche Dinge ging.«

Bernd von Assberg wusste genau, worauf sein Gegenüber anspielte. Beim Thema Geld gab es mit allen Chefärzten immer wieder grundlegende Differenzen. Er entschloss sich, in die Offensive zu gehen. »Wenn ich nicht vernünftig wirtschaften würde, könnte ich mir dieses Gespräch mit Ihnen nicht leisten.«

Prof. Carl verstand die Botschaft nicht und zog seine Augenbrauen hoch. »Prof., lassen Sie uns nicht um den heißen Brei reden. Die Situation erfordert klare Konsequenzen. Also, wir müssen aus gegebenem Anlass unsere Zusammenarbeit kurzfristig beenden und ich möchte mit Ihnen im Interesse dieser Klinik eine Vertragsaufhebung vereinbaren. Einvernehmlich und fair.« Von Assberg schaute seinem Gegenüber direkt in die Augen und sprach weiter. »Ihr 65. Geburtstag steht demnächst bevor; das ist doch ein sehr guter Zeitpunkt, in den wohlverdienten Ruhestand zu gehen. Niemand käme bei diesem Anlass auf die Idee, dass Ihr Ausscheiden andere Gründe haben könnte. Natürlich werde ich Sie in gebührender Art und Weise verabschieden. Einschließlich einer großzügigen Abfindung. Was sagen Sie dazu, können Sie sich mit diesem Vorschlag anfreunden?«

Bevor der Arzt reagieren konnte, hob Gady Blaustein die Hand. »Prof. Carl, bedenken Sie bitte auch die laufenden Ermittlungen wegen angeblich falscher Abrechnungen in Ihrer Abteilung. Wenn die Medien noch diesen Punkt aufgreifen, haben wir alle ein wirkliches Problem, das wir dann nicht mehr so leicht und wohlwollend lösen können. Mal abgesehen davon, dass diese Sache wohl im Sande verlaufen würde, wenn Sie nicht mehr berufstätig wären.«

An diese Gefahr hatte Prof. Carl im Moment gar nicht gedacht. Er erinnerte sich aber sehr wohl an das kürzlich geführte Gespräch mit seinem Rechtsanwalt, der ihn vor den möglichen Folgen eines Vergehens wegen falscher Abrechnungen gewarnt und eindringlich gebeten hatte, keinen weiteren Streit mit dem Nachrichtenmagazin Ex-Press zu provozieren. Der Kardiologe war in der Zwickmühle. Einerseits war er sich wegen der angeblichen Fehler des Abrechnungszentrums keiner persönlichen Schuld bewusst, andererseits musste er aber aufgrund seiner Verantwortung als Chefarzt um den möglichen Entzug seiner ärztlichen Zulassung bangen. Und damit würde er sich alle Chancen nehmen, weiterhin als Kardiologe in einer anderen Klinik oder Praxis arbeiten zu dürfen. Dieses Risiko wollte er um jeden Preis vermeiden. Er wandte sich an Bernd von Assberg. »Offen gesagt, bin ich ziemlich konsterniert, dass Sie mich wie eine heiße Kartoffel nach über 20 Jahren einfach so fallen lassen. Was habe ich mir denn wirklich zu Schulden kommen lassen? Diese Klinik profitiert doch sehr von meiner Arbeit. Zahlreiche Patienten aus dem gesamten Bundesgebiet lassen sich von mir behandeln; sie kommen sogar aus dem Ausland. Der ausgezeichnete Ruf unserer Kardiologie ist ja wohl unstrittig in erster Linie auch mein persönlicher Verdienst.« Ein Einwand, der völlig berechtigt war und den der Eigentümer auch erwartet hatte. »Ja, das stimmt, Prof. Carl. Ich weiß sehr wohl um Ihre unstrittigen Verdienste für unser Haus und ich kann Ihnen dafür gar nicht genug danken. Aber Ihre ärztliche Qualifikation rechtfertigt leider nicht das besagte Fehlverhalten, das nunmehr Anlass eines hässlichen Presseartikels ist. Von den aktuellen Ermittlungen wegen falscher Abrechnungen rede ich gar nicht. Dieses Thema ist gottlob bislang nicht veröffentlicht worden. Wie gesagt, noch nicht. Wir beide wissen aber auch nicht, ob darüber nicht vielleicht doch noch mal etwas erscheint. Einen Bericht über den möglichen Entzug Ihrer Approbation möchte ja wohl keiner von uns lesen. Sie am allerwenigsten. Was sagen Sie zu dieser ganzen Geschichte, Herr Leiseberg?«

Der Personalchef war in keiner leichten Position, da er mit Prof. Carl über die Jahre einen persönlich sehr guten Kontakt pflegte. Zwischen den beiden Männern hatte sich eine Freundschaft entwickelt, sie trafen sich gelegentlich auch außerhalb der Klinik und hatten zwei HSV-Dauerkarten für das Volksparkstadion.

»Schau, lieber Heinz-Wilhelm, in deinem Alter steht ohnehin in absehbarer Zeit ein grundlegendes Gespräch über die bevorstehende Wachablösung in der Kardiologie an. Durch diese doofe Geschichte im Ex-Press greifen wir damit doch nur ein paar Monate vor. Wenn wir jetzt deinen Vertrag in Bezug auf dein Rentenalter auflösen, stehen wir doch alle gut da. Und selbstverständlich würden wir dich im Rahmen einer offiziellen Feierstunde in gebührender Form verabschieden. Einen goldenen Handschlag gibts oben drauf. Du hast dein ganzes Leben als Arzt hart gearbeitet und gehst jetzt in den verdienten Ruhestand. Das ist doch mehr als plausibel. Zumindest möchtest du aus dem täglichen Klinikstress raus und denkst darüber nach, deine Karriere möglicherweise in Teilzeit als freier Mitarbeiter oder Berater in einer kardiologischen Praxis ausklingen zu lassen. Ich kenne mehrere niedergelassene Ärzte, die an einer solchen Kooperation mit dir sehr interessiert wären.«

Der Kardiologe überlegte. Ihm war bewusst, dass er unter den gegebenen Umständen seinen Klinikjob nicht würde behalten können. »Ich verstehe schon die Problematik, meine Herren, und natürlich auch Ihre Auffassung. Aber verstehen Sie mich bitte auch. Mit dieser Kündigung habe ich nun wirklich nicht gerechnet. Ich möchte dieses Gespräch erst einmal verdauen und mich, offen gesagt, auch mit meinem Rechtsanwalt beraten.«

Die angesprochenen Herren nickten zustimmend.

»Nehmen Sie sich gern ein paar Tage Zeit«, erklärte der Eigentümer, »und wir beide unterhalten uns dann über die Modalitäten der Vertragsaufhebung. Es soll ja nun wirklich nicht zu Ihrem finanziellen Schaden sein.«

Typisch von Assberg, dachte der Kardiologe, bei ihm ging es immer nur ums Geld. »Ich denke mehr an meinen Ruf als an mein Portemonnaie. Und der wird ja nicht gerade besser, wenn Sie mich vor die Tür setzen.«

Sie trafen sich im Hotel Bristol an der Krakowskie Przedmiescie in Warschau. Ali Abdoul Bebehani und Jassem Sabah warteten in der gemütlichen Weinbar auf ihren Gesprächspartner. Hier waren sie mit einem gewissen Wojtek Kowalczyk verabredet, den sie auf Empfehlung eines Geschäftsfreundes aus Dubai treffen wollten. Der international vernetzte Pole könnte ihnen möglicherweise bei der Suche nach verkaufswilligen Spendern für dringend benötigte Organe helfen. Angeblich hatte er sich auf diesen illegalen Handel mit Nieren und Lebern spezialisiert.

In wenigen Jahren war aus dem ehemaligen Rettungswagenfahrer in Posen ein vermögender Mann geworden. Was weder Kliniken noch zuständige Organisationen vermochten, machte er meistens innerhalb von maximal 48 Stunden möglich. Der 40-jährige Junggeselle verfügte über ein weitreichendes osteuropäisches Netzwerk. Es bestand aus Frauen und Männern im Alter von 20 bis 50 Jahren. Diese größtenteils sozial schwachen Menschen waren überwiegend in akuter Geldnot und daher bereit, eine Niere oder einen Teil ihrer Leber für ein relativ bescheidenes Honorar zu verkaufen. Den größten Anteil des Kaufpreises steckte sich dabei der Vermittler in die eigene Tasche. Die ungewöhnliche Geschäftsidee kam Wojtek Kowalczyk unmittelbar nach dem Tod seiner schwer leidenden Mutter. Sie hatte nach einer mehrjährigen Niereninsuffizienz und Dialyse vergeblich auf ein Ersatzorgan gewartet.

Die beiden arabischen Geschäftspartner hatten nach dem Tipp aus Dubai keine Zeit verloren und gleich in Warschau angerufen. Heute um 17:00 Uhr wollten sie sich in dem Fünf-Sterne-Hotel im Herzen der polnischen Hauptstadt persönlich kennenlernen. Obgleich sie ausgiebig im Internet nach Informationen über den vielversprechenden Kontakt suchten, konnten sie nichts über ihn finden. Ihr künftiger Lieferant war wie ein unbeschriebenes Blatt, der seine Geschäfte mit großer Diskretion im Hintergrund machte und jede Art von öffentlicher Werbung vermied. Dafür nahm er es mit der Zeit nicht so genau und kam über eine halbe Stunde zu spät, ohne sich hierfür zu entschuldigen.

Es war noch nicht einmal 18:00 Uhr und Wojtek Kowalczyk hatte bereits sein zweites Glas Wodka geleert. Er war es schon lange gewohnt, auch tagsüber zu trinken. Sein Leben wurde immer wieder von einem hohen Alkoholkonsum bestimmt, der ihn auch seinen früheren Fahrerjob beim polnischen Rettungsdienst gekostet hatte. Seit dem Verlust der Fahrerlaubnis trank er noch mehr und nahm immer weiter an Gewicht zu. Er wog mittlerweile über 120 Kilo bei einer Körpergröße von nur 1,70 Metern und lebte extrem ungesund. Seine Oberarme hatten fast den Umfang eines männlichen Oberschenkels, sein kahler Kopf saß auf einem ebenso voluminösen wie kurzen Hals. Entsprechend schwerfällig waren seine Bewegungen und seine auffallende Kurzatmigkeit wurde von einem pfeifenden Ton begleitet.

Die beiden Araber sahen sich irritiert an. Dieser Mann entsprach nun wirklich nicht ihren Vorstellungen von einem Partner für ein so delikates Geschäft. Aber nachdem sie sich schon mal die Mühe dieser Reise gemacht hatten, wollten sie sich nun auch nicht zu sehr von einem äußeren Erscheinungsbild beeinflussen lassen und hofften, ihren ersten Eindruck in dem Gespräch korrigieren zu können. Nach Aussagen ihres Freundes musste dieser Kowalczyk eine absolute Koryphäe auf seinem Gebiet sein. Und nur darauf kam es an.

Während sich ihr Gast ungeniert den dritten Wodka bestellte, beendete Ali Abdoul Bebehani das bisherige Geplänkel und kam auf den eigentlichen Grund ihrer Zusammenkunft zu sprechen. Die Männer verständigten sich mit dem Polen auf Englisch. »Uns haben mehrere Patienten vornehmlich in den Emiraten und in Saudi-Arabien beauftragt, ihnen möglichst sehr schnell eine neue Leber oder Niere zu beschaffen. Sie sind schwerkrank und haben akuten Bedarf. Diese Menschen verfügen über alle finanziellen Möglichkeiten, um sich über unsere Organisation die bekanntlich sehr langen Wartezeiten auf den offiziellen Listen für gespendete Organe zu verkürzen.«

Der Pole winkte ungeduldig ab. »Ja, ja, ich weiß doch genau, worum es geht. Sie suchen für Ihre Auftraggeber geeignete Organspender, die einen Teil ihres Körpers zu verkaufen bereit sind. Wir reden über ein kostspieliges Geschäft und nicht über eine freiwillige Gabe. Diese Menschen nehmen große Opfer auf sich und haben nichts zu verschenken. Keine Sorge, ich verfüge über die erforderlichen Kontakte und kann Ihren Bedarf gewiss auch abdecken. Sofern Sie natürlich bereit sind, meine Preise und Bedingungen zu akzeptieren. Ohne Handel und Diskussionen. Na Zdrowie.« Mit einem kräftigen Schluck hatte der Pole auch das dritte Glas Wodka in sich hineingekippt.

Jassem Sabah schaltete sich ein. »Gut, dann sollten wir keine weitere Zeit verlieren. Bitte nennen Sie uns ihre Konditionen, Herr Kowalczyk.«

Der Geschäftsmann hatte das leere Glas noch nicht abgestellt und mühte sich, seine Sitzposition auf dem für ihn etwas schmalen Sessel zu korrigieren. »In meinem Business gibt es keine offizielle Preisliste. Ich berechne für jede erfolgreiche Vermittlung zwischen 200.000 und 250.000 Euro. Der Preis staffelt sich nach dem Alter der Spender. Je jünger, umso teurer. Das sind die Regeln. Für diesen Betrag liefere ich frei Haus. Meine Kandidaten bringen selbstverständlich die besten Voraussetzungen für eine erfolgreiche Transplantation mit. Einschließlich der ärztlichen Bescheinigungen über ihren aktuell einwandfreien Gesundheitszustand. Meine Spender haben unauffällige Laborwerte und eine blitzsaubere Krankengeschichte.«

Jassem Sabah hakte nach. »Was genau meinen Sie mit erfolgreicher Vermittlung?« Der Pole hatte diese Frage erwartet. »Wenn es aus irgendwelchen Gründen, die weder der jeweilige Spender noch ich zu verantworten haben, nicht zu einer Transplantation kommen sollte, erstatte ich Ihnen 70 Prozent der gezahlten Summe. Die 30 Prozent sind mein Kostenanteil und natürlich auch eine angemessene Entschädigung für den Spender.« Das war eine klare Ansage. »Und was meine weiteren Bedingungen betrifft, so steht bei mir totale Anonymität an oberster Stelle. Ich spreche nur mit Ihnen. Also weder mit anderen Personen aus Ihrer Organisation und schon gar nicht direkt mit Ihren Auftraggebern. Wenn wir ins Geschäft kommen, erhalten Sie von mir ein spezielles

Telefon mit einer Nummer, die ich nur für Sie einrichte. So handhabe ich es mit allen Geschäftspartnern. Wir können also jederzeit direkt sprechen. Fast rund um die Uhr und an allen Tagen. Ich bin immer erreichbar. Nur zwischen Mitternacht und 06:00 Uhr morgens schlafe ich und höre nichts.«

Es fing mit einer allgemeinen Frage an, entwickelte sich zu einem medizinischen Konferenzthema und mündete schließlich in einem heftigen Streit, der hohe Wellen bis in das Büro des Eigentümers schlug. Ausgangslage war ein Gespräch zwischen Dr. Irina Herzberg und Prof. Andreas Winkmann. Sie waren sich in der Kantine über den Weg gelaufen und der Ärztliche Direktor hatte seine junge Mitarbeiterin eingeladen, an seinem Tisch Platz zu nehmen. »Schön, dass wir uns hier zufällig begegnen. Ich habe Sie schon längere Zeit nicht gesehen und wollte Sie längst gefragt haben, ob alles okay ist und Sie sich in meiner Abteilung wohlfühlen.«

Die Ärztin strich sich durch ihr rotbraunes Haar und lächelte ihren Chef freundlich an. »Ich bin in vielerlei Hinsicht glücklich, bei Ihnen und nicht in der Onkologie gelandet zu sein. Ich meine das vor allem fachlich, denn die Vielseitigkeit der Inneren Medizin entspricht ganz meinen beruflichen Vorstellungen. Nochmals, vielen herzlichen Dank.«

Prof. Winkmann freute sich über diese positive Reaktion, die nach seiner subjektiven Wahrnehmung aber eine kleine Einschränkung beinhaltete.

»Vielerlei Hinsicht deutet aber auch auf etwas hin, das Ihnen möglicherweise nicht gefällt. Oder interpretiere ich den Wortlaut nicht ganz richtig?«

Irina war über die außergewöhnliche Feinfühligkeit des Chefarztes überrascht. »Oh je, Sie hören ja ganz genau zu und deuten jedes Wort. Es hat nichts mit mir persönlich zu tun. Ich habe sehr viel Freude an meiner Arbeit und verstehe mich blendend mit den Patienten. Und wie Sie ja sicher wissen, bin ich inzwischen auch privat sehr glücklich liiert.«

Prof. Winkmann musterte die strahlende Frau. Natürlich war ihm ihre Beziehung mit Marc Janzen bekannt. Sie hatten sich ja schließlich in der Klinik kennengelernt und in der Belegschaft wurde viel über diese Liaison zwischen der jungen Ärztin und ihrem Patienten getuschelt. Irgendwie hatte er aber das Gefühl, dass sie ihm vielleicht doch etwas sagen wollte und sich offenbar nicht so richtig traute. Es ließ ihm keine Ruhe. »Nun kommen Sie schon, Frau Dr. Herzberg, lassen Sie mich Anteil an Ihren Gedanken haben. Sie wissen doch, mit mir können Sie über alles reden.«

Das wusste die Ärztin aus eigener Erfahrung. Sie überlegte kurz, nahm einen Schluck Mineralwasser und schaute dem freundlichen Chef direkt in die Augen. »Ich muss mich wohl an die Gepflogenheiten in dieser Klinik gewöhnen. Um es vorsichtig zu sagen. Manchmal habe ich den Eindruck, dass wir unsere Arbeit mehr nach finanziellen Interessen als nach medizinischen Notwendigkeiten verrichten. Konkret gesagt, halte ich als Ärztin, wenn auch mit noch nicht allzu langer Erfahrung, manche Untersuchung bei einigen Patienten für nicht wirklich erforderlich. Ich frage mich dann, ob es vielleicht reine Geldmacherei ist. Natürlich haben die strukturellen Veränderungen im Gesundheitswesen einen hohen Kostendruck ausgelöst. Und gewiss ist es inzwischen auch in anderen Häusern so. Aber die meisten Patienten sind uns doch ausgeliefert und nicht imstande, zwischen sinnvollen und unnötigen Untersuchungen oder Behandlungen zu unterscheiden. Nutzen wir das manchmal nicht aus?«

Prof. Winkmann hatte die Gabel zur Seite gelegt und musterte die kleine Frau, die mit wenigen Sätzen etwas auf den Punkt gebracht hatte, was ihn als leidenschaftlichen Mediziner schon lange bedrückte. Er empfand viel Sympathie und auch eine enge Vertrautheit zu dieser engagierten Ärztin. Sie nahm mit offenen Augen Entwicklungen wahr, die von den meisten Kollegen bewusst ignoriert oder verdrängt wurden.

»Liebe Irina, Sie legen da Ihren Finger in eine große Wunde. Unsere Medizinwelt hat sich leider sehr verändert. Sie ist kommerzieller und zugleich widersprüchlicher denn je. Wissenschaftlich und technologisch zwar höchst innovativ, dabei aber im menschlichen Umgang ziemlich rückläufig. Die Patienten sind heutzutage leider primär Umsatzfaktoren und nur noch sekundär hilfsbedürftige Menschen.«

Irina war über die offene Reaktion ihres Chefs sehr erleichtert und wünschte sich mehr Ärzte mit seiner Einstellung und Wesensart. »Aber müssen wir Ärzte diesen Trend einfach so hinnehmen? Augen schließen und gute Miene zum bösen Spiel machen? Sind wir nur noch ohnmächtige Erfüllungsgehilfen von Eigentümern, die ihre Kliniken als wirtschaftlich einträgliche Unternehmen statt als regionale Gesundheitszentren verstehen? Unsere vorrangige Aufgabe ist es doch, Krankheiten zu diagnostizieren und zu therapieren. Und weshalb müssen wir einen Patienten durch die teure Röhre schieben, wenn wir die gleiche diagnostische Aussage erheblich preiswerter mit Ultraschall durchführen könnten? Das ist doch reine Verschwendung der ohnehin verknappten Mittel und gleichzeitig eine unnötige Belastung für den Patienten.«

Prof. Winkmann blickte auf die Uhr und stand auf. »Ich muss dieses Gespräch jetzt abbrechen, weil ich einen Besucher in wenigen Minuten erwarte. Aber ich habe Wort für Wort abgespeichert und melde mich in Kürze bei Ihnen. Ihre Fragen haben Anspruch auf klare Antworten und in erster Linie wir Ärzte stehen in der Pflicht, nach medizinischen, statt wirtschaftlichen Grundsätzen zu arbeiten. Bleiben Sie bitte so, wie Sie sind. Ich bin glücklich, Sie in meiner Abteilung zu haben. Bis bald, Irina.«

Es dauerte keine 24 Stunden, bis sich Prof. Andreas Winkmann wieder bei seiner Mitarbeiterin meldete. »Unser offenes Gespräch gestern war gut und auch wichtig. Ich habe mich entschlossen, Ihre kritischen Hinweise aufzugreifen und plane daher für unsere Abteilung und für interessierte Ärztekollegen aus den anderen Fachbereichen eine interne Konferenz zum höchst aktuellen Thema Präventionsmedizin. Hierzu werde ich eine Expertin in Frankfurt als Referentin einladen, die ich kürzlich auf einem Kongress kennengelernt habe.« Er lächelte seine Mitarbeiterin an und sprach nach einer kurzen Unterbrechung weiter. »Frau Dr. Sonja Frisch wird Ihnen gefallen. Ihr Name steht für höchst kritische Veröffentlichungen über die aktuellen Entwicklungen im Gesundheitswesen. Das Meeting findet bereits am nächsten Freitag um 17:00 Uhr in unserem Tagungsraum statt. Ich hoffe, Sie können es einrichten. Ich lege großen Wert auf Ihre Teilnahme.«

Irina war erstaunt, wie schnell der Ärztliche Direktor auf ihre Diskussion reagiert hatte. Sie musste unbedingt Marc anrufen und ihn bitten, das für diesen

Abend verabredete Treffen mit einem befreundeten Paar zu verschieben. Denn diese Konferenz wollte sie unter keinen Umständen versäumen.

»Prof. Winkmann, einmal mehr überraschen Sie mich. Ich finde diese Idee toll und bin selbstverständlich dabei. Darf ich davon ausgehen, dass alle Teilnehmer ganz offen ihre Meinung sagen dürfen?«

Der Prof. nickte zustimmend. Genau das würde er auch von dieser leidenschaftlichen und mutigen Ärztin erwarten.

Obgleich er nicht eingeladen war, wollte Joachim Frankenberg unbedingt an dieser kurzfristig einberufenen Ärztekonferenz teilnehmen. Mehrfach hatte er bereits aus verschiedenen Ecken von dieser Frau Dr. Frisch und ihren kritischen Ansichten über die heutige Vorsorgemedizin gehört. Was diese angebliche Wissenschaftlerin von sich gab, war aus seiner Sicht geradezu geschäftsschädigend. Nein, er musste unbedingt dafür sorgen, dass sich diese befremdlichen Theorien nicht in seiner Klinik verbreiten. Der Verwaltungsdirektor entschloss sich, Prof. Winkmann anzurufen und seine Teilnahme anzumelden. Die Reaktion überraschte und verärgerte ihn zugleich.

»Herr Frankenberg, Ihr Interesse für dieses Thema in allen Ehren, aber wir veranstalten eine medizinische Konferenz ausschließlich für unsere Ärzte. Im Übrigen wäre unsere Referentin sicher irritiert, wenn auch Vertreter von der kaufmännischen Seite dabei sind. Mit ihren Ansichten erfreut sie sich ja nicht gerade großer Beliebtheit bei Ihren Kollegen im kaufmännischen Management. Abgesehen davon sollten Sie aus einer offenen Diskussion mit ihr nicht schließen, dass wir nun ihren Standpunkt in jeder Hinsicht teilen. Wir Ärzte sind immer verpflichtet, unsere Vorgehensweise zu hinterfragen und uns ebenso mit gegensätzlichen Standpunkten auseinanderzusetzen. Das sollten Sie vielleicht auch so handhaben.«

Was für eine unverschämte Randbemerkung, sagte sich der Verwaltungsdirektor und brachte den Eigentümer ins Spiel. »Ich weiß nicht, was unser Klinikeigentümer dazu sagen würde.« Prof. Winkmann ließ diese indirekte Drohung kalt. »Am besten, Sie fragen ihn selbst. Im Übrigen ist er über unsere Veranstaltung informiert. Wir haben nichts zu verbergen. Auch in dieser Hinsicht sind wir offenkundig nicht ganz deckungsgleich.«

Schon wieder eine recht deutliche Anspielung, befand Joachim Frankenberg und wählte die Nummer seines Vorgesetzten.

»Gut, dass Sie mich anrufen, Herr Frankenberg. Wir beide müssen ohnehin ein persönliches Gespräch darüber führen, wie es mit uns weitergeht. Es dürfte Ihnen nicht verborgen geblieben sein, dass ich seit einiger Zeit mit Ihrer Arbeit höchst unzufrieden bin. Also kommen Sie lieber zu mir, statt an einer ärztlichen Konferenz teilzunehmen, zu der Sie inhaltlich wenig beisteuern können. Oder verfügen Sie neuerdings über medizinisches Know-how?«

»Natürlich nicht, Herr von Assberg. Aber ...« Der Eigentümer unterbrach ihn. »Aber was, Herr Frankenberg? Machen Sie endlich Ihren Job richtig, statt sich immer wieder woanders einzumischen. Wie gesagt, wir müssen schleunigst reden. Maike ruft Sie nachher an und vereinbart einen kurzfristigen Termin. Ach ja, damit es keine Missverständnisse gibt. Auch ich bin wahrhaftig kein Fan von dieser Frau Frisch. Aber man sollte sie schon ernst nehmen und ihre Bedenken mit überzeugenden Argumenten entkräften. Unser Ärztlicher Direktor und seine Mitarbeiter sind dazu bestimmt in der Lage; auch ohne Ihre persönliche Hilfe.«

Irina Herzberg hörte fasziniert zu. Das Referat von Dr. Sonja Frisch ging noch weit über ihre kritischen Anmerkungen im Gespräch mit Prof. Winkmann hinaus. Immerhin hatte sie damit den Ärztlichen Direktor auf die Idee von dieser Ärztekonferenz gebracht.

Die Wissenschaftlerin stellte wichtige Leitlinien der heutigen Medizin grundlegend infrage. Als typische Zielgruppe nannte sie Patienten mit erhöhtem Blutdruck, Cholesterin und Diabetes. Die Zahl der hiervon betroffenen Menschen habe auch deshalb dramatisch zugenommen, weil die als Norm geltenden Laborwerte fortlaufend gesenkt worden sind.

»Somit werden heute Menschen für krank erklärt, die nach gestrigen Maßstäben noch gesund waren. Von dieser Entwicklung profitiert vor allem die Pharmaindustrie, weil dadurch erheblich mehr Medikamente verkauft und eingenommen werden.«

Die meisten Teilnehmer der Ärztekonferenz kannten natürlich die Hintergründe dieser Problematik. Insgesamt hatten sich über 20 Ärzte in dem Tagungsraum eingefunden. Neben dem Ärztlichen Direktor und Stationsoberarzt Dr. Olaf Gellert wollte es sich auch Radiologiechef Prof. Walter Schultz nicht nehmen lassen, sich die provokanten Ansichten dieser kritischen Frau persönlich anzuhören.

Dr. Sonja Frisch fuhr unbeirrt fort. »Liebe Kolleginnen und Kollegen, wir wissen doch allzu gut, warum das so ist. Die sogenannten Referenzwerte dieser dynamisch zunehmenden Volkskrankheiten werden ja bekanntlich von der Weltgesundheitsorganisation festgelegt. Und wie kommt diese Institution zu ihren Erkenntnissen? Ganz einfach, sie orientiert sich vornehmlich an den Empfehlungen der verschiedenen Fachgesellschaften. Hier besitzen die US-amerikanischen Quellen den wohl höchsten Einfluss.« In dem Konferenzraum war es still, die Anwesenden hörten der eloquenten Referentin aufmerksam zu. Die Wissenschaftlerin war ganz in ihrem Element. »Bei uns Ärzten schließt sich dann der Kreis. Diese Leitlinien sind ja wiederum Ihre maßgebende Orientierung für die Diagnose und Therapie Ihrer Patienten. Aber fragen auch Sie sich gelegentlich, wer wesentliches Interesse daran haben könnte, diese Grenzwerte immer weiter zu senken und damit immer mehr Patienten zu schaffen? Nun ja, nach den Antworten müssen wir ja nicht lange suchen. Nur sollten wir Ärzte schon die Konsequenzen daraus ziehen und uns nicht nur streng an starre Leitlinien halten. Die Gesundheit und das Wohlergehen unserer Patienten sind und bleiben doch unser wichtigstes Ziel. Hand aufs Herz, ich hege erhebliche Zweifel daran, dass sich durch Medikamente infolge der nach unten korrigierten Leitlinien bei Blutdruck, Cholesterin und Diabetes die Lebensdauer der betroffenen Menschen wirklich erhöht. Zumindest sind mir keine wissenschaftlich belegten Studien über einen solchen Nutzwert bekannt. Und ich lese so gut wie alles, was zu diesem Thema aktuell erscheint.« Dr. Sonja Frisch musterte die Gesichter ihrer Zuhörer.

Sie kannte diesen Ausdruck der betroffenen Ratlosigkeit von ihren zahlreichen Veranstaltungen. Nach ihrer Ansicht waren die Ärzte selbst Opfer des neuen Systems und standen zwischen teilweise fragwürdigen Empfehlungen der medizinischen Fachgesellschaften und wirtschaftlich drastischen Vorgaben des kaufmännischen Managements. In der heutigen Zeit ging es mehr um gesunde Finanzen als um kranke Menschen. Eine beängstigende Entwicklung, die von der Mehrheit der Mediziner entweder ignoriert oder widerstandslos hingenommen wurde.

Auf der Terrasse des berühmten Hotels Villa d'Este am Comer See waren nur wenige Liegestühle besetzt. Eingehüllt in eine samtweiche Wolldecke genoss Hubertus von Seelenthal die herrliche Luft an diesem wunderschönen Ort, den er seit über 30 Jahren immer wieder gern besuchte.

Er und seine Frau Anna hatten sich nach seiner schweren Operation und dem insgesamt dreiwöchigen Klinikaufenthalt entschlossen, die weitere Behandlung seiner Krebserkrankung durch einen zehntägigen Erholungsurlaub an diesem paradiesischen Ort zu unterbrechen. Anna hatte die Reise mit einem großen Zeitaufwand bis ins letzte Detail organisiert und sogar den täglichen Speiseplan für Hubertus mit Küchenchef Massimo genau abgestimmt.

Die Whipple-OP war auch ein schwerer Eingriff in das menschliche Verdauungssystem und erforderte eine grundlegende Umstellung der Essgewohnheiten. Um die Belastungen für den Magen-Darm-Trakt gering zu halten, hatten ihm die Ärzte vor allem kleinere Mahlzeiten in kürzeren Zeitabständen empfohlen. Auch galt es, Kohlenhydrate und Milchprodukte zu reduzieren sowie auf ballaststoffreiche Lebensmittel zu verzichten.

Massimo entsprach genau der Vorstellung von einem typischen italienischen Koch. Der liebenswürdige Neapolitaner war bereits seit seiner Ausbildung ununterbrochen in der Villa d'Este und leitete schon seit über 20 Jahren die angesehene Sterneküche in dem weltbekannten Haus in Cernobbio. Er schätzte das freundliche Ehepaar aus Hamburg, das sich immer wieder gern kulinarisch von ihm verwöhnen ließ.

Mit aufrichtiger Betroffenheit erfuhr er von Hubertus' Erkrankung und kreierte für ihn nach ausgiebigen Rücksprachen mit einem befreundeten Onkologen aus Mailand ein abwechslungsreiches Angebot köstlicher und bekömmlicher Snacks. Nach fast jeder Mahlzeit erkundigte er sich nach dem Befinden und den besonderen Wünschen dieses so beliebten Gastes.

Hubertus fühlte sich sehr wohl in dieser wundervollen Umgebung und empfand größte Dankbarkeit für die hingebungsvolle Fürsorge des Hotelpersonals. Der einwöchige Aufenthalt hatte ihm bislang sehr gutgetan; er war nahezu schmerzfrei, schlief von Nacht zu Nacht besser und bekam auch mehr und mehr Appetit.

In drei Tagen würde sie Roberto, der langjährige Chauffeur der Villa d'Este, mit der Hotellimousine zum Flughafen nach Mailand fahren. Und in zehn Tagen erwartete ihn Prof. Udo Krüger zur Chemotherapie in der Hanse CityClinic. Damit würde die zweite Phase in seinem Kampf gegen diese so bösartige Krebserkrankung beginnen. Nach dem erfolgreichen Eingriff und der unerwartet schnellen Erholung waren Hubertus und Anna inzwischen guter Hoffnung. Sobald es die Behandlung zeitlich zuließ, wollten sie sich zwischendurch wieder in diesem kleinen Paradies in Norditalien erholen.

Eine Woche nach ihrer Rückkehr aus Norditalien fuhr das Ehepaar ausgeruht und mit neuer Zuversicht zu Prof. Udo Krüger in die Hanse CityClinic. Hubertus hatte den schweren Eingriff gut überwunden und den spontanen Kurzurlaub am Comer See genossen. Heute sollte die mehrmonatige Chemotherapie beginnen. Der Chef-Onkologe empfing die beiden zum Vorgespräch in seinem Büro.

»Mein Kompliment, Herr von Seelenthal, Sie sehen ja richtig erholt aus und scheinen die Operation sehr gut verkraftet zu haben. Wie fühlen Sie sich?«

Trotz seiner Sorgen um die Nebenwirkungen der bevorstehenden Behandlung bemühte sich Hubertus um ein entspanntes Lächeln. »Viel besser als ursprünglich befürchtet, aber natürlich nicht wie davor, als ich noch nicht um meinen Krebs wusste. Der Eingriff hat wie angekündigt meine Lebensgewohnheiten völlig verändert. Ich muss noch lernen, mit dieser Krankheit zu leben. Natürlich mache ich mir Gedanken und Sorgen, wie ich jetzt die aggressive Chemotherapie verkraften werde.«

Prof. Krüger nickte zustimmend. »Das verstehe ich nur zu gut. Aber mit Ihrer Einstellung haben Sie die allerbesten Chancen, diese Zeit gut zu überstehen und den schweren Kampf zu gewinnen. Ich finde es bemerkenswert, wie gut und schnell Sie sich nach der aufwendigen Operation erholt haben. Das schaffen die meisten Patienten nicht. Deshalb bin ich insgesamt sehr guter Hoffnung und optimistisch, dass Sie auch die weitere Behandlung gut vertragen werden. «

Hubertus fragte sich, ob es dafür konkrete Anhaltspunkte gab oder es nur eine oberflächliche Mutmacherei des Arztes war. Prof. Krüger kam ihm mit der Antwort zuvor. »Wissen Sie, Herr von Seelenthal, die richtige Einstellung ist genauso wichtig wie die beste Medizin. Ich beobachte das bei vielen Patienten immer wieder. Nicht umsonst heißt es, der Glaube versetzt Berge. Die Bereitschaft, sich entschlossen gegen diese heimtückische Krankheit zu wehren, unterstützt die Behandlung und erhöht maßgeblich die Chancen, den schweren Kampf zu gewinnen. Umgekehrt können wir Ärzte oft nicht mehr helfen, wenn die betroffenen Patienten ihren Mut verlieren und vor dem Krebs kapitulieren. Sie machen es absolut richtig und geben nicht auf. Ich finde es ebenfalls bewundernswert, dass Sie sich kurz nach der OP ins Flugzeug gesetzt haben. Und wie ich sehe, haben Ihnen die paar Tage wirklich gutgetan.«

Hubertus zeigte lächelnd auf Anna. »Dank meiner Frau hatte sich das Hotel bis ins kleinste Detail auf meine Situation eingestellt und sich mit einer unvorstellbaren Fürsorge um mich gekümmert. Es war Erholung pur und genau die richtige Vorbereitung auf das, was mich jetzt bei Ihnen erwartet.«

Prof. Udo Krüger nickte zustimmend. »Ja, das ist wohl richtig. Eine Chemotherapie ist wahrhaftig kein Zuckerschlecken und oft mit unangenehmen Nebenwirkungen verbunden. Aber auch das werden Sie verkraften und am Ende als Sieger dastehen. Ich bin da recht sicher. Nun würde ich Ihnen gern erzählen, was wir mit Ihnen vorhaben.«

Joachim Frankenberg schlief seit Tagen sehr unruhig. Er war tagsüber völlig übermüdet und insgesamt schlechter Stimmung. Der Verwaltungsdirektor hatte große Angst, weil er mit der versprochenen Zahlung seiner Spielschulden immer noch rückständig war. Die von dem Geldeintreiber Dmytro eingeräumte letzte Frist für die erste Rate über 18.000 Euro war schon um mehrere Tage verstrichen und er verfügte nicht über die Mittel, um diese bedrohliche Schuld zu begleichen.

Der Ukrainer war für seine Brutalität bekannt und hatte auch ihm kürzlich unmissverständliche Konsequenzen angedroht, sofern er nicht endlich seine Zahlungszusage erfülle. Mittlerweile war auch schon die zweite Rate fällig geworden. Er musste sich ganz schnell mindestens 30.000 Euro beschaffen. Die Differenz über 6.000 konnte er durch den von der Bank eingeräumten Kontokredit gerade noch selbst aufbringen. Frankenberg suchte verzweifelt nach sofort verfügbaren Geldquellen.

Erhebliche Sorgen bereitete ihm zudem die offenkundige Unzufriedenheit des Klinikeigentümers mit seiner Arbeit. Die unmissverständlichen Bemerkungen in jüngster Zeit signalisierten ihm eine akute Gefährdung seiner Position. Er kannte Bernd von Assberg nur zu gut. Wenn dieser erst einmal einen Mitarbeiter auf dem Kieker hatte, folgten in der Regel recht schnell die entsprechenden Konsequenzen. Joachim Frankenberg musste also täglich mit einem unangenehmen Personalgespräch rechnen und war sich sicher, dass bereits nach geeigneten Nachfolgern für seine Position Ausschau gehalten wurde. Sobald er seine Spielschulden zahlen konnte, musste er sich rasch um diese Baustelle kümmern und sein Verhältnis zu Bernd von Assberg wieder begradigen. Aber erst einmal brauchte er Bargeld.

Vielleicht würde ihm Ali Abdoul Bebehani aus der Patsche helfen. Er überlegte, wie er den Organhändler dazu bewegen konnte. Allerdings war ihr geschäftliches Verhältnis recht belastet, nachdem die versprochene Kooperation mit der Hanse CityClinic vom Transplantationschefarzt und selbst vom Eigentümer schroff abgelehnt wurde. Der Verwaltungsdirektor hatte die erfolgten Reaktionen im Haus völlig falsch eingeschätzt und somit bei den Arabern falsche Erwartungen geweckt.

Er wusste nicht so recht, wie er Herrn Bebehani in dieser schwierigen Situation dazu überreden konnte, ihm einen Vorschuss zu zahlen. Er würde ihm anbieten, es mit den vereinbarten Honoraren für die Vermittlung von Chirurgen zu verrechnen, die demnächst zu den Transplantationen nach Riad fliegen würden. Andererseits war ihm aber insgesamt nicht wohl bei diesem Gedanken, da ihn der Geschäftspartner noch mehr in der Hand haben würde. Er konnte ihm ja schlecht den wirklichen Grund für seinen Geldbedarf verraten. Auch wenn ein solches Geständnis gewiss das kleinere Übel im Vergleich zu den schmerzvollen Verletzungen durch die zu erwartenden Prügel des Geldeintreibers wäre. Ihm schauderte bei der Vorstellung.

Also entschied er sich, sein Glück bei den arabischen Organhändlern zu versuchen. Schließlich verfügten sie über viel Geld und waren möglicherweise selbst leidenschaftliche Casinobesucher. Er wollte gerade bei dem Kuwaiter anrufen, als das Telefon auf seinem Schreibtisch summte.

»Hallo, Herr Frankenberg, hier spricht Marius Köhler. Erinnern Sie sich an mich? Wir kennen uns persönlich. Mittlerweile bin ich Verkaufsdirektor bei der MFT Deutschland GmbH. Wir sind ein erfolgreicher Hersteller von innovativen Medizintechnologien und präsentieren demnächst bahnbrechende Innovationen auf dem Gebiet der Kernspintomografie.« Joachim Frankenberg war genervt und wollte das Telefonat schnell beenden. Aber der Anrufer redete einfach weiter. »Bevor wir jedoch auf den Markt kommen, möchten wir unsere neuen MRT-Geräte höchst vertraulich einem erlesenen Kreis führender Klinikmanager persönlich vorstellen. Individuell und exklusiv. Sie sind einer der ersten Geschäftspartner, die wir ansprechen. Hätten Sie in den nächsten Tagen Zeit für ein informatives Treffen? Ich komme gern zu Ihnen nach Hamburg. Am besten, wir verabreden uns zu einem vertraulichen Abendessen in einem Restaurant Ihrer Wahl.«

Joachim von Frankenberg konnte sich noch an Marius Köhler erinnern. Er war bis vor Kurzem im Außendienst eines anderen Medizingeräteherstellers tätig gewesen. Sie hatten seinerzeit einen feuchtfröhlichen Abend in einem Bierzelt auf dem Oktoberfest in München verbracht. Damals hatte ihn dieser Köhler gemeinsam mit drei weiteren Verwaltungsdirektoren aus ebenfalls großen Kliniken zu diesem Event eingeladen. Offenbar war er inzwischen in leitender Position bei einem anderen Unternehmen. Obwohl er in seiner brenzligen Lage nun wirklich keinen Kopf für diese Art von Verkaufsgesprächen mit der Medizinindustrie hatte, riet ihm ein instinktives Gefühl, sich mit dem Anrufer zu treffen. Eine solche Begegnung könnte ihm zumindest nicht schaden.

»Wie nett, von Ihnen zu hören, Herr Köhler. Und Glückwunsch zu Ihrer neuen Position bei dieser bekannten Firma. Ich freue mich für Sie und nehme mir gern die Zeit für ein persönliches Treffen. Wir hatten ja vor einiger Zeit gemeinsam ein paar lustige Stunden. Wann möchten Sie denn nach Hamburg kommen?«

Marius Köhler hatte mit einer so schnellen Zusage gar nicht gerechnet. »Ich richte mich gern nach Ihnen, Herr Frankenberg. Sie sind ja der Kunde. Allerdings bin ich übermorgen ohnehin in Hamburg und wenn Sie Zeit hätten, reise ich schon am Vorabend an und wir könnten uns gleich morgen zum Abendessen treffen. Sagen Sie mir, wo, und ich lasse uns einen schönen Tisch reservieren.«

Am nächsten Abend trafen sich die beiden Männer in einem bekannten Fischrestaurant am Hamburger Elbufer. Sie bestellten sich an der Bar jeweils einen Gin Tonic als Aperitif.

Marius Köhler hob das Glas. »Prost, Herr Frankenberg, auf Ihre Gesundheit. Ich finde es toll, dass es so kurzfristig mit uns geklappt hat.« Dann nahm er einen kräftigen Schluck und fuhr fort. »Natürlich habe ich Sie um dieses Treffen gebeten, weil ich mit Ihnen ins Geschäft kommen möchte. Ein höchst interessantes Geschäft. Glauben Sie mir, es lohnt sich auch für Sie. Sie wissen doch, es gibt Angebote, die man nicht ablehnen kann.« Joachim Frankenberg lächelte und nickte. »Gute Geschäfte zeigen sich daran, wenn alle Beteiligten profitieren und zufrieden sind. Wie Sie wissen, gibt es ja in unserem Markt recht viele Medizingeräte von verschiedenen Anbietern. Sie alle kochen auch nur mit Wasser, auch wenn sie immer wieder behaupten, die besseren Produkte zu vorteilhaften Konditionen im Portfolio zu haben. Selbstverständlich hören wir uns alle Angebote an, wobei sowohl wir Kaufleute als auch unsere zuständigen Ärzte überzeugt sein müssen. Hier zeigen sich oft schon erhebliche Unterschiede in den Vorstellungen. Wir Zahlenmenschen müssen natürlich die wirtschaftlichen Voraussetzungen schaffen, damit wir die oft sehr großzügigen Ansprüche der Mediziner erfüllen können. Die Ärzte denken finanziell in der Regel nur sehr einseitig. Nämlich dann, wenn es um ihr Einkommen geht.«

»Dieses branchenweite Problem kenne ich nur zu gut, Herr Frankenberg«, erwiderte der MFT-Verkaufsdirektor. »Aber ich würde bestimmt nicht Ihre Zeit vergeuden und für Sie nach Hamburg kommen, wenn ich nicht auch gute Aussichten hätte, Sie zu überzeugen. Lassen Sie sich überraschen. Wir sollten jetzt erst einmal gemütlich zu Abend essen und dann übers Geschäft reden. Einverstanden?« Bevor Joachim Frankenberg antworten konnte, stand Marius Köhler auf und ging mit seinem Gast zum Tisch. Nach einem kurzen Blick in die Speisekarte entscheiden sich beide für die Seezunge mit traditionellen Beilagen. Und als Vorspeise bestellten sie geräucherten Aal mit Rührei auf geröstetem Schwarzbrot. Statt der empfohlenen Flasche Wein entschieden sie sich jeweils für ein kühles Weizenbier.

»Da muss ich an unseren lustigen Abend mit meiner alten Firma auf dem Oktoberfest denken«, erinnerte der Verkäufer, »was hatten wir beide doch für einen Spaß. Wie ist es Ihnen zwischenzeitlich ergangen, Herr Frankenberg? Noch glücklich bei der Hanse CityClinic? Ich jedenfalls habe den Wechsel zu MFT Deutschland nicht bereut. Im Gegenteil. Als Verkaufsdirektor habe ich mein ursprüngliches Berufsziel erreicht. Ich fühle mich rundum wohl in diesem Unternehmen.«

Der Verwaltungsdirektor war mit seinen Gedanken bei seiner persönlich höchst unglückseligen Situation. Die drückenden Spielschulden mit den bedrohlichen Konsequenzen und seine akut gefährdete Position in der Hanse CityClinic. Er musste diese beiden Probleme schleunigst lösen. Sollte er eine vorsichtige Offensive bei seinem Gastgeber wagen und die Möglichkeiten einer entsprechenden Vereinbarung ausloten? Der beängstigende Gedanke an den ukrainischen Geldeintreiber nahm ihm alle Hemmungen. Er entschloss sich, sein Glück bei Marius Köhler zu wagen und überlegte, wie er dieses schwierige Thema am besten beginnen sollte.

»Sie haben diesen Karrieresprung verdient, Herr Köhler. Das ist der Lohn für Ihre gute Arbeit. Seien Sie froh, dass Sie für die Industrie und nicht für eine Klinik tätig sind. Unser Geschäft ist sehr schwierig geworden; wir kämpfen an vielen Fronten. Intern und extern. Die Einnahmen gehen zurück, die Kosten steigen und unser Inhaber plant leider in die andere Richtung. Wir haben aufgrund dieser Entwicklung unsere Planzahlen in den letzten Jahren nicht mehr erreichen können.«

Marius Köhler wusste sehr gut um den wirtschaftlichen Widerspruch von theoretischen Erwartungen und praktischen Gegebenheiten. »Aber Ihr Herr von

Assberg ist doch ein alter Hase und ein großer Kenner der Szene. Ich halte ihn für einen der versiertesten Klinikeigentümer.«

»Zweifelsohne«, antwortete der Verwaltungsdirektor, »aber Bernd von Assberg ist auch ein Verfechter der These, es kann nicht sein, was nicht sein darf. Und verantwortlich für die verfehlten Ergebnisse sind nicht die eindeutigen Entwicklungen am Gesundheitsmarkt, sondern natürlich wir Manager. Da macht es sich mein Chef leider sehr, sehr leicht. Ich habe große Sorgen, lieber Herr Köhler. Mehr und mehr Angst um meinen Job und auch existenzielle Ängste.« Der Industrievertreter war etwas verwundert. »Aber Sie machen diesen Job doch schon seit vielen Jahren und sind eine tragende Säule der Klinik.« Der Verwaltungsdirektor winkte ab. »Aber wir leben in einer Zeit, in der es immer weniger Dankbarkeit und Loyalität gibt. Was nur noch wirklich zählt, ist der Augenblick. Die Verdienste der Vergangenheit sind so gut wie bedeutungslos. Unser Klinikchef schaut nur auf die Zahlen; die Menschen in seinem Führungsteam sind ihm so gut wie egal. Jeder ist austauschbar, von jetzt auf gleich. Ich denke die ganze Zeit schon über Alternativen nach, aber in meinem Alter ist das nicht so leicht. Und andere Kliniken sind auch nicht besser.«

Joachim Frankenberg war am kritischen Punkt des Gesprächs, nun musste er in die Offensive gehen. »Ich möchte Ihnen noch etwas verraten, Herr Köhler, weil ich Ihnen persönlich vertraue und in einer höchst bedrückenden Situation bin, aus der ich mich allein nicht befreien kann. Ich habe auch niemanden, mit dem ich darüber offen sprechen kann.«

Marius Köhler war zugleich irritiert und neugierig. »Mit mir können Sie über alles reden, Herr Frankenberg. Natürlich bleibt es unter uns. Ehrenwort. Und wenn ich irgendwie helfen kann, tue ich es wirklich gern. Wir waren uns ja von Beginn an sympathisch.« Der Klinikmanager gab sich einen Ruck. »Ich habe eine große Dummheit begangen und bin auf die falsche Bahn geraten.« Er musterte sein Gegenüber, der seine Augen etwas zusammenkniff. »Um Gottes willen, was ist passiert?«

»Leider habe ich mir den falschen Ausgleich für den unerträglichen Stress und Frust im Büro gesucht. Ich habe angefangen zu spielen. Ein teures Vergnügen, wenn man mit leeren Taschen vom Roulettetisch aufsteht. In der trügerischen Hoffnung, den Verlust wieder ausgleichen zu können, habe ich mir von den Betreibern Geld geliehen. Ohne Glück, ich habe weiter verloren und bin jetzt nicht in der Lage, diese Schulden zurückzuzahlen. Die Leute wollen mir auch keinen weiteren Aufschub gewähren und setzen mich gewaltig unter Druck. Ich habe Angst, Herr Köhler. Große Angst.«

Marius Köhler schaute verlegen zur Seite und lächelte dann seinem Gast ermutigend zu. »Nun trinken wir erst einmal ein frisches Bier und überlegen, ob es vielleicht Lösungen für Ihr schlimmes Problem gibt. Über welchen Betrag reden wir, Herr Frankenberg?« Marius Köhler schien nicht sehr schockiert zu sein. Erleichtert über die Reaktion seines Geschäftspartners nannte er ihm die Gesamtsumme. »Die ersten 18.000 Euro sind schon längere Zeit überfällig, die zweite Hälfte hätte ich in der letzten Woche zahlen müssen.«

Marius Köhler fragte nach. »Sie benötigen also insgesamt 36.000 Euro. Und das ganz schnell?«

Joachim Frankenberg nickte. »Natürlich nicht geschenkt, sondern als mittelfristigen Kredit, den ich monatlich mit einer vernünftigen Rate abbezahlen kann.«

Mittlerweile brachte der Kellner die beiden Seezungen und fragte höflich, ob er sie filetiert servieren solle.

»Lass uns erst einmal das Essen genießen, lieber Joachim. Ich darf Sie doch so nennen, nachdem Sie mir so vertrauensvolle Geheimnisse anvertrauen? Also, ich heiße Gerd und hebe das Glas auf unsere Freundschaft.«

Der konservative Verwaltungsmann war zugleich verwundert und dankbar. »Ich bin über deine Reaktion sehr erleichtert, Marius. So viel Verständnis hatte ich nicht erwartet. Das tut mir sehr gut.« Marius Köhler lächelte und wünschte seinem neuen Freund guten Appetit.

Joachim Frankenberg war zu aufgeregt, um den köstlichen Edelfisch mit den französischen LaRatte-Kartoffeln und dem frischen Spinat zu genießen. Gab es vielleicht doch eine schnelle Lösung für sein erdrückendes Problem? Als könne er seine Gedanken lesen, legte Marius Köhler das Besteck auf seinen leer gegessenen Teller und schaute sein Gegenüber direkt an. »Joachim, mir ist beim Essen eine Idee gekommen, die gut funktionieren könnte. Also, hier mein Vorschlag. Unsere Firma würde mit dir einen Honorarvertrag abschließen und dich als Referenten für mehrere Außendiensttagungen und Fortbildungen unseres Nachwuchses verpflichten. Inhaltlich geht es uns darum, Ansprüche, Möglichkeiten und Prozessabläufe eines modernen Klinikbetriebes noch besser kennenzulernen. Also ein Thema, in dem du absolut zu Hause bist. Natürlich erwarte ich von dir auch eine realistische Gegenleistung. Ich denke weniger an unmittelbare Bestellungen, sondern an deine verbindliche Zusage, bei künftigen Investitionen mir, also unserer Firma, den Vorzug zu geben.«

Joachim Frankenberg war verblüfft. Ihm erschien der Vorschlag durchaus angemessen und machbar. Er sah auch keine besonderen Risiken, sofern es bei einer persönlichen Absprache blieb.

»Das ist eine wirklich sehr kreative Idee und eine echte Hilfe. In welcher Form erwartest du diese Zusage? Reicht dir mein Wort? Und gilt diese Vereinbarung wirklich ausschließlich für künftige Investitionen? Für welchen Zeitraum, Marius?« Der Verkaufsdirektor hatte mit diesen Rückfragen gerechnet. »Mir persönlich würde dein Wort reichen. Aber die Firma legt bestimmt Wert auf eine kurze schriftliche Vereinbarung, die wir selbstverständlich unter Verschluss halten und von der nur wenige Personen wissen. Natürlich möchte ich dir am liebsten sofort unseren neuen MRT verkaufen, der gewiss auch eure Ärzte begeistern würde. Aber mir reicht es, wenn wir uns darauf einigen, dass wir jeweils den Zuschlag bekommen. Du müsstest uns lediglich über die eingehenden Konkurrenzangebote auf die entsprechenden Ausschreibungen informieren. Wir würden dann gemeinsam die erforderlichen Anpassungen abstimmen, um den Auftrag zu bekommen. Natürlich ganz vertraulich. Damit unser Deal nicht auffällig wird, würden wir bei uninteressanten Investitionen verzichten und dem

Wettbewerb den Vortritt lassen. Ich sehe also kein großes Risiko.« Marius Köhler sah seinem Gegenüber in die Augen und fuhr fort: »Die 36.000 Euro, die wir dir schon in den nächsten Tagen überweisen können, verrechnen wir mit sechs Referenteneinsätzen auf unseren Veranstaltungen, die wir terminlich frühzeitig mit dir abstimmen, damit du dich jeweils freimachen kannst. Pro Jahr wären es zwei Verkaufstagungen und eine Fortbildung. Also reden wir über insgesamt zwei Jahre. Deine Gegenleistung möchte ich aber nicht zeitlich befristen. Solange du in der Hanse CityClinic bist, sollte Sie gelten. Bei deinem Alter ist diese Zeit ja allerdings recht überschaubar.«

Joachim Frankenberg nickte zustimmend, stand auf und reichte Marius Köhler seine Hand. »Marius, du bist nicht nur ein echter Freund, sondern auch ein cleverer Fuchs. Dein Angebot ist genial. Ich werde dir das nie vergessen.«

Als der Verkaufsdirektor zwei Stunden später leicht beschwipst wieder zu Hause war, wählte er sofort die Telefonnummer des Geldeintreibers. »Herr Dmytro, ich kann in drei Tagen meine kompletten Schulden bei Ihnen begleichen. Also beide Raten auf einem Schlag.« Der Ukrainer zögerte kurz und willigte mit dem Hinweis ein, dass dies nun die wirklich allerletzte Frist sei.

Irina Herzberg war höchst verärgert. Die junge Ärztin war kurz vor Dienstschluss heftig mit Dr. Olaf Gellert aneinandergeraten. Sie hatten sich über eine russische Patientin gestritten, die über häufige Bauchkrämpfe und anhaltende Verdauungsprobleme klagte. Der Oberarzt hatte Irina gebeten, das Gespräch mit der Frau zu übersetzen. Obgleich sie mit ihrem Mann, einem vermögenden Unternehmer aus Russland, in einem großen Hamburger Hotel abgestiegen war, legte ihr der Internist für die geplanten Untersuchungen einen stationären Aufenthalt nahe. »Damit wir Sie richtig untersuchen können, sollten Sie ein paar Tage bei uns in der Klinik bleiben.«

Irina konnte diesen Zusammenhang nicht nachvollziehen, da alle diagnostischen Maßnahmen problemlos ambulant erfolgen konnten. Am liebsten hätte sie der guten Frau empfohlen, sich darauf nicht einzulassen und schön bei ihrem Mann im Hotel zu bleiben. Sie konnte ja ohne Weiteres morgens mit dem Taxi in die Klinik kommen und nach Abschluss der Untersuchungen wieder in die Stadt fahren. Sie beschloss aber, nichts im Beisein der Patientin zu sagen, um die Autorität ihres Vorgesetzten nicht zu untergraben. Widerwillig nickte sie der Frau zu und setzte ein leicht gequältes Lächeln auf. Die Russin nahm es nicht wahr. Irina schätzte sie auf Mitte 40 und knapp über 1,60 Meter groß. Sie hatte ein sympathisches Gesicht mit hochstehenden Wangenknochen, blaue Augen und blonde Haare in Schulterlänge. Ihre teure Designerkleidung war etwas zu eng für die ausgeprägten Rundungen einer weiblichen Figur, die in jüngeren Jahren nahezu perfekt proportioniert gewesen sein dürfte. Etwas weniger Gewicht würde ihre Attraktivität noch mehr betonen und wohl auch ihre körperlichen Beschwerden lindern. Sie war gewiss nicht ernsthaft krank, sondern hatte mit den Folgen einer zu genussreichen Ernährung bei zu wenig Bewegung zu kämpfen. Das von Dr. Gellert geplante Untersuchungspaket war ebenso überzogen wie die angebliche Notwendigkeit des für drei Tage empfohlenen Klinikaufenthaltes. Irina war entsetzt und innerlich aufgebracht. Nachdem sich die Patientin verabschiedet und fast ehrfürchtig der Aufnahme am nächsten Morgen um 08:00 Uhr zugestimmt hatte, blieb Irina bei Dr. Gellert regungslos sitzen.

»Gibt es noch etwas, Frau Kollegin?«

Die Ärztin nickte. »Ich verstehe nicht, weshalb Sie für diese Untersuchungen einen stationären Aufenthalt anordnen. Das ist doch medizinisch überhaupt nicht notwendig und riecht nur nach Geldmacherei.« Dr. Gellert war empört. »Stellen Sie meine ärztliche Kompetenz infrage?« Am liebsten hätte Irina diese Frage bejaht. »Das nun nicht, aber Sie nutzen schon die medizinische Unwissenheit von Menschen aus, die gutgläubig und im Vertrauen auf Ihre ärztliche Fürsorge zu Ihnen kommen. In der Regel wissen diese Personen auch nichts von den wirtschaftlichen Zwängen im heutigen Gesundheitswesen. Es geht doch primär nur noch ums Geld, und unsere Patienten sind dabei immer mehr Mittel zum Zweck. Was ist denn mit unserem ärztlichen Kodex und der Verantwortung für die vielen Kranken, die hilfesuchend zu uns kommen? Diese gutgläubige Russin kann ebenso wenig wie viele andere zwischen medizinisch sinnvollen und wirtschaftlich motivierten Untersuchungen unterscheiden. Sie verfügen einfach nicht über die erforderlichen Fachkenntnisse, um ärztliche Empfehlungen zu verstehen und gelegentlich zu hinterfragen.«

Dr. Olaf Gellert war rot angelaufen und fingerte nervös an seiner Brille herum, die immer wieder auf der schmalen Nase runterrutschte. »Diesen Blödsinn muss ich mir nun wirklich nicht von einer jungen Ärztin anhören, die vergleichsweise kaum über eine nennenswerte Berufserfahrung verfügt. Mal abgesehen von den kuriosen Umständen, die Ihnen zu dieser Stellung verholfen haben.«

Die Anspielung auf ihre Affäre mit Prof. Udo Krüger kam nicht überraschend. »Die besagte Beziehung, verehrter Herr Kollege, war alles andere als ein kalkuliertes Investment in meine Karriere. Und vor allem hatte sie keine negativen Auswirkungen auf meine moralischen Werte als überzeugte Ärztin. Sie sollten sich eher mit dem Inhalt meiner Kritik als mit der irrelevanten Frage befassen, ob ich aufgrund von Position und Privatleben meine Meinung sagen darf.«

»Einverstanden«, befand Dr. Gellert, »was bitte schön kritisieren Sie denn noch neben meinem Vorschlag für eine stationäre Aufnahme?«

Mutig und entschlossen nahm die Ärztin diese unerwartete Einladung zur fachlichen Diskussion entgegen. »Es bedarf gewiss keiner besonderen Berufserfahrung, um eine virtuelle Koloskopie im CT als eine nun wirklich nicht empfehlenswerte Alternative zur konventionellen Darmspiegelung zu begreifen. Mit dieser höchst umstrittenen Methode können Sie zwar den Darm weitgehend anschauen aber keine Polypen entfernen. Dafür ist dann ja doch ein Eingriff mit dem Endoskop erforderlich. Mal abgesehen von der unnötigen Strahlenbelastung bei der Computertomografie. Aber das bringt ja mehr Geld als die herkömmliche Koloskopie.«

Mit diesem Argument hatte der Oberarzt nicht gerechnet. Er hatte auch den zweifelnden Blick der Ärztin nicht registriert, als er seiner russischen Patientin die bequemere Untersuchung im CT empfohlen hatte. »Vielleicht hat die gute Frau ja keine Polypen. Ich wollte ihr einen Gefallen tun, weil sie ja Scheu vor der üblichen Darmspiegelung hat.«

Irina Herzberg schüttelte ihren Kopf. »Ich werde morgen noch einmal mit ihr sprechen und sie von einer richtigen Koloskopie überzeugen. Das bringt zwar weniger Umsatz, macht aber medizinisch viel mehr Sinn. Oder wollen Sie mir da ernsthaft widersprechen, Dr. Gellert?«

Als sie mit Marc nach dem Abendessen gemütlich zu Hause auf der Couch saßen, berichtete Irina von der Auseinandersetzung mit ihrem Vorgesetzten. Marc Janzen hörte zunächst schweigend zu und öffnete dabei eine Flasche südafrikanischen Rotwein. Solche Gespräche führten sie in letzter Zeit häufiger, denn Irina klagte immer mehr über die unerfreulichen Verhältnisse im heutigen Umgang mit Patienten.

»Ich bin nicht Ärztin geworden, um mich an kranken Menschen zu bereichern. Natürlich muss unsere Arbeit angemessen bezahlt werden. Aber medizinisch sinnlose Untersuchungen oder Behandlungen nur aus finanziellen Interessen kann und will ich nicht akzeptieren.«

Marc konnte sie gut verstehen, er wusste um Irinas konsequente Ansichten und ihre Bereitschaft, diese mit größter Leidenschaft zu vertreten. Persönliche Konsequenzen und Nachteile waren ihr dabei ziemlich egal.

»Nun trink erst einmal einen Schluck, Liebling. Und bitte beruhige dich. Du bist ja noch ganz aufgeregt und in Kampflaune.«

»Richtig wütend bin ich«, entgegnete Irina. »Ich gebe mich nicht dafür her, Patienten als Wirtschaftsfaktoren zu betrachten. Es ist entsetzlich, Marc. Heute stehen geschäftliche Interessen und nicht das Wohl der Patienten im Vordergrund. Das kann und will ich nicht. Und die meisten nicken ganz ehrfürchtig und lassen fast alles über sich ergehen, weil sie einfach keine Ahnung haben und nicht unterscheiden können, was wirklich gut oder unnötig für ihre Gesundheit ist.«

Marc wusste sehr wohl, was Irina meinte. Er selbst hatte ja seine Erfahrungen mit diesem Dr. Gellert, der ihm alles Mögliche an Untersuchungen und Behandlungen aufschwatzen wollte. »Aber nun schimpf nicht nur auf deinen Oberarzt. Ohne ihn hätten wir uns gar nicht kennengelernt. Immerhin hatte er dich ja als seine Vertretung für mich eingesetzt.«

Irina musste lachen. »Das war wirklich seine beste Tat in dieser Klinik.« Sie umarmten und küssten sich. Dann stellte ihr Lebensgefährte sein Weinglas auf den Tisch und wurde ernst. »Du bist eine fabelhafte Ärztin, Irina. So engagiert und so ehrgeizig. Aber ich sehe auch, wie sehr dir die heutigen Umstände zu schaffen machen. Anders als die meisten deiner Kollegen hast du vorrangig die Gesundheit der Patienten im Blick und denkst überhaupt nicht an die wirtschaftlichen Interessen der Klinik. Aber auch dein Arbeitgeber muss zusehen, wie er finanziell zurechtkommt.« Er musterte seine Lebensgefährtin, die ihm in die Augen schaute und zustimmend nickte. Marc argumentierte weiter. »Du weißt doch selbst um die wirtschaftlichen Probleme in der gesamten Gesundheitsbranche. Die Krankenkassen müssen für Leistungen zahlen, die medizinisch teilweise nicht notwendig sind. Also versuchen sie auf der anderen Seite, wo immer es geht zu sparen. Oft an der falschen Stelle. Die Kliniken stehen unter einem gewaltigen Kostendruck. In der Pflege hat der Personalmangel dramatische Ausmaße erreicht. Täglich hören und lesen wir über die wirklich besorgniserregenden Entwicklungen im Gesundheitswesen. Warum, liebste Irina, tust du dir das länger an?« Die junge Frau schaute fragend auf ihren Partner. »Was meinst du, Marc? Soll ich etwa meinen Beruf aufgeben, für den ich so hart lernen und schuften musste? Weißt du überhaupt, wie sehr mich meine Arbeit erfüllt und glücklich macht, wenn ich kranken Menschen helfen kann, wieder gesund zu werden? Die Probleme gehören dazu; ebenso wie die Bereitschaft, für seine Überzeugung mit allen gebotenen Mitteln einzustehen. Glaub mir, ohne sachlichen Streit gäbe es nicht diese Fortschritte in der Medizin.« Aber das war nicht das, worauf Marc hinaus wollte. »Das ist ja alles richtig, aber hast du mal darüber nachgedacht, was du alles für deinen Beruf als Ärztin aufgibst? Wir lieben uns und leben glücklich zusammen. Wünschst du dir nicht auch eine Familie, ein gemeinsames Kind? Ich bin schon weit über 50 und viel Zeit bleibt uns hierfür nicht mehr. Ist das nicht der richtige Moment für ein neues, anderes Leben?«

Irina konnte ihre Tränen nicht aufhalten. »Du berührst einen sehr sensiblen Punkt. Natürlich wäre ich für mein Leben auch gern Mutter und wünsche mir sehr ein Kind mit dir. Am liebsten einen Jungen, der so wäre wie du, als du klein warst. Immer wieder habe ich diese Vorstellung, liebster Marc. Aber wie soll das gehen? Wie soll ich gleichzeitig eine verantwortungsvolle Mutter und eine engagierte Ärztin sein?«

Mark kannte diese Argumente und dachte schon seit Langem darüber nach, wie sich das eine mit dem anderen verbinden ließe. Er hatte hierzu eine konkrete Idee und jetzt war genau der richtige Moment, mit Irina darüber zu sprechen. »Warum lässt du dich nicht als Ärztin in einer eigenen Praxis nieder, in der dir niemand Vorschriften machen kann? Ich könnte dir die entsprechenden Räumlichkeiten in unserem Firmengebäude frei machen. Der Standort ist ideal für eine Arztpraxis. Außerdem geht unser Betriebsarzt demnächst in Pension. Du wärst die ideale Nachfolgerin zur medizinischen Betreuung unserer Belegschaft. Damit stünde deine Praxis auf wirtschaftlich gesunden Füßen. Und mit der Zeit würden mehr und mehr Patienten aus dem erweiterten Umkreis zu dir kommen. Ach, es gibt so viele Gründe, die dafür sprechen.«

Irina schaute Marc liebevoll an. »Ja, Liebster, vieles spricht tatsächlich dafür und wir sollten wirklich über diese Option nachdenken. Wie du weißt, ist für mich die medizinische Herausforderung sehr wichtig. In einer großen Klinik sind die Ansprüche an Fortbildung und Leistung nun mal höher als in einer kleinen Arztpraxis. Da werde ich ganz anders gefordert.«

Marc stimmte ihr grundsätzlich zu, wandte aber ein: »Allerdings auch der Frust, den du täglich in der Klinik erlebst. Hand aufs Herz, seitdem wir zusammen sind, ist es damit doch fortlaufend schlimmer geworden.«

Irina wusste nur zu gut, dass Marc recht hatte, und sie freute sich über seinen Vorschlag, weil er damit auch die Voraussetzung für ein gemeinsames Kind schaffen wollte. Eine Vorstellung, die auch für sie mehr und mehr Bedeutung bekam. Und sie wusste auch, dass sie sich bald entscheiden musste: Familie oder Karriere. Die Antwort darauf konnte nur sie sich geben.

Obwohl ihm die vorhergesagten Nebenwirkungen der mehrwöchigen Chemotherapie sehr zu schaffen machten, lagen die Beschwerden insgesamt doch deutlich unter seinen ursprünglichen Befürchtungen. Hubertus von Seelenthal hatte durch die aggressiven Medikamente erwartungsgemäß seine Haare verloren und litt ebenso unter großem Appetitmangel sowie erheblichen Verdauungsstörungen. Insgesamt aber ging es ihm den Umständen entsprechend wesentlich besser als den meisten anderen Patienten mit dieser höchst lebensbedrohenden Krebserkrankung. Gemeinsam mit seiner Frau Anna wartete er im ärztlichen Besprechungsraum der onkologischen Station auf das Ergebnis der ersten Nachuntersuchung. Sie waren mit dem behandelnden Arzt Prof. Udo Krüger und dem Ärztlichen Direktor Prof. Andreas Winkmann verabredet. Die beiden Ärzte betraten mit knapp zehnminütiger Verspätung den Raum. Sie lächelten und begrüßten ihren leicht verwunderten Patienten wie einen alten Freund.

»Was ist der Grund Ihrer augenscheinlich guten Laune?«, erkundigte sich Hubertus von Seelenthal.

»Ganz einfach, wir freuen uns über Sie«, erwiderte Prof. Winkmann. Und sein Kollege ergänzte. »Weil wir äußerst zufrieden über die vorliegende Nachuntersuchung sind. Herzlichen Glückwunsch, Herr von Seelenthal, im Moment sieht es ganz so aus, als könnten Sie Ihren Krebs besiegen. Wir können jetzt die Behandlung bis auf Weiteres abschließen und bitten Sie lediglich, in drei Monaten zur nächsten Kontrolle wiederzukommen. Bis dahin genießen Sie bitte Ihr neues Leben. Aber bitte denken Sie unbedingt an die regelmäßige Einnahme Ihrer Medikamente und befolgen Sie auch die Ernährungsempfehlungen.«

Hubertus von Seelenthal war sprachlos. Er schaute zu Anna, die auch in dieser Situation wieder weinen musste. Doch dieses Mal waren es freudige Tränen einer unbeschreiblichen Erleichterung. Entgegen der beängstigenden Prognosen und entmutigenden Statistiken sah es nun so aus, als könne es ihr Hubertus vielleicht doch schaffen. Er war zurück in seinem Leben und seine Ärzte vermittelten ihm die Hoffnung, dass es so bleiben könnte. Natürlich gab es dafür keine Garantie, aber zumindest stand es um ihren Ehemann nach erfolgreicher Operation und abgeschlossener Chemotherapie erheblich besser als bei der Diagnose des schrecklichen Tumors in seiner Bauchspeicheldrüse.

Auch Hubertus rang mit den Tränen. Er lächelte den beiden Ärzten zu und brachte mit belegter Stimme einen herzlichen Dank hervor. »Sie und Ihr großartiger Operateur Dr. Kistenmeier haben mir ein neues Leben geschenkt. Aber ich verdanke es auch der fürsorglichen Liebe meiner wunderbaren Frau, die immer an meiner Seite stand und mir die unerträglichsten Momente erträglicher machte. Ohne Anna hätte ich es niemals bis hierher geschafft und vielleicht auch nicht schaffen wollen.«

Auf dem Tisch standen jeweils eine Thermoskanne mit Kaffee und Tee.

»Was darf ich Ihnen einschenken?«, fragte Prof. Winkmann erst Frau von Seelenthal und dann ihren Mann. Das Ehepaar entschied sich für schwarzen Tee und sah sich glücklich und erleichtert an.

»Dann können wir ja demnächst zu unserer nächsten Safari nach Südafrika starten«, freute sich Hubertus.

Anna wandte sich an Prof. Winkmann. »Dürfen wir jetzt einfach eine so lange Reise machen? Worauf müssen wir achten und was tun wir, wenn mein Mann unterwegs Beschwerden bekommt?«

Prof. Udo Krüger beruhigte die Frau. »Genießen Sie Ihr Leben und unternehmen Sie ruhig viel. Medizinisch gesehen ist Südafrika für Sie kein Risiko, da das Gesundheitssystem sehr fortschrittlich ist und besonders die Kliniken in den größeren Städten über hervorragende Spezialisten verfügen. Wenn Sie allerdings die große Tierwelt nicht an der Garden Route, sondern im Krüger Nationalpark bewundern möchten, sollten Sie unbedingt die empfohlenen Malariatabletten mitnehmen und vorsorglich schlucken. Ihr Mann muss jedes Risiko von Erkrankungen vermeiden, die sein ohnehin strapaziertes Immunsystem weiter schwächen könnten. Und sollte es dennoch wider Erwarten zu Problemen kommen, rufen Sie uns bitte an. Je nachdem, wo sich aufhalten, setzen wir uns dann sofort mit unseren Kollegen vor Ort in Verbindung. Gerade in Kapstadt und Johannesburg haben wir sehr gute Kontakte.«

Hubertus von Seelenthal stand als Erster auf. »Nochmals herzlichen Dank, Prof. Winkmann und Prof. Krüger. Wir sind sehr erleichtert und melden uns spätestens zur nächsten Untersuchung in drei Monaten. Und dann zeige ich Ihnen tolle Fotos von unserer Reise.«

Noch am selben Tag buchte Hubertus einen Erste-Klasse-Flug für die kommende Woche nach Kapstadt.

Hier wollten Sie ein paar Tage in einem Guesthouse auf einem bekannten Weingut bleiben. Sie waren langjährige Stammgäste und mittlerweile mit der Besitzerfamilie persönlich befreundet. Danach würde es über Johannesburg mit einem kleinen Flugzeug zu einer sechstägigen Safari in die Londolozi Lodge gehen, wo sie am Landestreifen von ihrem Ranger erwartet werden würden. Melvin war ein erfahrener Tierexperte und -liebhaber, mit dem sie schon mehrfach das große Naturgebiet erkundet hatten. Hubertus freute sich auf das Wiedersehen mit diesem liebenswürdigen Südafrikaner, der ihm und Anna im Laufe der Jahre ans Herz gewachsen war.

Als er von seiner unheilbaren Krebserkrankung erfahren und sich nach langen Überlegungen zur Operation entschlossen hatte, hatte er sich gefragt, ob er jemals wieder die Gelegenheit zu einer Safari bekommen würde. Wie sehr hatte er sich gewünscht, noch einmal mit Melvin und dem lustigen Tierspäher Milton in einem Jeep aus der Nähe Ausschau nach diesen wunderbaren Wesen der afrikanischen Tierwelt zu halten. Dass er sich diesen Herzenswunsch jetzt erfüllen konnte, empfand er als eine großzügige Belohnung für die schlimmen Qualen, die er in den letzten Wochen erleben musste.

Hubertus und Anna kannten fast die ganze Welt aus vielen Reisen, die sie seit ihrer Heirat unternommen hatten. Aber der bevorstehende Flug nach Südafrika war für das Ehepaar wie eine Premiere, auf die sie sich ganz besonders freuten.

Bernd von Assberg war schläfrig; ihm fielen immer wieder die Augen zu. Es war fast 23:00 Uhr und er hatte sich an Bord von Flug EK 60 auf dem Weg von Hamburg nach Dubai gegen 19:00 Uhr sein Abendessen servieren lassen. Er genoss den liebevoll zurechtgemachten Teller mit iranischem Kaviar und als Hauptgericht gegrillten Lachs mit frischem Gemüse. Dazu trank er stilles Mineralwasser.

Bis zur Landung waren es noch gut drei Stunden und er beschloss, sich ein kleines Nickerchen zu gönnen. Der breite First-Class-Sessel in der Boeing 777 ließ sich per Knopfdruck sekundenschnell zu einem bequemen Bett verwandeln und die geräumige Privatsuite mit verschließbarer Schiebetür ermöglichte eine völlig störungsfreie Schlafruhe.

Der Klinikboss war auf dem Weg zu einem internationalen 3-Tage-Kongress für Top-Manager der Gesundheitsbranche im berühmten Burj Al Arab in Jumeirah. Zu den Markenzeichen des exklusiven Luxushotels zählte eine Sky-Bar in 200 Metern Höhe über dem Meeresspiegel, an dem sich viele Teilnehmer am Abend zu vertraulichen Gesprächen trafen. Auch wenn Bernd von Assberg kein großer Freund solcher After-Work-Partys war, hoffte er dieses Mal jedoch auf neue Kontakte. Er war fest dazu entschlossen, Joachim Frankenberg kurzfristig durch einen neuen, jüngeren und aktiveren Verwaltungsdirektor zu ersetzen. Und bei diesem hochkarätigen Jahrestreffen in der größten Stadt der Arabischen Emirate wimmelte es vor geeigneten Kandidaten.

Personalchef Rolf Leiseberg war über die Absichten des Klinikeigentümers vertraulich informiert und sollte bereits einen geeigneten Auflösungsvertrag für eine geräuschlose Trennung vorbereiten. Das Grundsatzgespräch mit Joachim Frankenberg wollte er so schnell wie möglich führen. Mittlerweile gab es auch vage Gerüchte über angebliche finanzielle Probleme des Verwaltungsdirektors. Man sprach von erheblichen Schulden. Nähere Einzelheiten über die kolportierte Schieflage des 55-Jährigen waren allerdings nicht bekannt. Von Assberg musste unbedingt herausfinden, was sich hinter diesem Gerede verbarg. Sofern sein Manager wirklich klamm war, könnte er daraus möglicherweise einen Vorteil für die erforderliche Vereinbarung zur möglichst einvernehmlichen Trennung ziehen. Mit diesem Gedanken drehte er sich zur Seite und fiel in einen tiefen Schlaf. Zwei Stunden später spürte er eine Hand an seiner Schulter. Die Stewardess lächelte ihm freundlich zu. »Es ist kurz vor 01:00 Uhr und wir sind pünktlich im Anflug auf Dubai. Darf ich Ihnen noch einen Kaffee oder Tee bringen. Ich hoffe, Sie haben sich ein wenig ausruhen können.«

Von Assberg nickte und bestellte sich eine Tasse schwarzen Tees. Zwei Stunden später saß er in der Hotellimousine, die ihn ins Burj Al Arab brachte. Seine geräumige Suite mit Blick auf das Meer lag in der 12. Etage. Es war kurz nach 03:00 Uhr morgens und noch tiefe Nacht in der internationalen Drei-Millionen-Metropole am Persischen Golf.

Kurz nach 11:00 Uhr surrte das Handy auf dem Nachttisch. In Deutschland war es jetzt 08:00 Uhr. Um diese Zeit saß Bernd von Assberg meistens schon am Schreibtisch. Er fragte sich, wer ihn so früh sprechen wollte und war etwas überrascht, als er die Stimme von Rolf Leiseberg hörte. »Herr von Assberg, es gibt hochaktuelle Neuigkeiten in Sachen Joachim Frankenberg. Ich sprach gestern Abend zufällig mit einem guten Freund, Personalchef bei einem Hersteller von Medizingeräten. Die haben gerade einen Vertrag mit Herrn Frankenberg gemacht.«

Von Assberg war höchst verwundert. »Wie, hat er sich dort beworben? Als was? Und wie heißt die Firma?«

»Es ist die MFT Deutschland GmbH«, antwortete der Personalchef. »Und wenn ich meinen Kollegen richtig verstanden habe, hat das Unternehmen Herrn Frankenberg als Referenten für die halbjährlichen Außendiensttagungen verpflichtet. Aber auch im Schulungsbereich für den Firmennachwuchs sind wohl Vorträge geplant. Ich versuche noch, eine Vertragskopie zu bekommen. Aber das ist recht problematisch; auch ich würde eine so vertrauliche Unterlage nicht aus dem Haus geben wollen.«

Bernd von Assberg war für Sekunden das, was ihm selten widerfuhr. Einfach sprachlos. Er überlegte kurz und bat dann seinen Mitarbeiter, möglichst weitere Details in Erfahrung zu bringen. »Wie hoch ist das Honorar, wie viele Einsätze und vor allem wann sind die Termine? Machen Sie sich bitte bei Ihrem Freund so schlau es geht. Jede Kleinigkeit kann von großer Bedeutung sein. Je mehr wir wissen, umso schneller und leichter können wir dieses lästige Problem lösen. Mein Riecher hat mich nicht getäuscht, ich habe bei diesem Joachim Frankenberg schon seit längerer Zeit kein gutes Gefühl mehr. Aber bitte, Herr Leiseberg, kein Wort zu jemanden. Die Sache muss absolut unter uns bleiben. Herzlichen Dank jedenfalls für Ihren

Anruf und halten Sie mich bitte jederzeit auf dem Laufenden, sofern es Neuigkeiten gibt.«

Nachdenklich bestellte sich Bernd von Assberg ein leichtes Frühstück auf sein Zimmer. Danach wollte er sich für ein bis zwei Stunden einen schattigen Platz am herrlichen Hotelpool suchen. Die Health Conference sollte erst um 18:00 Uhr mit einem Empfang beginnen. Bis dahin blieb auch noch genügend Zeit für ein paar geschäftliche Telefonate.

Als er eine Stunde später in Bermudas und Polohemd zur Poolanlage ging, bekam er fast einen Hitzschlag. Er schätzte die Temperatur auf über 40 Grad und die gleißende Sonne war kaum zu ertragen. Von Assberg schaute sich nach einem Platz im Schatten um und fand einen gut geschützten Liegestuhl unter einem riesigen Schirm. Er hatte Durst und bestellte sich eine große Flasche Mineralwasser mit Eis und Limette.

Nach wenigen Minuten kam ein groß gewachsener Mann in der typischen Landestracht auf ihn zu. Er trug ein knöchellanges Dishdasha-Gewand aus weißer Baumwolle und als Kopfbedeckung eine Ghutra mit einer schwarzen Kordel. Er musste um die 50 Jahre alt sein und hatte ein leicht gebräuntes Gesicht, das am Kinn kleine Schnittwunden von einer frischen Nassrasur aufwies. Er wirkte sehr freundlich und entsprechend begrüßte er den Gast aus Deutschland in einem nahezu akzentfreien Englisch. »Herzlich willkommen in Dubai, Herr von Assberg. Ich freue mich, Sie endlich persönlich kennenzulernen.«

Bernd von Assberg hatte den Araber noch nie gesehen und war über diesen überraschenden Empfang höchst erstaunt. Er antwortete ebenfalls in seinem

Englisch mit unüberhörbar deutschem Akzent. »Sie kennen meinen Namen? Ich aber weiß nicht, wer Sie sind. Was verschafft mir die Ehre?« Der Fremde lächelte. »Mein Name ist Moussa Al Yamani und ich lebe hier in Dubai, wenn ich nicht gerade für meine Auftraggeber rund um die Welt fliege. Ich vertrete eine Gruppe sehr vermögender Investoren aus den Emiraten, die bereits über nennenswerte Besitztümer sowie über zahlreiche Beteiligungen in Europa und auch Nordamerika verfügen. Aktuell interessieren uns in erster Linie erfolgreiche Unternehmen der Gesundheitswirtschaft. Ganz besonders auch ausgewählte Häuser wie beispielsweise Ihre Hanse CityClinic. Es ist wirklich höchst bemerkenswert, was Sie aus diesem Krankenhaus gemacht haben und wie Sie sich in diesen branchenweit schwierigen Zeiten behaupten. Mein Kompliment, werter Herr von Assberg.«

Wenigstens einer, der keine Zeit verliert, dachte der hochgelobte Klinikbesitzer. »Vielen Dank für die Blumen, aber Sie werden sich schon jemand anderen suchen müssen, Herr Al Yamani, meine Klinik steht nicht zur Disposition. Wenn Sie sich schon so ausführlich über mich erkundigt haben, dürfte Sie das keineswegs überraschen.«

»Aber ja«, bestätigte der arabische Geschäftsmann, »gerade deshalb interessiert uns ja Ihr Haus. Was gibt es für bessere Erfolgsreferenzen, als einen Besitzer, der nicht verkaufen möchte? Natürlich respektieren wir Ihre Einstellung, möchten Sie aber höflichst bitten, sich trotzdem unser Angebot anzuhören. Völlig unverbindlich. Und wenn Sie dann immer noch dankend ablehnen, behalten wir dieses freundliche Gespräch in bester Erinnerung und werden Sie nie wieder belästigen. Darf ich Sie morgen Abend zu einem Dinner in einem ganz besonderen Spezialitätenrestaurant einladen? Mein Chauffeur würde Sie nach der Tagung abholen. Sagen wir gegen 21:00 Uhr? Dann haben Sie ja auch noch Zeit, sich ein wenig von Ihrer gewiss anstrengenden Konferenz zu erholen.«

Was hätte er schon zu verlieren?, sagte sich Bernd von Assberg und lächelte ebenso freundlich zurück. »Einverstanden, aber denken Sie bitte an meine Worte. Und die sind mindestens so beständig wie das schöne Sommerwetter in Dubai.«

Als Moussa Al Yamani seinen Gast aus Hamburg persönlich ins Hotel zurückbrachte, setzte keine 900 Kilometer Luftlinie entfernt ein Airbus 320 auf dem Flughafen King Khalid in Riad zur Landung an. In der Business Class saßen sechs Männer, die sich am Nachmittag in der Lounge des neuen internationalen Flughafens von Istanbul getroffen hatten.

Hier wartete Ali Abdoul Bebehani auf seinen Geschäftspartner Wojtek Kowalczyk. Er kam aus Warschau in Begleitung von zwei Rumänen. Beide waren Anfang 40 und bereit, jeweils eine Niere zu verkaufen. Dafür bekamen sie pro Kopf bescheidene 12.000 Euro und weitere 3.000 Euro für die ärztliche Nachsorge, sobald sie wieder zu Hause waren. Die Spender stammten aus einem kleinen Vorort von Bukarest, waren seit längerer Zeit arbeitslos und lebten in ärmlichen Verhältnissen getrennt von ihren Familien. Über einen Bekannten hatten sie von diesem Polen gehört, der dringend nach gesunden Spendern im mittleren Alter suchte. Er arrangierte ein Treffen mit Wojtek Kowalczyk, der ihnen diese Summe in Aussicht stellte, sofern sie medizinisch geeignet waren. Zwei Tage später fuhren sie mit dem Zug nach Warschau und wurden von einem Arzt gründlich untersucht, der nach Vorlage der Laborbefunde grünes Licht gab. Die Fahrkarte und das Doppelzimmer in einem Zwei-Sterne-Hotel hatte der Pole bezahlt. Nach den erfolgreichen Tests brachte er die beiden Rumänen zum Bahnhof und versprach, sich sehr schnell zur Vereinbarung aller weiteren Einzelheiten und Termine zu melden. Bis dahin sollten die beiden Spender prüfen, ob sie über gültige Reisepässe für den Flug nach Riad verfügten. Sie zeigten dem Polen die Dokumente und stiegen in den Zug, der sie über Budapest zurück nach Bukarest brachte.

Für die Verpflegung unterwegs erhielt jeder 100 Euro und beide bedankten sich überschwänglich bei ihrem großzügigen Gastgeber. Für die Entnahme und Transplantation der Nieren hatten die Organhändler auf Vermittlung von Joachim Frankenberg einen renommierten Chirurgen aus Frankfurt verpflichten können. Prof. Jan Groenke war seit dem Verlust der ärztlichen Zulassung infolge seiner gerichtlichen Verurteilung wegen Bestechlichkeit und Nötigung finanziell unter Druck und für jede alternative Einkunft sehr dankbar. Deshalb hatte er nicht gezögert, das lukrative Angebot vom Verwaltungsdirektor der Hanse CityClinic anzunehmen. Der international renommierte Transplantationsspezialist betrat kurz nach den drei Passagieren aus Warschau die große Business-Lounge im ersten Stock des riesigen Flughafens. In seiner Begleitung war ein erfahrener Anästhesist, mit dem er bereits bei zahlreichen Organverpflanzungen kooperiert hatte.

Empfänger waren zwei schwerreiche Saudis im Alter von 55 und 63. Beide Patienten hatten im Voraus jeweils 480.000 Euro auf das Bankkonto der Hamburger Pharma-Exportfirma überwiesen. Als Verwendungszweck gaben Sie den Kauf von medizinischen Produkten an. Von den insgesamt 960.000 Euro ging gut die Hälfte auf ein Schweizer Bankkonto des polnischen Vermittlers. Für Ali Abdoul Bebehani und seinen Partner Jassem Sabah blieb nach Abzug der Honorare für den Chirurgen und Anästhesisten sowie für den Klinikaufenthalt der beiden Spender

und der Provision für Joachim Frankenberg immer
noch ein satter Gewinn von fast 300.000 Euro übrig.
Der Kuwaiter war höchst zufrieden und wandte sich
an seinen Freund Jassem. »Nun müssen wir nur noch
auf die Barmherzigkeit Allahs hoffen, dass die vier
Eingriffe gut verlaufen und am Ende alle zufrieden
sind. Wir jedenfalls haben hierfür alles Mögliche getan.«

Die beiden Männer hielten sich in der Lobby des
Four Seasons Hotel Riyadh am Königsplatz auf. Sie
tranken frischen Minztee und warteten auf die beiden
Ärzte und ihren polnischen Vermittler. Die Herren
wollten sich nach den Flügen kurz auf ihren Zimmern
frischmachen.

Um entsprechend Goodwill bei Herrn Kowalczyk
zu erzeugen, hatten Sie zwei Flaschen polnischen
Wodka auf sein Zimmer bringen lassen. Daher waren
sie sich auch nicht mehr sicher, ob er sich nicht lieber
mit der Flasche vergnügen würde, als sich noch einmal
blicken zu lassen.

Gleich nach ihrer Landung war der geräumige Lu-
xusvan des beauftragten Shuttle-Service zunächst in
die Privatklinik gefahren. Nachdem Wojtek Kowalczyk die vorbereiteten Aufnahmeformulare ausgefüllt
und unterzeichnet hatte, wurden die beiden Spender
zu ihrem gemeinsamen Zimmer auf der chirurgischen
Station gebracht.

Am nächsten Morgen sollten die Spender und
Empfänger gemeinsam von Prof. Groenke und dem
Anästhesisten untersucht und auf die Operationen
vorbereitet werden. Die Entnahme und Transplantation der Nieren war für den übernächsten Tag geplant. Die beiden Ärzte aus Deutschland waren mit

dem Ablauf und der professionellen Organisation vor Ort sehr zufrieden. Ohne zu zögern, stimmten sie der mehrfachen Bitte von Klinikmanager Aziz Al-Rabeeah zu, sich pünktlich um 08:00 Uhr im Hotel abholen zu lassen. Bis dahin blieben nicht sehr viele Stunden für einen erholsamen Schlaf nach der anstrengenden Reise. Aber frühes Aufstehen gehörte ja zu den täglichen Lebensgewohnheiten von Operateuren.

Bereits in den frühen Morgenstunden waren es über 30 Grad in Riad. Es war windstill und stickig. Im Van, der sich durch den heftigen Berufsverkehr der 5-Millionen-Metropole quälte, roch es zudem stark nach Alkohol. Wojtek Kowalczyk hockte allein in der Mitte der letzten Reihe der Großraumlimousine und atmete schwer. Er hatte in der Nacht eine ganze Flasche Wodka ausgetrunken und litt erheblich mehr unter der Hitze als die anderen Passagiere. Obwohl die Klimaanlage im Fahrzeug auf Hochtouren lief, war das kurzärmelige Hemd des Polen schweißgetränkt. Er rang schwer nach Luft. Da er keine bequeme Sitzposition fand, rutschte er auf der Lederbank hin und her. Auf der mittleren Bank hatten die beiden deutschen Ärzte mit Ali Abdoul Bebehani Platz genommen; vorn neben dem Fahrer war Jassem Sabah eingestiegen.

Die Privatklinik befand sich in der Nähe des Al Faisaliyah Centers in der King Fahd Road. Die Gruppe wurde bereits am Eingang erwartet.

Prof. Jan Groenke und der Anästhesist wurden in das Büro des Ärztlichen Direktors geführt, um das Untersuchungsprogramm der Organspender und -empfänger festzulegen. Neben Blutlabor, EKG und verschiedenen Röntgenaufnahmen waren auch weitere Funktionstests und eine umfangreiche Anamnese vorgesehen. Für die Ärzte galt, sich ein lückenloses Krankheitsbild von den vier Patienten zu verschaffen, um möglichst alle Risiken für Komplikationen auszuschließen. Anwesend war auch der australische Chefarzt der Radiologie. Die Privatklinik verfügte über die modernsten Geräte für nahezu alle Verfahren der medizinischen Bilddiagnostik.

Währenddessen trafen sich die drei Organhändler mit Klinikmanager Aziz Al-Rabeeah zu einem Arbeitsfrühstück in der luxuriösen Lounge des Gebäudes. Der Hausherr war sichtbar erleichtert. »Ich bin sehr glücklich, dass es nun endlich klappt und wir auch noch gleich mit einer Doppelpremiere starten können. Aber das, liebe Freunde, ist nur der Anfang. Auf unserer Warteliste stehen noch zahlreiche Namen schwerkranker Patienten, die dringend eine neue Niere oder eine Splitleber benötigen. Wir brauchen unbedingt ganz schnell ausreichenden Nachschub.« Er wandte sich an den Polen, der wenig Englisch verstand und kaum sprach. »Herr Kowalczyk, wann können Sie uns die nächsten Spender bringen? Mit Prof. Groenke haben wir einen erstklassigen Tansplanteur, der ein hoch angesehener Spezialist auf diesem Gebiet ist. Außerdem verfügt er ja wohl über genügend Zeit für solche Aufträge.«

»Und entsprechenden Geldbedarf«, ergänzte Ali Abdoul Bebehani.

»Wir brauchen aber noch mindestens zwei bis drei weitere Chirurgen und Anästhesisten, damit wir auch bei personellen Verhinderungen operationsfähig bleiben. Jassem und ich werden uns deshalb noch einmal mit unserem Hamburger Geschäftsfreund treffen.«

Im Beisein von Wojtek Kowalczyk wollte der Kuwaiter nicht den Namen von Joachim Frankenberg erwähnen. Er hatte nur begrenztes Vertrauen zu dem Polen, dessen unkontrollierte Trinksucht ein zusätzliches Risiko für alle Beteiligten war. Als könne er Gedanken lesen, meldete sich der Mann aus Warschau zu Wort und gab seinen Geschäftspartnern in gebrochenem Englisch zu verstehen, dass er quasi jederzeit über ausreichend Quellen von geeigneten Organspendern verfüge, um den bestehenden Bedarf langfristig abzudecken.

Aziz Al-Rabeeah war erleichtert. »Das war bislang unsere größte Sorge. Nun müssen wir vor allem gute Operateure und Narkoseärzte finden. Über diese qualifizierten Spezialisten verfügen wir leider nicht hier in Riad und wir dürfen keinesfalls das Risiko eingehen, Chirurgen zweiter Wahl zu verpflichten. Wenn da etwas schiefgeht, wären die Folgen fatal. Nicht nur für dieses Geschäft, sondern für die gesamte Klinik, die ja hauptsächlich von sehr anspruchsvollen und vermögenden Patienten lebt.« Der saudische Klinikmanager überlegte kurz und wandte sich dann an seine arabischen Partner. »Da ja dieser Prof. Groenke zurzeit kein festes Engagement hat, könnten wir ihm doch einen lukrativen Kooperationsvertrag anbieten und ihn quasi zum freiberuflichen Transplantationschef ernennen. Ärzte sind ja auch eitel und legen großen Wert auf Titel.«

Auch Ali Abdoul Bebehani hatte bereits über diese Option nachgedacht. »Das ist eine gute Idee, Aziz. Wir warten jetzt erst einmal, wie diese Operationen verlaufen, und können mit ihm ja darüber sprechen, wenn wir zur nächsten Transplantation in Riad sind. Am besten, wir vereinbaren hierfür schon heute die Termine.«

Träumte er oder war es Wirklichkeit? Joachim Frankenberg saß im Büro des Klinikeigentümers und war schockiert. Er konnte es einfach nicht glauben. Bernd von Assberg hatte ihm soeben fristlos gekündigt und ihn aufgefordert, unverzüglich seinen Schreibtisch zu räumen. »Ich gebe Ihnen eine Stunde, um mit Ihrem Sack und Pack die Klinik zu verlassen. Ich will Sie nie wieder sehen.«

Der Verwaltungsdirektor war sprachlos. Ihm war zwar die rapide zunehmende Kritik und Unzufriedenheit über seine Arbeit durchaus bewusst, doch hatte er mit einer außerordentlichen Kündigung überhaupt nicht gerechnet. Was rechtfertigte eine Entlassung von jetzt auf gleich? Bevor er etwas sagen konnte, fuhr sein Arbeitgeber fort. »Abgesehen von der gravierenden Verschlechterung Ihrer Leistungen, die schon seit Längerem weder Ihre Position noch Ihre Dotierung rechtfertigen, liegen uns zweifelsfreie Beweise für eine erhebliche Verletzung Ihres Arbeitsvertrages vor. Ersparen Sie sich bitte die Peinlichkeit von Details. Sie wissen ganz genau, was hiermit gemeint ist. Aber ich konfrontiere Sie auch gern konkret mit den Vorwürfen, sofern Ihr Gedächtnis so lückenhaft ist wie Ihre Loyalität.«

Dann machte Bernd von Assberg seine bekannte Handbewegung, die den Besucher zum sofortigen Verlassen seines Büros aufforderte. »Gehen Sie gleich zu Herrn Leiseberg. Der Personalchef erwartet Sie bereits und klärt noch alle offenen Punkte. Übergeben Sie ihm auch Schlüssel und Papiere Ihres Firmenwagens. Und treten Sie mir nicht mehr vor die Augen. Ihr Anblick bereitet mir heftige Übelkeit.«

Nach dem anschließenden Gespräch mit dem Personalchef fuhr Joachim Frankenberg mit einem Taxi nach Hause. Seine persönlichen Sachen hatte er in zwei Kartons zusammengepackt. Er wusste noch nicht, wie er auf diese fristlose Kündigung reagieren sollte, und beschloss, einen kurzfristigen Termin mit seinem Rechtsanwalt zu verabreden.

Die Hanse CityClinic wusste offenbar von seinem Vertrag mit der MFT Deutschland, den er mit Verkaufsdirektor Marius Köhler vereinbart hatte. Ihm war aber nicht klar, wie sie davon Wind bekommen hatte. Irgendjemand musste geredet haben. Aber wer? Rolf Leiseberg wollte hierzu keine weiteren Angaben machen. Allerdings sprach er von zusätzlich eindeutigen Indizien über beträchtliche Honorare für eine illegale Zusammenarbeit mit Ali Abdoul Bebehani und warf ihm vor, sich an schmutzigen Geschäften mit Spenderorganen zu beteiligen und zu bereichern. Das höchst unangenehme Gespräch in der Personalabteilung hatte ihn in höchste Aufregung versetzt; er spürte förmlich, wie ihm der Schweiß am Rücken herunterlief. Sein Oberhemd war klitschnass. Danach hatte ihn ein junger Mitarbeiter in sein ehemaliges Büro begleitet und gewartet, bis er seine persönlichen Sachen verstaut hatte. Der zuvorkommende Mann half ihm beim Tragen und begleitete ihn zum Ausgang. Höflich verabschiedete er den ehemaligen Verwaltungsdirektor. »Mir tut das sehr leid, Herr Frankenberg. Das muss ein sehr schlimmer Moment für Sie sein. Ich wünsche Ihnen trotzdem alles Gute.« Ein freundlicher Schlusssatz, der eine fast 15-jährige Managerkarriere in nur wenigen Minuten beendete.

Noch am selben Abend traf sich Joachim Frankenberg mit Ali Abdoul Bebehani in seiner Hamburger Exportfirma, die angeblich mit Pharmazeutika und Medizingeräten handelte.

Die beiden Männer schauten sich schweigend an. Dann fuhr sich der Araber mit der Hand über seinen kräftigen Drei-Tage-Bart.

»Die haben Sie doch tatsächlich rausgeworfen. Das habe ich kommen sehen, verehrter Herr Frankenberg. Allerdings nicht so schnell. Werden Sie die Klinik jetzt verklagen? Das ist doch bei euch in Deutschland so üblich, wenn ein Angestellter entlassen wird.« Joachim Frankenberg zuckte mit den Schultern. »Das werde ich mit dem Anwalt besprechen. Nur, egal was jetzt passiert, meinen Job bin ich los. Und ich brauche dringend eine neue Betätigung.«

Bebehani lächelte. »Und da kommen Sie gleich zum netten Ali, weil er Ihnen ja ganz gewiss aus der Patsche helfen wird. Normalerweise ist es auch so, wir sind sehr loyal mit unseren Freunden und lassen diese nie im Stich. Nur muss ich mich an dieser Stelle fragen: Ist Joachim Frankenberg wirklich unser Freund? Wie würden Sie darauf antworten?«

Der ehemalige Klinikmanager wusste genau, worauf sein Gesprächspartner hinaus wollte.

»Herr Bebehani, haben Sie in mir einen Freund oder nicht vielmehr einen nützlichen Partner für Ihre geschäftlichen Aktivitäten gesucht?«

Das Lächeln des Mannes am Schreibtisch wurde noch breiter. »Der Begriff nützlich gefällt mir in diesem Zusammenhang besonders gut. Wie wir ja alle wissen, lag Ihr bisheriger Nutzen deutlich unter unseren vereinbarten Verabredungen und Ihren Versprechungen. Anders ausgedrückt, Sie hatten bislang erhebliche Schwierigkeiten, diese zu erfüllen. So gesehen war Ihr Preis-Leistungs-Verhältnis mehr Ihnen als uns nützlich.«

Wieder musste Joachim Frankenberg schwitzen und er überlegte, wie er dem Gespräch eine positive Wende geben konnte. »Lassen Sie uns doch nicht nur über gestern reden, sondern nach vorn schauen. Als freier Mann kann ich für Sie wesentlich mehr tun und meine Möglichkeiten am Gesundheitsmarkt ganz anders ausschöpfen. Ich muss jetzt keine Rücksicht mehr auf eine berufliche Position nehmen. Das ist ein erheblicher Vorteil, vor allem für Sie und die gemeinsame Sache.« Er musterte sein Gegenüber, der keine Miene verzog, kurz überlegte und dann antwortete: »Das mag so sein, Herr Frankenberg, und wir werden gern über Ihren Vorschlag nachdenken. Möglicherweise finden wir eine intelligente Lösung für Ihr Problem und können Sie noch mehr in unsere Organisation einbinden. Sie wissen genau, was wir suchen. Transplantationschirurgen und vor allem auch Kliniken in Deutschland oder seinen Nachbarländern, die zu einer direkten Kooperation bereit sind. Unsere Kapazitäten in Riad sind begrenzt. Viele unserer Patienten sind reisefähig und könnten sich also problemlos in Europa operieren lassen. Das würde auch den organisatorischen Aufwand für die Organspender reduzieren, die wir dann nicht mehr um die halbe Welt fliegen lassen müssten.« Joachim Frankenberg war sich dieser Vorteile durchaus bewusst, schließlich hatte er anfangs gehofft und auch geglaubt, die Hanse CityClinic für dieses finanziell höchst einträgliche Geschäft zu gewinnen. »Mir ist das völlig klar, Herr

Bebehani, und möglicherweise bekommen wir das jetzt ja hin. Zumindest sind die Chancen besser, da ich als freier Mann meine branchenweiten Verbindungen viel intensiver nutzen kann als in meiner bisherigen Position. Ich möchte aber nicht schon wieder Erwartungen wecken, die sich dann nicht erfüllen. Diese Erfahrung war mir eine Lehre.«

Der Araber nickte zustimmend, während der Deutsche fortfuhr. »Mit Prof. Groenke haben Sie ja durch meine Vermittlung einen ausgezeichneten Chirurgen als Partner, der angesichts seiner beruflichen Situation relativ viel Zeit haben dürfte. Aber für einen kontinuierlichen Operationsbetrieb benötigen Sie vor Ort in Riad mindestens zwei weitere Transplantationsteams. Sehr gern intensiviere ich für Sie die Suche nach geeigneten und willigen Kandidaten.«

»Das hatten wir ja schon bei unserem Treffen in Zürich besprochen und die entsprechenden Bedingungen geklärt. Nun haben wir aber durch Ihre plötzliche Arbeitslosigkeit eine veränderte Situation. Ich werde die Thematik in den nächsten Tagen mit den Herren Sabah und Al-Rabeeah besprechen. Sie hören demnächst von mir. Ich danke Ihnen für Ihren freundlichen Besuch und wünsche Ihnen eine schnelle Lösung für Ihre unerfreulichen Probleme.«

Am Abend erreichte Joachim Frankenberg seinen Geschäftsfreund Marius Köhler, mit dem er kürzlich den Vertrag als Referent für die MFT ausgeheckt hatte.

»Das ist wirklich eine saublöde Geschichte«, erklärte der Verkaufsdirektor, »mein Boss hatte mich kürzlich zu unserem Vertrag befragt. Er wollte wissen, woher wir uns kennen und was hinter dieser Vereinbarung steckt. Da wir schon recht lange einen versierten Klinikmanager für unsere Außendiensttagungen und Nachwuchsförderung suchen, hat er mir keine Vorwürfe gemacht. Aufgeflogen ist unser Deal durch die persönliche Bekanntschaft von eurem und unserem Personalchef. Sie haben mehrmals miteinander telefoniert. Unser Mann hat wohl bei euch angerufen, nachdem er den Vertrag gesichtet und über deinen Namen gestolpert war. Mir tut es sehr leid, lieber Joachim, aber dafür kann ich nun wirklich nichts. Was ist denn nun mit dir, haben sie dich wirklich entlassen? Ich hörte so etwas in unserem Haus und werde klären, wie wir mit unserer Vereinbarung verfahren und ob deine geplanten Referate auch unter den jetzigen Gegebenheiten stattfinden können. Aus meiner Sicht spricht nichts dagegen, aber das Ganze ist ja nun ein Politikum.«

Eine weitere Baustelle von Joachim Frankenberg, der das vereinbarte Gesamthonorar ja als Vorauszahlung bereits erhalten und damit seine Spielschulden bezahlt hatte.

Die beiden Männer verabredeten, telefonisch in Kontakt zu bleiben.

Um 05:00 Uhr klopfte Melvin an die Tür von Bungalow 8 auf der Londolozi Lodge im Krüger Nationalpark. Der bei vielen Besuchern so beliebte Ranger weckte Hubertus und Anna. Sie hatten sich so früh zur ersten Pirschfahrt durch das naturgetreue Wildreservat verabredet. In der morgendlichen Dämmerung bestanden die besten Chancen, viele der in Südafrika lebenden Tierarten aus unmittelbarer Nähe sehen zu können.

Gleich neben ihrem luxuriösen Camp, das von einer 150 Quadratkilometer großen Fläche umgeben war, badeten Flusspferde in einem See, während hungrige Krokodile am Ufer Ausschau nach einer genussvollen Beute hielten. Sie fuhren in ihrem achtsitzigen Safari-Jeep über holprige Wege, vorbei an Zebras, Antilopen, Giraffen, Kudus und Büffel. Sie sahen Nashörner, Wildhunde, Geparde und ein ganzes Löwenrudel, das seine Reviergrenzen mit Kot und Urin markierte. Auch trafen sie auf große Clans mächtiger Elefantenbullen und -kühe mit ihren jungen Nachkömmlingen und Elefantenbabys im Schlepptau. Mit ihren Rüsseln griffen sie nach Gras, Früchten, Zweigen und Rinde.

Anna und Hubertus waren fasziniert von dieser großartigen Tierwelt und mit ihren Gedanken weit weg von der leidvollen Krebskrankheit, die nach der erfolgreichen Operation und Chemotherapie fast überwunden schien.

»Ich bin so glücklich und dankbar, diese wunderbare Safari noch einmal erleben zu dürfen«, freute sich Hubertus in einem fast akzentfreien Englisch und legte seine Hand auf die Schulter von Melvin. Der kundige Nationalparkfremdenführer lenkte das schwere Fahrzeug mit viel Geschick über Bodenwellen und Schlaglöcher.

»Are you okay?« Immer wieder erkundigte er sich nach dem Befinden seiner Fahrgäste und schenkte ihnen sein herzliches Lächeln als Dank für die große Freude, die er diesem so netten Paar bereiten durfte. Mit großer Betroffenheit hatte er von Hubertus' Krankheit erfahren und den freundlichen Mann aus Deutschland zur Begrüßung auf dem eigenen Landestreifen von Londolozi herzlich in die Arme genommen. Sie kannten sich bereits seit mehreren Jahren; Anna und Hubertus von Seelenthal waren ebenso angesehene wie sehr beliebte Stammgäste bei allen Mitarbeitern der Lodge.

»Ich habe noch eine besondere Überraschung für euch«, versprach Melvin und berichtete von einer außergewöhnlich hübschen Leopardin, die mehrfach auf der Jagd nach Futter für ihr Baby gesichtet worden ist. »Wir wissen ungefähr, wo sie sich aufhält. Heute Nachmittag werden wir sie in ihrem Gebiet suchen und gewiss auch finden.«

Leoparden zählten zu den Lieblingstieren von Hubertus. Sie im direkten Blickkontakt erleben zu können, war für ihn allein schon diese Reise wert.

Am Abend hatte die Lodge ein großes Barbecue unter dem Sternenhimmel vorbereitet. Anna und Hubertus teilten sich mit Melvin und Milton einen Tisch. Der groß gewachsene Späher, der wie Melvin aus einem nahegelegenen Dorf stammte, hielt während der Pirschfahrten auf einem Hochsitz links von der Motorhaube des Jeeps Ausschau nach den oft schwer zu entdeckenden Tieren im Wildreservat.

Hubertus von Seelenthal, der nur etwas Gemüse gegessen hatte, nahm den Ranger zur Seite. »Melvin, mein Freund, ich möchte dich etwas sehr Privates fragen.« Der Südafrikaner rückte näher und Hubertus zögerte zunächst. Er wusste nicht so recht, wie er beginnen sollte. »Wenn du eine solche Krankheit bekommst, machst du dir viele Gedanken. Natürlich auch über den Tod, der wie ein Damoklesschwert über dir schwebt. Ich habe zwar nach dem erfolgreichen Eingriff und der Therapie neue Hoffnung, kenne aber die ernüchternden Statistiken der realen Lebenserwartung. Lieber Melvin, ich habe eine große Bitte an euch alle hier. Wenn ich es nicht schaffen sollte, möchte ich dich bitten, meine Urne hier in diesem Reservat auszustreuen. Hier, in dieser wunderbaren Tierwelt von Londolozi, fühle ich mich wirklich zuhause. Eine geeignetere Ruhestätte gibt es nicht für mich. Ich werde bei nächster Gelegenheit mit dem Campmanager sprechen. Wir kennen uns ja schon seit Jahren. Melvin, würdest du mir diesen Herzenswunsch erfüllen, wenn er zustimmt?« Hubertus musste weinen und auch Melvin kämpfte mit den Tränen. »Ich werde alles Mögliche tun«, versprach er und fügte schnell hinzu: »Aber deine Zeit ist noch längst nicht gekommen.« Obwohl Anna das Gespräch nicht mitgehört hatte, ahnte sie beim Anblick der beiden Männer den Inhalt. Hubertus hatte bereits ihr gegenüber eine Andeutung gemacht und sie war sich sicher, dass die beiden Männer darüber gesprochen hatten. Sie schenkte Melvin ein herzliches Lächeln mit einem Gefühl höchster Dankbarkeit. Als langjähriger Weltenbummler kannte Hubertus von Seelenthal die sehenswertesten Reiseziele auf allen

Kontinenten. Südafrika hatte dabei für ihn immer einen besonderen Stellenwert. Besonders berührte ihn die Warmherzigkeit vieler Menschen und er empfand eine besondere Verbundenheit mit den dunkelhäutigen Einheimischen, die so viele Jahre unter einer noch immer nicht völlig überwundenen Apartheid hatten leiden müssen. Er war ein großer Anhänger von Nelson Mandela, den er für den herausragendsten Philanthropen und Politiker der jüngsten Geschichte hielt. Und er verabscheute jede Form von Rassismus und auch Antisemitismus.

Die aktuelle Reise an die Südspitze des afrikanischen Kontinents empfand Hubertus wie eine medizinische Therapie. Eine ganze Woche verbrachten sie im Luxushotel One & Only direkt an der Waterfront in Kapstadt. Von hier unternahm das Ehepaar täglich mit Fremdenführer Mannie Ausflüge in die Region. Er fuhr mit ihnen zur Walbeobachtung nach Hermanus, zum Kap der Hoffnung und zum Pinguinstrand bei Simons Town sowie zu verschiedenen Weingütern in Stellenbosch, Franschoek und Constantia. Mittags ließen sie sich in den beliebtesten Restaurants der Region kulinarisch verwöhnen, wobei sich Hubertus konsequent an die Ernährungsvorgaben seiner Ärzte hielt. Chauffeur und Reiseleiter Mannie, ein gläubiger Moslem mit malaysischem Ursprung, saß bei jedem Restaurantbesuch mit seinen Fahrgästen am Tisch und musste nicht stundenlang im Van warten, während die Herrschaften speisten. Auch in dieser Beziehung war Hubertus anders als die meisten Touristen.

Nach acht erlebnisreichen Tagen ging es dann per Linienflug über die kleine Stadt Nelspruit zum Krüger Nationalpark. Den letzten Streckenabschnitt bis zur Londolozi Lodge legten sie mit einer viersitzigen Propellermaschine zurück. Hier wollten sie fünf Tage bleiben und täglich zweimal auf Safari gehen.

Für den Rückflug ab Johannesburg hatte das Ehepaar zwei First-Class-Plätze in einem 380er-Airbus gebucht. Der Zubringer ab Londolozi erfolgte wieder mit einem Kleinflugzeug, das sie direkt zum internationalen Flughafen O. R. Tambo brachte. Melvin und Milton begleiteten sie zum Landestreifen und warteten, bis die kleine Maschine abhob. Der Ranger hoffte, das befreundete Ehepaar im nächsten Jahr wiederzusehen. Ihm graute es vor der Vorstellung, Hubertus Asche über den Boden von Londolozi zu verstreuen. Aber wenn es denn sein müsste, würde er ihm selbstverständlich diesen letzten Dienst erweisen.

Der sympathische Ranger musste sein Versprechen nicht einlösen. Hubertus von Seelenthal hatte das große Glück, der kleinen Minderheit anzugehören, die diese meist tödliche Krebsart überlebten. Er kehrte mit seiner Anna noch mehrere Jahre nach Londolozi zurück, um an der Seite von Melvin die wundervolle Tierwelt im Krüger Nationalpark zu bewundern. Aber bei jeder Abreise nahm er seinem südafrikanischen Freund dasselbe Versprechen ab.

In der Notaufnahme der Hanse CityClinic herrschte mal wieder Hochbetrieb. Soeben wurde ein ehemaliger Patient, der vor einem Jahr in einem anderen Krankenhaus an Prostatakrebs operiert wurde, per Rettungswagen eingeliefert. Der 63-jährige Mann verlor zu Hause phasenweise das Bewusstsein und konnte gerade noch die Notrufzentrale telefonisch alarmieren. Nach kurzer Zeit waren die Notärzte vor Ort und konnten mithilfe eines beim Nachbarn deponierten Ersatzschlüssels schnell die Wohnungstür öffnen. Bereits 40 Minuten nach dem Anruf lag Hans Schmidt auf der Liege im Behandlungsraum.

Nach einer ersten Untersuchung mit Blutbild vermuteten die beiden diensthabenden Ärzte einen erheblichen Flüssigkeitsmangel als Ursache und setzten ihm eine Infusion mit Elektrolyten, um den Salzhaushalt im Körper auszugleichen. Dann brachten sie ihn zur weiteren Beobachtung in ein Krankenzimmer für derartige Notfälle und hofften auf eine rasche Verbesserung seines Zustands.

Den wirklichen Grund für die Ohnmacht des Frührentners entdeckte allerdings die zuständige Krankenschwester Marianne, die sich die aktuellen Laborwerte des Patienten näher anschaute und über die stark erhöhten Herzenzyme stolperte. Sofort griff sie zum Telefon und rief bei ihrer Pflegeleitung an. »Susanne, ich brauche schnell deine Hilfe. Wir haben einen älteren Patienten in der Notaufnahme. Er hatte wohl zu Hause das Bewusstsein verloren. Die behandelnden Ärzte vermuten Flüssigkeitsmangel als Grund. Ich hatte irgendwie ein komisches Gefühl und habe mir die aktuellen Laborwerte angesehen. Sie weisen viel zu hohe Herzenzyme auf und ich habe Angst, dass der gute Mann einen Infarkt erleiden könnte. Ich möchte jetzt die beiden Ärzte darauf aufmerksam machen, wollte dich aber unbedingt zuerst informieren. Wäre es in diesem Fall nicht auch sinnvoll, wenn wir gleich unsere Kardiologie benachrichtigen? Die auffälligen Enzyme könnten ja auch ein Indiz für eine Schädigung des Herzmuskels sein.«

Susanne Schubert war zugleich erschrocken und erleichtert. »Danke, liebe Marianne, ich bin wirklich stolz auf dich. Das nenne ich beispielhaftes Engagement und Verantwortung. Wer weiß, vielleicht hast du dem Mann das Leben gerettet. Bitte geh jetzt schnell zu den beiden Ärzten und weise sie auf die viel zu hohen Herzenzyme hin. Ich halte dir selbstverständlich den Rücken frei, sofern es Probleme geben sollte. Allerdings kann ich mir das kaum vorstellen, die beiden Kollegen sollten dir mehr als dankbar sein.«

Es war die erste Wochenbesprechung nach der Entlassung des Verwaltungsdirektors, die tagelang auf allen Stationen für viele Diskussionen und Spekulationen in der Belegschaft gesorgt hatte. Da Joachim Frankenberg insgesamt recht unbeliebt gewesen war, hielt sich bei den meisten Mitarbeitern die Betroffenheit über seinen plötzlichen Rauswurf in Grenzen. Im Gegenteil, an vielen Stellen war deutliche Schadenfreude vernehmbar.

Weder die anwesenden Chefärzte noch die Pflegeleiterin konnten sich daran erinnern, wann Bernd von Assberg zum letzten Mal an einem Montag-Meeting persönlich teilgenommen hatte. Der Klinikeigentümer blickte in die Runde und begrüßte die anwesenden Mitarbeiter. »Guten Morgen, Ladys und Gentlemen. Heute müssen Sie mit mir vorliebnehmen, weil ich, wie Sie ja bereits wissen, Herrn Frankenberg vor die Tür gesetzt habe. Ich möchte Ihnen die näheren Gründe nicht erzählen, wohl aber versichern, dass die fristlose Kündigung in mehrfacher Hinsicht berechtigt oder, treffender gesagt, absolut notwendig war. Ich hoffe, Ihnen schon in den nächsten zwei Wochen einen Nachfolger vorstellen zu können. Wir sind in aussichtsreichen Gesprächen mit zwei branchenweit angesehenen Kandidaten und hoffen auf einen schnellen Abschluss, damit unsere Verwaltung wieder professionell und korrekt gemanagt wird. Zwischenzeitlich kümmere ich mich persönlich mit Unterstützung der Abteilungsleiter um die anstehenden Aufgaben. So weit zu dieser Personalie, wir sollten jetzt über die fachlich aktuellen Themen unserer Klinik reden.«

Als Erster ergriff Prof. Andreas Winkmann das Wort. »Haben Sie inzwischen einen neuen Chefarzt für die Kardiologie gefunden, da uns ja Prof. Carl in Kürze ebenfalls verlassen wird? Wir haben medizinisch dringenden Handlungsbedarf.«

Bernd von Assberg nickte. »Hier sind die Verhandlungen ebenfalls gut fortgeschritten. Unser Personalchef bereitet zurzeit den Vertrag mit einem sehr interessanten Bewerber vor. Ich habe berechtigte Hoffnung auf einen nahtlosen Übergang und würde mich freuen, wenn wir den neuen Chefarzt bereits auf der Verabschiedung von Prof. Carl offiziell begrüßen können. Die laufenden Gespräche mit neuen Führungskräften zeigen jedenfalls, dass die Hanse City-Clinic einen überregional guten Ruf hat und eine interessante Adresse für begehrte Ärzte und Manager ist. Das ist natürlich auch maßgebend Ihr Verdienst.«

»Apropos Verdienste«, bemerkte die Pflegeleiterin, und berichtete von dem unzureichend versorgten Notfallpatienten, der aber dank einer engagierten und medizinisch erfahrenen Krankenschwester von einem wahrscheinlich bevorstehenden Herzinfarkt bewahrt werden konnte. »Ich finde es schon höchst bedenklich, dass sich diensthabende Ärzte in unserer Notaufnahme noch nicht einmal die Laborwerte anschauen, die sie selbst veranlasst haben. Die erhöhten Herzenzyme sind von Schwester Marianne entdeckt worden, die mich sofort benachrichtigte und gleichzeitig die behandelnden Ärzte informierte. Durch ihre Intervention konnte dieser Risikopatient kardiologisch untersucht und gerettet werden. Das ist doch mal wieder ein wunderbares Beispiel für die fachliche Kompetenz und das Engagement von Pflegekräften.«

Wieder schaltete sich der Ärztliche Direktor in die Diskussion ein und sprach Dr. Guido Morino an, der als Chef der Anästhesie auch für die Notaufnahme verantwortlich war. »Haben Sie eine Erklärung für diesen Vorgang? Wie ich hörte, ist der gute Mann aufgrund einer Ohnmacht mit Verdacht auf Flüssigkeitsmangel einfach nur an den Tropf gehängt worden. Stellen Sie sich mal vor, er hätte erst in unserer Klinik einen wahrscheinlichen Herzinfarkt erlitten, weil wir die akuten Risiken nicht wahrgenommen haben. Was können wir tun, damit sich solche schweren Versäumnisse nicht wiederholen? Abgesehen von einem großen Lob für das musterhafte Verhalten von Schwester Marianne.«

»Da stimme ich Ihnen voll zu«, bemerkte der Eigentümer und wandte sich an Dr. Morino. »Sie sollten ein wirklich ernstes Wort mit Ihren Notdienstärzten sprechen. Dies ist ein Fall von sträflicher Nachlässigkeit. Ihre beiden Mitarbeiter verfügen doch über das fachliche Wissen, um solche Risiken zu entdecken und die notwendigen Maßnahmen zu ergreifen. So etwas darf nicht passieren; schon gar nicht in meinem Haus.« Dann lächelte er die Pflegeleiterin an. »Frau Schubert, vereinbaren Sie doch bitte mit Ihrer Mitarbeiterin einen kurzfristigen Termin in meinem Büro. Ich möchte mich persönlich bei Schwester Marianne bedanken.«

In Gedanken versunken ging Bernd von Assberg wieder in sein Büro zurück. Er war erst am Vorabend aus Dubai zurückgekommen und musste immer wieder an das Gespräch mit Moussa Al Yamani zurückdenken, der ihn am Pool des Burj Al Arab angesprochen hatte. Am Abend hatten sie sich dann im Restaurant The Loft in der Oper von Dubai zu einem Gespräch getroffen. Eigentlich hatte der Klinikinhaber nur aus Neugier zugesagt, denn er hatte bis dahin überhaupt nicht im Traum darüber nachgedacht, die Hanse CityClinic zu verkaufen. Wozu auch, er hatte genügend Geld und außerdem war es für ihn unvorstellbar, künftig nur noch als Privater zu Hause zu sitzen.

Als die beiden Männer ihre üppige Meeresfrüchteplatte und die köstlichen Austern genossen hatten, ging der Araber in die Offensive. Bis dahin hatten sie nur über Gott und die Welt geplaudert. Bernd von Assberg erkundigte sich über das Leben in Dubai und hörte seinem unterhaltsamen Gastgeber fasziniert zu.

Wider Erwarten musste er sich eingestehen, dass er diesen unerwarteten Abend sehr genoss.

»Hand aufs Herz, Herr von Assberg, könnten Sie sich nicht vorstellen, künftig hier bei uns in diesem Paradies zu leben?« Moussa Al Yamani musterte den deutschen Unternehmer, der nunmehr gedankenversunken auf seinen Teller schaute. Es war der richtige Moment, das Kaufangebot der Investoren auf den Tisch zu legen, die ihn mit dieser Akquisition beauftragt hatten.

Bernd von Assberg traute seinen Ohren nicht. Die arabischen Interessenten waren bereit, seine Klinik zu einem Preis zu erwerben, der ein Mehrfaches des aktuellen Marktwertes ausmachte. Und oben drauf würde er eine komplett eingerichtete Luxusvilla mit großem Pool im teuren Stadtteil Jumeirah bekommen. Einschließlich Hausangestellten, Chauffeur und Gärtner.

Er wusste nicht so recht, was er sagen sollte und nippte nervös an seinem Wasserglas. Moussa Al Yamani spürte, dass er den hartnäckigen Deutschen ins Wanken gebracht hatte und setzte ein verständnisvolles Lächeln auf. »Nun nehmen Sie sich alle erforderliche Zeit, um über diese Offerte nachzudenken. So eine gravierende Lebensveränderung will gut überlegt sein. Ich stehe Ihnen selbstverständlich für alle weiteren Fragen und Informationen jederzeit zur Seite. Sehr gern komme ich auch zu Ihnen nach Hamburg und wir können dann dieses Gespräch unverbindlich fortsetzen.«

Dankbar erwiderte Bernd von Assberg: »Das muss ich erst einmal verdauen. Ich brauche jetzt erst einmal Zeit und Ruhe, um über alle Aspekte und Konsequenzen Ihres Angebotes nachzudenken. Verstehen

Sie mich bitte richtig, ich bin von dieser Großzügig-
keit sehr geschmeichelt, weil ich sie auch als Bestätigung für mein Lebenswerk bewerte. Aber es geht
nicht nur um finanzielle Aspekte. Auch der mögliche
Umzug nach Dubai ist ein wichtiger Punkt mit einigen Vor- und Nachteilen. Wir alle haben unsere Ge-
wohnheiten und sind nicht so einfach verpflanzbar.
Andererseits ist das Leben im heutigen Europa nicht
mehr das, was es lange war. Dabei meine ich weniger
das nasse und trübe Wetter im Winterhalbjahr, sondern die politischen und gesellschaftlichen Veränderungen auf unserem Kontinent. Sie wissen sicher,
worüber ich rede.«

Sein Gastgeber hatte höflich zugehört und wiederholt mit dem Kopf genickt. »Ich weiß sehr wohl, was
Sie meinen und kann Sie sehr gut verstehen. Natürlich
geht es nicht nur ums Geld, das auch wir nicht zu verschenken haben. Wir haben uns am deutschen Kli-
nikmarkt genau umgesehen. Ihr Haus ist für uns die
beste und wertvollste Option.« Moussa Al Yamani
zog eine quadratische Visitenkarte aus einem silber-
nen Etui, die lediglich seine persönliche Mobilnummer und E-Mail-Adresse enthielt. »Herr von Assberg,
hierüber können Sie mich jederzeit und schnell erreichen. Ich freue mich auf unsere nächste Begegnung.«
Wenige Minuten später begleitete er seinen Gast zur
Limousine und verabschiedete ihn mit einem festen
Händedruck vor dem Eingang zum Hotel. Bernd von
Assberg war aufgefallen, dass sie im Restaurant einfach aufgestanden und gegangen waren, ohne nach
der Rechnung gefragt zu haben. Offensichtlich war
der äußerst gewandte Herr Al Yamani ein wichtiger
Stammgast im The Loft. Er beschloss, sich in Ham-

burg in gebührender Form zu revanchieren. Schließlich war auch der Klinikeigentümer eine stadtweit bekannte und angesehene Persönlichkeit.

rof. Andreas Winkmann war sichtlich betroffen. Soeben hatte ihm Irina Herzberg mitgeteilt, dass sie die Klinik verlassen und sich mit einer eigenen Praxis selbstständig machen möchte. Auch wenn er die ausführlich geschilderten Beweggründe seiner Mitarbeiterin gut nachvollziehen konnte, wollte er künftig höchst ungern auf diese engagierte Ärztin verzichten. Die junge Frau hatte ihn um einen Termin gebeten, weil sie ihren Chef persönlich über ihre Entscheidung informieren wollte.

»Ich habe lange hin und her überlegt, lieber Prof. Winkmann, und medizinisch gesehen würde ich immer die Herausforderungen einer Klinik bevorzugen. Aber Sie wissen auch, wie schwer ich mich mit den wirtschaftlichen Gegebenheiten in der heutigen Zeit tue.«

Der Ärztliche Direktor wusste genau, was die kritische Kollegin meinte. Auch er selbst war ein überzeugter Arzt aus Leidenschaft, dem die Gesundheit der Patienten wesentlich wichtiger war als Umsätze und Erträge. Dennoch fragte er sich, wie Irina finanziell mit einer eigenen Praxis in der heutigen Zeit zurechtkommen würde.

»Eigentlich kann ich mir diesen Schritt nur leisten, weil mich mein Lebensgefährte in jeder Hinsicht unterstützt. Es ist genau der richtige Zeitpunkt. Der langjährige Betriebsarzt in seinem Autohaus geht jetzt in den Ruhestand und Marc hat mir die Nachfolge angeboten. Bitte verstehen Sie mich, wir möchten auch gern eine Familie gründen und wie soll ich denn als Vollzeitkraft einer Klinik gleichzeitig auch Mutter sein? Ich könnte weder dem einen noch dem anderen gerecht werden. Wie gesagt, ich habe lange mit mir gerungen. Sie wissen auch um meine große Wertschätzung und Sympathie für Sie. Ich verdanke Ihnen sehr viel, Prof. Das werde ich nie vergessen.«

Am Abend berichtete Irina ihrem Marc von diesem Gespräch, das sie belastete. »Prof. Winkmann ist ein hervorragender Arzt und ein toller Mensch. Er hat mich sehr gefördert und vor allem stand er mir immer zur Seite. Ich habe viel von ihm gelernt und bin schon recht traurig, ihm jetzt den Rücken zu kehren. Auch er war sehr betroffen, als ich ihm von meinen Plänen erzählte.«

Marc Janzen konnte das gut nachvollziehen. Er kannte seine Irina und liebte sie besonders auch wegen ihrer menschlichen Eigenschaften. Was für ein Glück es für ihn doch war, sein Leben mit dieser außergewöhnlichen Frau zu teilen. Er konnte sich nicht daran erinnern, jemals so glücklich gewesen zu sein.

»Ja, Irina, das verstehe ich allzu gut. Prof. Winkmann ist wirklich eine außergewöhnliche Persönlichkeit und zählt zu den Ärzten der alten Schule, die man heutzutage immer seltener findet. Aber der gute Mann steht auch kurz vor seiner Pensionierung. Spätestens dann hätten sich eure Wege ohnehin getrennt, wenn du überhaupt bis dahin die unerfreulichen Entwicklungen und Veränderungen in der Klinik ertragen hättest. Freu dich auf deine eigene Praxis, in der du alle Freiheiten hast, nach deinen medizinischen Vorstellungen und Werten zu arbeiten. Und wer hindert dich daran, den persönlichen Kontakt zu deinem ehemaligen Chef aufrechtzuerhalten?«

Das hatte sich Dr. Irina Herzberg ohnehin vorgenommen.

Behutsam klopfte das philippinische Zimmermädchen Saya an der Suite 303 im Four Season Hotel in Riyadh. Es war bereits spät am Nachmittag und sie wollte gern das Zimmer in ihrer Arbeitszeit sauber machen. Sie traute sich nicht, einfach die Tür zu öffnen, da der Gast das kleine Display mit dem Hinweis »do not disturb« eingeschaltet hatte. Also entschloss sie sich, weiterhin zu warten, da sie noch zwei Stunden Dienst hatte. Kurz vor ihrem Feierband versuchte sie es erneut. Vergeblich, wieder kam keine Reaktion. Was sollte sie bloß tun? Da sie unbedingt jeden Ärger vermeiden und den schlecht bezahlten Job nicht gefährden wollte, rief sie bei ihrer Vorgesetzten an und bat um weitere Anweisungen.

»Warte bitte vor der Tür, es kommt gleich jemand von der Rezeption«, befahl die Leiterin des Housekeeping in ihrem gewohnt barschen Ton.

Kurz darauf öffnete ein Assistent Manager die Tür, nachdem auch er vergeblich geklopft und angerufen hatte. In der geräumigen Suite war es absolut still, offenbar war der Gast gar nicht anwesend.

Als die beiden Mitarbeiter auch hinter der geöffneten Tür im Bad nachschauten, bot sich ihnen ein schreckliches Bild. Auf den Marmorfliesen direkt neben dem WC lag der leblose Körper von Wojtek Kowalczyk. Er roch stark nach einer Mischung von Alkohol und Schweiß. Es sah aus, als würde der Mann nicht mehr atmen. Er war lediglich mit einem grauen Unterhemd und Slip bekleidet. Sie bedeckten seinen massiven Leibesumfang nur spärlich.

Mustafa, der seit fast 20 Jahren in dem Luxushotel arbeitete und es vom Gepäckträger zu einem versierten Mitarbeiter im Management gebracht hatte, schickte Saya aus dem Raum und verständigte die Rezeption. Dann verschloss er die Suite und eilte in sein Büro, um zügig einen diskreten Transport der Leiche in die Klinik zu veranlassen. Obgleich es für ihn keinen Zweifel am Tod des polnischen Gastes gab, verlangten die Formalitäten eine ärztliche Untersuchung und entsprechende Bestätigung.

Mustafa erinnerte sich, dass dieser Gast zusammen mit zwei Ärzten aus Deutschland im Hotel abgestiegen war. Die Reservierung war durch eine Hamburger Firma erfolgt. Mustafa fand die Kontaktdaten im Computer und griff zum Telefon. Er rief die hinterlegte Mobilnummer an, um über seinen erschreckenden Fund zu informieren.

Zu dieser Zeit hielt sich Ali Abdoul Bebehani mit seinem Partner Jassem Sabah in der Privatklinik auf. Die beiden Geschäftsmänner aus Hamburg verfolgten seit Stunden im Büro von Klinikmanager Aziz Al-Rabeeah den Verlauf der beiden Transplantationen, die pünktlich um 10:00 Uhr mit der ersten Nierenentnahme begonnen hatte.

Mittlerweile war der erste Eingriff erfolgreich abgeschlossen; Spender und Empfänger lagen bereits auf der Intensivstation und waren aus ihren Narkosen aufgewacht. Alles war planmäßig verlaufen. Die assistierenden Chirurgen waren von Prof. Jan Groenke sehr beeindruckt, der mit bewundernswertem Geschick und rasanter Geschwindigkeit die gespendeten Nieren aus einem gesunden Körper entnahm, um sie gegen die insuffizienten Organe der Empfänger auszutauschen. Gegen 16:30 Uhr wurde das zweite Patientenpaar aus dem OP geschoben.

Der deutsche Operateur gab noch einige Anweisungen und ging dann direkt ins Managerbüro der Klinik, um seinen Auftraggebern über die erfolgreichen Transplantationen zu berichten.

Die drei Araber hatten mehrere Patientenakten vor sich ausgebreitet und besprachen die nächsten Projekte.

»Wir haben noch einige dringende Fälle, die wirklich eilen«, mahnte der Klinikmanager mit Blick auf den Kuwaiter, dem der Zeitdruck absolut bewusst war. »Sobald unser Pole hier erscheint, werden wir die nächsten Projekte und Termine mit ihm festlegen. Wahrscheinlich schläft er noch und kommt wohl erst am späteren Vormittag in die Klinik. Der Mann ist ein extremer Alkoholiker und säuft sich noch zu Tode.« Wie recht er mit dieser Befürchtung haben sollte, konnten die drei Männer in diesem Moment noch nicht wissen.

Mit großer Erleichterung und Freude vernahmen sie die guten Nachrichten von Prof. Groenke, der fast eine große Flasche Mineralwasser ausgetrunken hatte und nun einen heißen Tee genoss. Außerdem hatte das Klinikrestaurant eine Platte mit Wildlachs auf frischem Baguette gebracht. Der Chefarzt war sehr hungrig, da er ohne Pause operiert und nichts gegessen hatte.

Aziz Al-Rabeeah lächelte dem Prof. zu. »Lassen Sie es sich schmecken.« Dann wandte er sich auf Arabisch an seine Geschäftspartner, die gleichzeitig mit dem Kopf nickten. Der Klinikmanager wechselte wieder in die englische Sprache. »Prof. Groenke, am liebsten würden wir Sie hierbehalten und die nächsten Transplantationen mit Ihnen terminieren. Hätten Sie

Interesse an einer kontinuierlichen Zusammenarbeit mit uns? Werden Sie unser Chefarzt; wir würden Sie fürstlich entlohnen und Ihnen eine angemessene Villa hier im Zentrum zur Verfügung stellen.«

Der Chirurg hatte insgeheim auf so ein Angebot gehofft, da er in Europa oder in den USA nach dem Verlust seiner Approbation nicht mehr seine geliebte Tätigkeit ausführen durfte. Er freute sich über die unerwartet frühe Offensive seiner Auftraggeber, die dringend einen geeigneten Transplanteur benötigten. Das wusste er natürlich und ihm war klar, dass sie irgendwie aufeinander angewiesen waren.

Als er das Brötchen aus der Hand legte, um auf diesen Vorschlag zu antworten, klingelte das Handy von Ali Abdoul Bebehani. Der Anruf kam aus dem Four Season Hotel.

»Herr Bebehani, hier ist etwas Schreckliches passiert ...« Unterdessen war es dem Assistent Manager und den beiden Rettungskräften gelungen, den leblosen Körper des Polen diskret über einen Personalaufzug über den Lieferantenzugang in den Krankenwagen zu bringen, der hinter dem Gebäude geparkt war. Er wurde direkt ins King Abdoullah bin Abdoulaziz University Hospital gebracht. Hier konnten die Notärzte nur noch seinen Tod feststellen. Als Ursache notierten sie auf dem Totenschein Atemstillstand nach Bewusstlosigkeit durch übermäßigen Alkoholkonsum.

Innerhalb von Sekunden wandelte sich die fröhlich ausgelassene Stimmung im Büro des Klinikmanagers in große Betroffenheit und Ratlosigkeit. Sie trauerten nicht über das tragische Schicksal ihres Geschäftspartners, sondern über den folgenschweren

Verlust eines Organspenderlieferanten, für den sie keine Alternative hatten. Damit war auch ihr pietätloses Geschäft mit menschlichen Körperteilen vorläufig »gestorben«.

Er saß am Gang des Airbus 319 mit direktem Kurs auf Chiang Mai. Flug PG 219 war pünktlich gestartet und sollte um 18:25 Uhr in der größten und kulturell reichsten Stadt im Norden Thailands landen. Als er noch im Dienst der Hanse CityClinic gestanden hatte, hatte er öfter Urlaub auf Phuket und in Pattaya gemacht. Dieses Mal ging die Reise in seine ungewisse Zukunft als Kaufmännischer Direktor in einem Seniorenheim im Randgebiet von Chiang Mai. Die meisten Bewohner kamen aus Deutschland, Österreich und der Schweiz. Daher legten die thailändischen Besitzer großen Wert auf deutschsprachiges Personal in der Verwaltung und medizinischen Betreuung der Menschen, die ihren Lebensabend in einem gastfreundlichen und sonnigen Land zu vergleichsweise preisgünstigen Bedingungen verbrachten.

Joachim Frankenberg hatte von dieser Planstelle über einen ehemaligen Geschäftskontakt erfahren, nachdem sich seine fristlose Kündigung schnell in der heimischen Gesundheitsbranche herumgesprochen hatte. Da er sich wenig Hoffnung auf eine gleichwertige Beschäftigung in Deutschland machen konnte, schickte er sofort seine Bewerbung per E-Mail nach Chiang Mai. Er kannte die nördliche Region zwar noch nicht, hatte aber über diese Stadt mit ihren rund 150.000 Einwohnern viel Gutes gehört.

Bereits am nächsten Tag hatte ihn ein Mr. Jiraphat Nimitsilp angerufen, der sich als Sohn des Inhabers vorstellte und mit ihm gleich telefonisch die Rahmenbedingungen einer Zusammenarbeit abstimmte. Sie vereinbarten eine dreimonatige Probezeit und einen kurzfristigen Dienstbeginn.

Die verlieren nun wirklich keine Zeit, dachte der ehemalige Verwaltungsdirektor, dessen Karriere vor allem durch seine Spielsucht und durch deren negative Folgen ein höchst unerfreuliches Ende genommen hatte. Er sagte zu, innerhalb einer Woche anzureisen, und entschloss sich, seine Hamburger Wohnung erst nach einer endgültigen Entscheidung für ein neues Leben in Thailand aufzugeben und danach mit seinem bescheidenen Hab und Gut umzuziehen.

Finanziell war die neue Aufgabe in keiner Weise mit seinen Einkünften in Hamburg vergleichbar. Angesichts der erheblich günstigeren Lebenskosten rechnete sich der Zahlenmensch jedoch aus, mit der Bezahlung wohl zurechtzukommen. Ihm war auch klar, keinerlei Alternativen zu haben und auch nicht über Geldreserven zu verfügen, die ihm eine Wartezeit ermöglichten. Er musste also Zugeständnisse machen.

Auch eine weitere Zusammenarbeit mit Ali Abdoul Bebehani war nach dem plötzlichen Tod des Spendenvermittlers Wojtek Kowalczyk vorerst nicht mehr möglich. Der Geschäftsmann musste eine neue Quelle organisieren und hatte sich aufgrund der Ereignisse bei den ersten Transplantationen zudem geweigert, Joachim Frankenberg das vereinbarte Vermittlungshonorar über 15.000 Euro für die erste Transplantation von Prof. Jan Groenke zu zahlen. Ihm klangen noch die Worte des Arabers in den Ohren. »Vergessen Sie nicht, dass wir Sie schon zuvor für Ihre leeren Versprechungen fürstlich entlohnt haben, Herr Frankenberg. Und nachdem sich unser Freund aus Warschau totgesoffen hat, können wir eigentlich auch unsere Aktivitäten zu Grabe tragen. Wenn es uns gelingt, eine neue Quelle zu finden, melde ich mich gern bei Ihnen. Dann können wir möglicherweise neu starten. Aber jetzt sind wir quitt.«

Joachim Frankenberg schluckte die Kröte. Er war ebenso verärgert wie machtlos, denn er konnte diese getarnte Exportfirma kaum auf Erfüllung einer illegalen Geschäftsbeziehung verklagen.

Was würde ihn wohl in diesem Seniorenheim am anderen Ende Welt erwarten? Er freute sich auf die Möglichkeit, wieder arbeiten zu können und auch auf die hingebungsvollen Thailänderinnen. In Gedanken versunken malte er sich genussvolle Massagen und sexuelle Abenteuer aus. Anders als in Deutschland waren diese Frauen sehr unterwürfig und dankbar. Nein, er würde es sich gut gehen lassen und ein neues Leben fern seiner unrühmlichen Vergangenheit beginnen.

In der Ankunftshalle des internationalen Flughafens Chiang Mai erwartete ihn Jiraphat Nimitsilp. Er schätzte sein Alter auf Mitte 20. Während der Fahrt zum Seniorenheim tauschten sie belanglose Höflichkeiten aus. Obwohl Joachim Frankenberg recht gut Englisch sprach, hatte er einige Schwierigkeiten, den eigenwilligen Akzent des jungen Mannes zu verstehen. Aber auch daran dürfte er sich gewöhnen.

»Für die erste Zeit bringen wir Sie in einem kleinen Apartment auf unserer Anlage unter. Bei uns essen Gäste und Mitarbeiter übrigens zusammen im Casino. Wir legen großen Wert auf menschliche Nähe«, erklärte ihm der Sohn des Eigentümers. Mit einem freundlichen Lächeln fuhr er fort: »Wenn es Ihnen hoffentlich bei uns gefällt und Sie länger bleiben, helfe ich Ihnen gern, eine schöne Wohnung direkt in Chiang Mai zu finden. Wir sind nicht einmal 20 Kilometer von der City entfernt.«

Es dauerte nur wenige Wochen, bis sich der neue Kaufmännische Direktor aus Deutschland eingelebt hatte. Die Arbeit stellte ihn nicht vor große Herausforderungen und er fühlte sich ohne einen unberechenbaren Bernd von Assberg im Rücken recht wohl, da er die gestellten Aufgaben nach eigenen Vorstellungen erledigen durfte. Insgesamt schrieb das Seniorenheim schwarze Zahlen, aber als erfahrener Klinikmanager in einem Land, dessen Gesundheitssystem unter massivem Kostendruck stand, entdeckte er natürlich an seiner neuen Wirkungsstätte zahlreiche Möglichkeiten, um den unternehmerischen Gewinn zu optimieren. Genau darauf hatten die Eigentümer gehofft, die grundsätzlich zu sinnvollen Investitionen bereit waren, um die Lebensqualität ihrer Bewohner zu optimieren.

»Das beweist Ihre unternehmerische Weitsichtigkeit und Ihre menschlich positive Einstellung«, hatte der neue Mitarbeiter bei einem privaten Abendessen mit der Eigentümerfamilie erklärt. Und zur Freude des Hausherrn ergänzt: »Ich sehe jedoch meine Aufgabe in einer intelligenten Optimierung der Kosten, die ohne Qualitätsverluste Ihren Gewinn erhöht. Ihre Heimbewohner werden die künftigen Einsparungen nicht merken, Sie aber einen deutlich höheren Profit verzeichnen. Ich bin noch neu in Ihrem Unternehmen und möchte Ihnen jetzt nicht zu viel versprechen. Aber nach dem, was ich bislang gesehen habe, bin ich recht zuversichtlich.«

Drei Monate später fuhr ihn der junge Jiraphat wieder zum Flughafen. Joachim Frankenberg hatte einen dreijährigen Vertrag unterschrieben und wollte nunmehr seinen Haushalt in Hamburg auflösen. Wie versprochen hatte ihm der Sohn des Eigentümers sehr bei der Wohnungssuche in Chiang Mai sowie bei der Aufenthalts- und Arbeitsgenehmigung geholfen. In spätestens zwei Wochen wollte er dann wieder zurück in Thailand sein und das Kapitel Hanse CityClinic gedanklich abschließen. Auf diesen undankbaren und immer fordernden Bebehani konnte er künftig gut verzichten. Vielmehr freute er sich auf eine weiterhin gute Zusammenarbeit mit der Familie Nimitsilp und auf sein neues Zuhause in bester Citylage. Die Miete konnte er sich problemlos leisten, weil ihm sein Arbeitgeber die erzielten Einsparungen mit einer deutlichen Gehaltserhöhung honoriert hatte.

Joachim Frankenberg freute sich auf bessere Zeiten und auch darauf, eine passende Lebensgefährtin zu finden. Er war ja erst Mitte 50 und hatte schließlich noch etwas zu bieten. Da besaß er doch bei thailändischen Frauen allerbeste Chancen.

Davon hatten sie schon immer geträumt und jetzt nahmen sie sich die Zeit, diesen langjährigen Wunsch zu verwirklichen. Anna und Hubertus von Seelenthal planten eine viermonatige Weltreise mit der Queen Victoria direkt ab Hamburg. Die Route führte sie über Nord- und Südamerika, Honolulu, Samoa und die Fidschi-Inseln nach Neuseeland und Australien. Zurück dann über Indonesien, Vietnam, Hongkong, Singapur, Malaysia nach Südafrika und Namibia. Von da aus über Gran Canaria und Southampton ins heimatliche Hamburg.

Insgesamt fasste das luxuriöse Schiff der Cunard-Reederei etwas über 2.000 Passagiere und nahezu 1.000 Crewmitglieder.

Das Hamburger Ehepaar gönnte sich mit der Queens Suite die größte Kabine mit Kingsize-Bett, geräumigem Wohnbereich und VIP-Service rund um die Uhr. Im Personenpreis von nahezu 70.000 Euro waren viele begehrte Extras, einschließlich Zugang zum nur für diese Gäste reservierten Queens Terrassen-Grill, enthalten.

Anna war über den Preis dieser Reise schockiert. Hubertus, der trotz seines riesigen Vermögens schon längst kein Freund von Verschwendungen war, beschwichtigte seine Frau. »Nach diesen schrecklichen Monaten und der immer wieder hochkommenden Todesangst haben wir uns das verdient. Mir geht es mittlerweile erheblich besser als lange befürchtet. Vielleicht habe ich ja wirklich das seltene Glück, diesen eigentlich hoffnungslosen Krebs zu überleben. Zumindest für einige Zeit. Du weißt ja selbst um die Statistiken und um die fürchterliche Todesrate von über 90 Prozent.«

Anna schaute ihren geliebten Ehemann lächelnd an. »Liebling, du hast ja so recht. Wir haben wahrhaftig allen Grund, unser Leben in vollen Zügen zu genießen.«

Obgleich er insgesamt weitgehend ohne Beschwerden war, wusste Hubertus von Seelenthal natürlich von den Risiken eines Rückfalls. Zwar hatte er die Operation mit anschließender Chemotherapie viel besser verkraftet, als erwartet, aber niemand konnte ihm garantieren, dass der entfernte Tumor nicht doch gestreut und andere Organe mit Metastasen befallen hatte.

»Egal, was passiert und wie viel Lebenszeit mir noch bleibt, diese wundervolle Reise zu exotischen Inseln und unvergesslichen Orten kann uns niemand mehr nehmen. Und wenn ich mich richtig gut fühle, schaue ich mir sogar das Great Barrier Reef unter Wasser an.«

Bevor sie die 112-tägige Kreuzfahrt verbindlich buchten, kontaktierten sie Prof. Andreas Winkmann und berichteten ihm von ihren aufregenden Reiseplänen.

»Das ist ja eine tolle Idee«, freute sich der Ärztliche Direktor in der Hanse CityClinic. »Ich sehe da medizinisch überhaupt keine Probleme, sofern Sie sich auch wirklich fit für diese recht lange Kreuzfahrt fühlen. Mögen Sie mir die Route und die Stationen angeben? Ich würde Ihnen dann eine Liste mit ärztlichen Referenzen zusammenstellen, sofern Sie ernsthafte Beschwerden unterwegs bekommen sollten. Im Übrigen haben diese renommierten Passagierschiffe in der Regel eine gute medizinische Versorgung an Bord.«

Hubertus war erleichtert. »Was halten Sie davon, wenn wir uns zu viert treffen? Wir würden so gern Sie und Ihre Frau zu einem gemütlichen Abendessen einladen. Ich denke dabei an ein sehr schönes Restaurant, das bei anspruchsvollen Feinschmeckern sehr beliebt ist. Kennen Sie das Ristorante San Lorenzo in Glinde? Es ist bekannt für seine kreative Küche und seine edlen Weine.«

»Wir waren noch nie da. Aber ist es nicht ein bisschen weit weg?«, fragte der Chefarzt.

Anna und Hubertus waren dort regelmäßige Stammgäste. »Hört sich weiter an, als es ist. Am Abend ist man recht schnell da. Und da ich ja aus besagten Gründen keinen Tropfen anrühre, setze ich mich gern ans Steuer. Wann, lieber Prof., hätten Sie denn Lust und Zeit? Natürlich holen wir Sie ab und bringen Sie wieder nach Hause.«

Schnell glichen sie ihre Terminkalender ab und verabredeten sich für Freitagabend, 19:00 Uhr. Anschließend rief er bei der Restaurantchefin Iris an, um ein besonderes Menü für diese wichtigen Gäste zu bestellen. Er hatte Prof. Andreas Winkmann viel zu verdanken. Sein Leben.

Sie besprachen die einzelnen Gänge und die entsprechenden Weine. Die einfallsreiche Gastronomin kreierte als Einstimmung auf die Schiffsreise ein maritimes Feinschmeckermenü mit Köstlichkeiten aus den Weltmeeren. Dazu empfahl sie eine bunte Auswahl an vorwiegend gedünstetem Gemüse. Sie wusste natürlich um die schwere Krankheit ihres beliebten Stammgastes.

»Gesundes Essen und kulinarischer Genuss sind kein Widerspruch. Verlassen Sie sich auf mich. Ihre Gäste werden begeistert sein. Anna und Sie auch.«

Mit dem San Lorenzo hatte Hubertus von Seelenthal einen Volltreffer gelandet. Der Ärztliche Direktor und seine Frau Susanne genossen das köstliche Menü und die zu jedem Gang wechselnden Weine. Die beiden Ehepaare verstanden sich auf Anhieb und tauschten sich angeregt zu verschiedenen Themen aus. Sie sprachen über politische und gesellschaftliche Trends, über die insgesamt zunehmende Gier und den beängstigenden Verlust menschlicher Werte. Erst beim Dessert kamen sie auf das Gesundheitswesen und die schwere Krebserkrankung von Hubertus zu sprechen.

»Mein lieber Prof. Winkmann, ohne Sie würden wir jetzt bestimmt nicht hier sitzen. Ich möchte keineswegs die Leistungen von Dr. Kistenmeier und Prof. Krüger in den Hintergrund rücken, aber Sie persönlich waren es, der mir den entscheidenden Mut für diese schwere Operation und die Chemo danach gegeben hat. Durch Sie und besonders auch durch meine Frau Anna habe ich eine zunächst verlorene Hoffnung wiedergewonnen und damit die Kraft mobilisiert, diese schwere Zeit durchzustehen. Als Sie uns gleich am Abend nach dieser niederschmetternden Diagnose besucht haben, hätte ich mir im kühnsten Traum nicht vorstellen können, heute mit Ihnen und Ihrer reizenden Frau diesen wunderschönen Abend zu verbringen. Im Leben kommt manches ganz anders, als erwartet.«

Prof. Andreas Winkmann war von der warmherzigen Dankbarkeit seines Patienten sehr ergriffen. Gerade bei Krebspatienten ist aufrichtige Empathie ein wichtiger Baustein in der Behandlung dieser schweren Krankheiten. Oft wünschte er sich diese grundsätzliche Einstellung bei manchen Kollegen, für die Patienten nur medizinische Fälle sind.

Danach sprachen sie über die bevorstehende Weltreise auf der Queen Victoria. Der Arzt hatte medizinisch keinerlei Bedenken und übergab Hubertus einen Umschlag. »Für alle Fälle habe ich Ihnen vorsorglich die jeweils empfohlenen Kliniken und zuständigen Ärzte auf fast allen Stationen Ihrer Kreuzfahrt aufgelistet. Sollten Sie sich wirklich schlecht fühlen und einen Termin an Land wünschen, rufen Sie mich einfach an oder schicken Sie mir eine E-Mail. Dann nehme ich Kontakt zu den betreffenden Kollegen auf und kündige Sie an. In dem Umschlag finden Sie auch einen USB-Stick mit den wichtigsten Daten über die Behandlungen und den Krankheitsverlauf. Ich wünsche Ihnen jedoch, dass Sie in den nächsten vier Monaten keinen Bedarf haben und den Umschlag gar nicht erst öffnen müssen. Sobald Sie wieder zurück in Hamburg sind, sollten wir allerdings einen neuen Untersuchungstermin vereinbaren.«

Anna und Hubertus freuten sich über das grüne Licht für ihre Traumreise und bedankten sich für den gemeinsamen Abend. Sie setzten Susanne und Andreas Winkmann zu Hause ab. Auf dem Heimweg beschlossen sie, das nette Ehepaar gleich nach Ihrer Rückkehr wieder einzuladen.

Bernd von Assberg schätzte die großen Opernkomponisten und gönnte sich immer wieder Besuche renommierter Bühnen in London, Mailand, New York, Paris, Sidney und Wien. Zuletzt war er im Moskauer Bolschoi Theater. Er konnte sich über einen russischen Kontakt einen Logenplatz für »Schwanensee« beschaffen und das großartige Russische Nationalballett mit ihrem Star Liudmila Titova bewundern.

Heute stand die Hamburger Elbphilharmonie auf dem Programm. Sein geschäftlicher Gast aus Dubai hatte sich das Konzert mit dem Tunesier Anouar Brahem gewünscht, der neben dem Libanesen Rabih Abou-Khalil zu den großen Virtuosen auf der Kurzhalslaute Oud zählte und seine Musik mit arabischer Klassik, Folklore und Jazz inspirierte.

Der Klinikeigentümer musste auf Umwegen zwei angemessene Karten für das ausverkaufte Konzert beschaffen. Er wunderte sich über das große Interesse für diese Art von Musik, die nun gar nicht nach seinem mehr traditionellem Geschmack war.

Indes freute sich Moussa Al Jamari, der zur notariellen Beurkundung angereist war, riesig auf das Konzert im Großen Saal der jungen Philharmonie in der Hamburger Hafencity. Für ihn war es der krönende Abschluss von mühsamen Verhandlungen mit dem äußerst hartnäckigen Klinikinhaber, der zunächst nicht einmal einen Gedanken dafür verschwenden wollte, sein Unternehmen zu verkaufen. Überzeugt hatte ihn schließlich der Wahnsinnspreis, den die arabischen Investoren auf den Tisch zu legen bereit waren. Mit über 150 Millionen Euro zahlten sie fast das Dreifache des von befragten Experten geschätzten

Marktwertes. Dazu stellten Sie ihm auf Lebenszeit eine luxuriöse und komplett eingerichtete Villa in bester Lage von Dubai kostenlos zur Verfügung. Die großzügige Zugabe umfasste sogar Hauspersonal, Gärtner und Chauffeur für den olivgrünen Bentley in der geräumigen Garage. Seine Geschäftspartner hatten an alles gedacht. Sogar an sein spezielles Musikstudio und an eine Satellitenanlage für den Empfang aller deutschsprachigen TV-Kanäle.

Wie konnte Bernd von Assberg da noch nein sagen?

Die beiden Männer hatten sich nach ihrer ersten Begegnung am Hotelpool und Dinner noch einmal vor drei Wochen in Hamburg getroffen und alle Einzelheiten vereinbart. Heute Vormittag ging es gemeinsam zur notariellen Beurkundung und für den Abend stand nach der Elbphilharmonie ein spätes Dinner im Hotel Vier Jahreszeiten auf dem Programm. Auch das war dem Gastgeber eigentlich gar nicht recht, denn er war es nicht gewohnt, so spät zu essen. Aber bei einer solchen Geldsumme war auch ein Bernd von Assberg zu einer seiner sonst sehr seltenen Ausnahmen bereit. Doch dazu kam es nicht mehr. Ihm blieben die fremden Klänge orientalischer Jazzmusik ebenso erspart wie das spätabendliche Menü.

Kurz nachdem Klinikchauffeur Herrmann seine beiden Fahrgäste gegen 19:00 Uhr vor dem neu errichteten Konzerthaus am Platz der Deutschen Einheit absetzte, passierte es. Bernd von Assberg stolperte im Foyer des Großen Saales auf den aus hellem Eichenholz gefertigten Stufen und stürzte fast die komplette

Treppe hinunter. Er schlug sehr hart mit dem Kopf auf und blieb regungslos liegen.

Das Unglück war kein Einzelfall, da es in der Elbphilharmonie bereits wiederholt zu schwereren Verletzungen durch solche Ausrutscher gekommen war. Inzwischen beschäftigte sich selbst der Hamburger Senat mit dem beträchtlichen Gefährdungspotenzial der Aufgänge im 110 Meter hohen Gebäude, das erst 2017 mit erheblichen Mehrkosten und unendlichen Bauverzögerungen eröffnet worden war. Übertroffen wurden die negativen Schlagzeilen über die Entstehung des Konzerthauses am ehemaligen Kaispeicher A nur noch von den landesweit verspotteten Skandalen des Flughafens Berlin Brandenburg, der regelmäßig alle Zeit- und Budgetprognosen sprengte.

Keine Zeit verloren die herbeigeeilten Rettungskräfte in der Elbphilharmonie. Bereits Minuten nach seinem verhängnisvollen Sturz war der bewusstlose Klinikeigentümer auf dem Weg in die Hanse CityClinic. Als er über die Notaufnahme in den Schockraum geschoben wurde, ahnten die anwesenden Notärzte und Funktionskräfte noch nicht, dass ihr Chef inzwischen gar nicht mehr ihr Chef war.

Bernd von Assberg hatte das berühmte Glück im Unglück. Seine Verletzungen waren schwer, aber weder lebensbedrohlich noch bleibend. Die CT-Aufnahmen ergaben einen Bruch des ersten Lendenwirbelkörpers, der mit Sicherheit zu neurologischen Ausfällen in den Beinen führen würde. Die Fraktur musste daher in einer kurzfristigen Operation fixiert werden. Zudem erlitt von Assberg einen Schädelbasisbruch, der durch den heftigen Kopfaufprall auf einer

Stufe verursacht worden war. Die große Sorge um gefährliche Einblutungen im Gehirn bestätigte sich allerdings nicht.

Der diensthabende Radiologe benachrichtigte seinen Chef, Prof. Walter Schultz, über die Befunde, der wiederum Dr. Christoph Kistenmacher verständigte und in die Klinik bat. Der schwer verletzte Eigentümer musste schnell unters Messer.

Die Operation dauerte fast drei Stunden und verlief erfolgreich. Mittlerweile waren neben dem Leiter der Chirurgie auch Chef-Anästhesist Dr. Guido Morino und der Ärztliche Direktor Prof. Andreas Winkmann vor Ort. Das Ärzteteam entschied, ihren vertrauten Patienten noch für kurze Zeit in einem künstlichen Koma auf der Intensivstation zu halten.

»Bei so einem Sturz kann man sich leicht das Genick brechen«, befand Dr. Kistenmacher, der sich auch auf Wirbelsäulenchirurgie spezialisiert und den Eingriff persönlich vorgenommen hatte. Seine Kollegen nickten zustimmend und Prof. Winkmann ergänzte: »Erfreulicherweise sind unserem Freund auch Gehirnblutungen durch seinen Schädelbasisbruch erspart geblieben.«

Dass Bernd von Assberg nur wenige Stunden vor dem tragischen Unfall im Foyer der Hamburger Elbphilharmonie den Verkauf seiner Klinik beim Notar besiegelt hatte, wussten zu diesem Zeitpunkt weder die Chefärzte noch andere Mitarbeiter im Haus. Eingeweiht waren lediglich der persönliche Steuerberater des Eigentümers und ein angesehener Fachanwalt in München.

An ihn wandte sich Moussa Al Jamari, der die Verhandlungen im Auftrag der arabischen Investoren geführt und den Sturz des Klinikinhabers persönlich miterlebt hatte. Er benachrichtigte sofort den Juristen in München, der sich kurzfristig mit näheren Informationen über den Gesundheitszustand seines Mandanten zurückmelden wollte. Am nächsten Morgen konnte er den Vertreter der Käufer beruhigen. »Ich habe über Umwege erfahren, dass es Herrn von Assberg den Umständen entsprechend gut gehen soll. Er sei gleich nach der Einlieferung operiert worden. Zurzeit sei er noch auf der Intensivstation. Sein Zustand sei aber stabil.«

Moussa Al Jamari bedankte sich höflich und beschloss, zunächst nach Dubai zurückzufliegen. Er bat den Juristen, seine besten Genesungswünsche auszurichten und den Kontakt zwischen ihnen in der nächsten Zeit aufrechtzuerhalten. Selbstverständlich bleibe es bei der notariell beglaubigten Vereinbarung. Sobald Herr von Assberg wieder auf den Beinen sei, werde er gern zurück nach Hamburg kommen und alles Weitere regeln.

Bis zum nächsten Treffen der beiden Verhandlungspartner sollte es noch drei Wochen dauern. Und das festliche Dinner anlässlich der notariellen Beurkundung des Klinikverkaufs fand erst sechs Monate später statt. In Dubai statt in Hamburg. Hier waren die Erwerber der Hanse CityClinic ansässig und inzwischen lebte auch Bernd von Assberg in dem sonnigen Emirat. Er war inzwischen wieder auf den Beinen und so gut wie schmerzfrei. Dass sich seine Körperhaltung und der Gang etwas verändert hatten, nahmen nur diejenigen war, die ihn schon lange kannten.

Zwischen seinem schweren Unfall und seinem Einzug in sein neues Zuhause im beliebten Stadtteil Jumeirah von Dubai wandelte sich Bernd von Assberg. Aus dem ursprünglich gefürchteten, launischen und autoritären Klinikeigentümer war ein vergleichsweise dankbarer, bescheidener und ungewöhnlich verständnisvoller Patient geworden. Der reale Blickwinkel vom eigenen Krankenbett war vielfach ein ganz anderer als die theoretische Schreibtischperspektive eines Managers, der vorwiegend Zahlen vor den Augen hatte und gewohnt war, die meisten Probleme im täglichen Klinikbetrieb mit der Brechstange ohne Rücksicht auf die Auswirkungen für die betroffenen Mitarbeiter zu lösen.

Keine Frage, er war ausgesprochen clever und verfügte über einen überdurchschnittlichen Instinkt. Seitdem der Eigentümer aber nach seiner schweren Lendenwirbeloperation wochenlang an sein Bett gefesselt und nun selbst auf intensive Pflege sowie ermutigenden Zuspruch angewiesen war, begriff er schnell seine eigenen Defizite im bisherigen Umgang mit der Belegschaft. In dieser nahezu gelähmten Position der Schwäche erlebte er seine Leute in einer Weise, die ihn zugleich beschämte und dennoch stolz machte.

Ohne die geringsten Berührungsängste nahmen sich die Krankenpfleger, Physiotherapeuten und Ärzte ihres besonderen Patienten an. Der kühle Bernd von Assberg erwärmte in der natürlichen Freundlichkeit und fast grenzenlosen Fürsorge seines engagierten Personals, das ihn unermüdlich immer wieder um Geduld für die langwierige Genesung seiner schweren Verletzung bitten musste. Geduld indes war eine Eigenschaft, für die es in seiner Persönlichkeit bislang keinen Raum gab.

Neben den behandelnden Chefärzten erhielt er viel Besuch von Pflegeleiterin Susanne Schubert, die er fachlich sehr schätzte und für ihre Offenheit respektierte.

»Ich musste erst selbst diese gefährlichen Treppen in der Elbphilharmonie herunterpurzeln, um mich von der erstklassigen Arbeit Ihres Teams überzeugen zu können. Ihre Kolleginnen und Kollegen sind fantastisch. Vielen Dank. Das ist maßgeblich auch Ihr persönlicher Verdienst, Frau Schubert.«

Die Frau lächelte. »Mit der Zeit hätte ich Sie von unserer Qualität auch ohne diesen fürchterlichen Unfall überzeugt.«

Dass es dafür angesichts des Klinikverkaufs zu spät war, wollte der bisherige Eigentümer nicht in diesem Moment eingestehen. Er hatte ohnehin vor, seine Führungskräfte zu versammeln und sie über die neueste Entwicklung zu informieren. Aber für diesen wichtigen Moment wollte er nicht flach auf dem Rücken im Bett liegen, sondern wenigstens in einem Rollstuhl aufrecht vor ihnen sitzen. Er war guten Mutes, dass dies bald der Fall sein könnte.

Die Versammlung fand fast drei Wochen später an einem späten Nachmittag in der Klinikkantine statt. Sekretärin Maike, die eine gravierende Veränderung ahnte, aber nichts Genaues wusste, hatte sich bei einem bekannten Catering für ein großes Sushi- und Sashimi-Buffet entschieden. Neben südafrikanischem Rotwein und Softdrinks bestellte das Chefbüro auch mehrere Flaschen Champagner. Maike war sehr verwundert; dieser große Aufwand entsprach nun gar nicht ihrem knauserigen Boss. Wahrscheinlich wollte er sich auf diese Weise für die erfolgreiche Behandlung und gute Pflege persönlich bedanken. Wohl deshalb hatte er Maike auch aufgetragen, die beträchtliche Rechnung für diesen Event selbst zu bezahlen.

»Meine Damen und Herren, liebe Mitarbeiterinnen und Mitarbeiter. War mein Treppensturz einfach nur ein dummer Zufall oder vielleicht doch ein vorbestimmtes Schicksal? Diese Frage stelle ich mir, seitdem ich nach diesem schrecklichen Ereignis das Bewusstsein wiedererlangt habe. Sie mögen sich vielleicht hierüber etwas wundern, aber ich habe hierfür gute Gründe.« Im Raum war es still, die Belegschaft war gespannt, wie die Rede nun weitergehen sollte. Bernd von Assberg schaute in die Runde und war sich in diesem Moment sicher, dass er künftig so einige dieser Personen, mit denen er viele Jahren in seiner Klinik zu tun hatte, vermissen würde. Erstmals empfand er so etwas wie familiäre Bindung. »Vor Ihnen steht, vielmehr sitzt ein Mann, der nur noch Ihr Patient ist und für Sie eine Dankbarkeit empfindet, die er als Ihr Chef leider nie gehabt hat. Das waren wohl größere Fehler und Schwächen meinerseits. Ich musste mir erst fast den Hals brechen, um am eigenen Leib zu erfahren, über welche erstklassigen Ärzte sowie Funktions- und Pflegekräfte die Hanse CityClinic verfügt. Sie haben mich, wie so viele andere Patienten in diesem Haus, wieder hergestellt und zugleich beschämt.«

Die anwesenden Mitarbeiter waren größtenteils überrascht. Das Wort Scham aus dem Munde dieses selbstgefälligen und oft zynischen Klinikeigentümers war ein Novum. Müssen solche Persönlichkeiten erst böse auf die Nase fallen, um wieder menschlich zu werden?

Der Mann im Rollstuhl schaute fragend in die Runde und nippte an seinem Wasserglas. »Der eigentliche Anlass unserer heutigen Zusammenkunft ist jedoch nicht meine aufrichtige und grenzenlose Dankbarkeit für die hier durch Sie erfahrene Behandlung und Pflege, sondern wichtige Neuigkeiten, über die ich Sie als Eigentümer des Hauses informieren möchte. Besser gesagt, als ehemaliger Eigentümer.« Nun war es raus! »Ja, ich habe unsere Hanse CityClinic an Investoren verkauft, die dieses Haus in seiner bestehenden Form jedoch fortführen und auch erweitern wollen. Und das vor allem mit Ihnen, denn Ihre Leistungen sind international anerkannt. Das Interesse und die Entscheidung für unser Haus sind maßgeblich auch Ihr Verdienst. Auch dafür bin ich Ihnen herzlich dankbar.«

Die Nachricht über den Verkauf schlug wie eine Bombe ein. Damit hatte keiner in der Belegschaft gerechnet. Bernd von Assberg sah die überraschten Gesichter und erzählte weiter. »Nun stellen Sie sich bitte vor, dass mein Unfall nur wenige Stunden nach der notariellen Beurkundung des Kaufvertrages passierte. Ich habe also allen Grund, an ein vorbestimmtes Schicksal zu glauben.«

Prof. Andreas Winkmann, der vom Klinikverkauf ebenso wenig wie seine Kollegen wusste, meldete sich zu Wort. »Herr von Assberg, wie sieht denn jetzt Ihre persönliche Zukunft aus? Ziehen Sie sich aus dem Arbeitsleben ganz zurück?«

Der Ärztliche Direktor hatte wie so oft seinen Finger auf die Wunde gelegt. Eine schmerzende Wunde.

»Auf diese Frage habe ich leider noch keine end-
gültige Antwort. Natürlich muss ich nicht mehr arbeiten; das aber auch schon seit längerer Zeit nicht
mehr. Andererseits kann und will ich mich nicht auf
mein Altenteil zurückziehen und mich mit irgendwelchen Hobbys beschäftigen. In den nächsten zwei Jahren werde ich die neuen Besitzer umfangreich beraten.
Darum haben Sie mich gebeten und mich vertraglich
gebunden. Auch deshalb ziehe ich demnächst nach
Dubai um, dem Sitz der Investorengruppe.«

Prof. Winkmann sprach das aus, was fast alle in
dem Raum dachten: »Wie geht es denn hier jetzt weiter?

Die Frage hatte Bernd von Assberg erwartet. »In
Kürze lernen Sie die neuen Eigentümer kennen, die
Ihnen ihr künftiges Konzept vorstellen und gern Ihre
Fragen beantworten. Ich bin fast sicher, dass sich für
Sie bis auf Weiteres nichts ändern wird. Der Klinikbe-
trieb läuft wie gewohnt weiter. Ich möchte mich bei
Ihnen allen ausdrücklich für die langjährige Zusam-
menarbeit bedanken. Ohne Sie wäre diese Klinik nicht
das, was Sie geworden ist. Und ohne Sie könnte auch
ich wohl nicht hier vor Ihnen sitzen und mich auf den
Tag freuen, an dem ich wieder auf meinen Beinen
stehe.«

Es sollte noch rund 150 Tage dauern, bis Bernd von Assberg mit dem Nachmittagsflug EK 60 direkt von Hamburg nach Dubai fliegen sollte. Dieses Mal als Privatmann, der in den Emiraten ein neues Leben beginnen wollte. Dass er dazu auch körperlich in der Lage war, verdankte er so einigen Mitarbeitern in seiner Hanse CityClinic, die er für einen dreistelligen Millionenbetrag teuer verkauft hatte. Vom Geldmachen hatte der Multimillionär schon immer viel verstanden.

Danksagungen ...

... an meinem Freund Prof. Dr. Gerd Witte (langjähriger ärztlicher Direktor und Chefarzt der Radiologie an einer Hamburger Klinik). Er hat mich kontinuierlich beraten und so einiges korrigiert.

... an weitere Fachärzte, die mir geduldig bei meinen Recherchen geholfen und auch zu diesem Roman ermutigt haben.

... an alle Ärzte und Experten, die möglicherweise an manchen Stellen den Kopf über mein medizinisch fehlendes Fachwissen schütteln.